Amityville II

JOHN G. JONES

d'après le récit de George et Kathleen Lutz

Amityville II

traduit de l'américain par Jacqueline Lahana

Éditions J'ai Lu

Ce roman a paru sous le titre original :

THE AMITYVILLE HORROR II

AVANT-PROPOS

Peu avant 3 h 15, par une froide nuit de novembre 1974, Ronald DeFeo, âgé de vingt-deux ans, prit son fusil calibre 35 et quitta le salon de son domicile, situé à Amityville, Etat de New York.

Il avait fini par écouter les voix, celles qu'il croyait être les voix de Dieu. Elles l'avaient harcelé sans cesse pendant plusieurs jours, alternant cajoleries, murmures et cris. Elles lui disaient toujours la même chose :

— *Tue-les, tue-les tous.*

Les parents de Ronald DeFeo, ses deux frères et ses deux sœurs moururent cette nuit-là, tous tués d'une balle dans la nuque et sans qu'il y ait le moindre signe de lutte. Au bout de quelques jours, Ronald DeFeo reconnut avoir perpétré ces meurtres effroyables — qui ressemblaient fort à une exécution générale — même si, par la suite, il affirma que la police lui avait arraché ces aveux de force.

Le 22 septembre 1975, au cours de l'audition préliminaire, l'avocat de Ronald émit l'hypothèse de la maladie mentale, de la folie. Malgré cela, DeFeo fut reconnu coupable de six meurtres au second degré et condamné à six peines consécutives d'emprisonnement de vingt-cinq ans. Aujourd'hui, il accomplit ces peines à la prison spéciale de Danemorra.

Ronald DeFeo n'a jamais apporté la moindre modification à son récit. Il continue à soutenir que ces voix étaient réelles, qu'il a été l'instrument d'une force qui habitait — et habite toujours — sa coquette maison de style colonial à Amityville. Les meurtres sont d'origine supranaturelle et non psychotique, répète-t-il.

Malgré la conviction unanime du jury, certaines questions concernant l'affaire DeFeo n'ont jamais reçu de réponse. Par exemple, un fusil de fort calibre comme celui utilisé fait un bruit fracassant lorsque le coup part, surtout dans une maison où l'écho est important, ce qui est le cas. Pourtant, chacune des victimes est morte dans son lit sans trace de lutte. Pourquoi aucun des membres de la famille ne s'est-il réveillé au premier coup tiré ? Et pourquoi les six victimes ont-elles été trouvées dans la même position : étendues à plat ventre, la tête reposant sur les bras ? De plus, les meurtres se sont produits à 3 h 15, à un moment où, dans le calme et le froid, le son porte loin. Mais les voisins, même les plus proches, n'ont rien entendu d'inhabituel, alors que six coups de feu au moins ont été tirés.

Une théorie — rapidement rejetée par le jury et les médias de l'époque — évoque l'histoire étrange de ce lopin de terre sis à Amityville sur lequel se trouve la maison de DeFeo. Celle-ci, de style colonial hollandais, édifiée en 1928, est la plus récente du coin. D'autres constructions plus anciennes ont connu leurs propres tragédies. Doit-on alors ajouter foi aux affirmations de Ronald DeFeo à propos de ces histoires bizarres de voix désincarnées et d'esprits maléfiques ?

Bien que le fait n'ait pas été confirmé, on raconte qu'un certain John Ketchum, chassé de Salem (Massachusetts) vers la fin de 1600 pour sorcellerie, a vécu à l'endroit même où a été érigée la maison de DeFeo. On suppose qu'il a continué à y pratiquer les rites qui l'avaient contraint à s'enfuir de Salem... et on dit qu'il y a été enseveli.

Même avant cela, la région était considérée comme une « zone de puissance »; c'est là que les tribus indiennes locales enterraient les leurs. Bien que la Société Historique d'Amityville ait d'abord nié ces allégations, elles ont été confirmées par d'autres sources.

Même le père de Ronald DeFeo a parlé des « sensations bizarres » émanant de cette maison. Il a insisté sur le fait que des prêtres avaient placé des statues de saints catholiques tout autour du jardin.

Plus tard — bien plus tard — après de nombreuses

morts et après qu'une autre famille ait également connu la terreur — des télépathes expérimentés ont été invités à visiter la maison de deux étages. Leurs expériences sont incroyables.

L'un d'eux a « vu » un cimetière indien et l'esprit d'un vieux chef dont la tombe avait été profanée.

Un autre a « vu » sous les fondations de la maison un ancien puits mal scellé, fait qui a été vérifié. Il a senti que des émanations maléfiques se dégageaient de ce puits.

Une équipe de démonologues éminents, ayant une expérience de plus de trente ans des phénomènes paranormaux, a décrit sa rencontre avec un être surnaturel, diaboliquement intelligent, en proie à une rage inexorable et éternelle contre Dieu et l'homme.

Une autre autorité en matière de paranormal, qui a consacré une bonne partie de sa vie à la recherche psychique, a constaté la présence d'une chose si horriblement maléfique qu'elle a abandonné aussitôt cette recherche en disant qu'elle souhaitait ne jamais plus avoir à évoquer une telle horreur.

Tous les télépathes se « mirent à l'écoute » des différentes formes de l'entité abominable d'Amityville et s'accordèrent sur un point : la maison contenait une ou plusieurs forces non humaines, enclines à la destruction, violemment opposées à toutes sortes de cérémonies religieuses ou à tout objet béni; des entités démoniaques qui se manifestaient par le sang et la mort.

George et Kathy Lutz ne connaissaient qu'une très petite partie de l'étrange histoire de la demeure coloniale hollandaise d'Amityville, lorsqu'ils décidèrent de l'acheter. Ils savaient uniquement qu'un pauvre fou avait tué sa famille, là, un an ou deux ans auparavant. Cela ne les gêna pas; ils voulaient la maison.

— L'agent immobilier ne nous avait vraiment pas considérés comme des acheteurs sérieux, se souvient Kathy. Je pense qu'elle était simplement fatiguée de nous faire visiter des endroits qui ne nous convenaient pas. Alors, elle décida de nous montrer que ce que nous *voulions* dépassait nos moyens. Elle a été extrêmement surprise quand nous lui avons dit que nous l'achetions.

La maison, au bord de l'eau, comprenait un hangar à bateaux, un garage et une piscine. Assez vaste pour que George puisse y installer son bureau, elle était à un bon prix, même si cela dépassait la somme que les Lutz avaient compté y mettre. Bref, c'était exactement ce qu'ils souhaitaient : l'endroit idéal pour élever leurs enfants.

Le 18 décembre 1975, à peine un peu plus d'un an après que Ronald DeFeo ait entendu les voix et assassiné sa famille, Kathy et George Lutz ainsi que leurs enfants et leur chien bien-aimé — un bâtard du nom d'Harry — s'installèrent dans la belle maison coloniale. Cela semblait trop beau pour être vrai.

Et de fait, vingt-huit jours plus tard, à demi fous de terreur, ils s'enfuyaient de chez eux. Ils n'y retournèrent jamais.

George Lee Lutz est né et a grandi à Long Island. On peut dire que, dès sa venue au monde, il était destiné à être différent. Quelques secondes après sa naissance, les médecins le transportèrent d'urgence au bloc opératoire et l'opérèrent d'une importante fracture du crâne — qui aurait dû le tuer — et sa mère a souvent dit qu'elle pensait que cette guérison miraculeuse montrait qu'un destin spécial lui était réservé.

Très jeune, George manifesta des dons remarquables pour tout ce qui touchait à la mécanique. A douze ans, il modifia un hydroplane « à monter soi-même » en y ajoutant des skis nautiques dessinés par lui. Ce fut le début d'un amour durable pour les bateaux : canoës, barques à rames, canots à moteur, voiliers ou tout ce qui pouvait flotter. Plus tard, cette fascination s'étendit aux voitures et, aujourd'hui, George peut se rappeler la couleur, la décoration intérieure, la marque et le modèle de chacune des voitures qu'il a possédées. Et il en a eu beaucoup.

A dix-neuf ans, il s'engagea comme volontaire dans les Marines et, après son service, il suivit des cours à l'Ecole Civile d'Aéronautique et passa ses examens avec mention, ce qui lui permit de trouver du travail à Boston comme contrôleur de l'air. Peu de temps après, à la mort de son père, il dut rentrer à New York pour diriger l'affaire familiale, la société W.H. Parry qui s'occupait d'arpentage.

Il géra efficacement son affaire et s'entraîna passionnément aux arts martiaux pendant des années.

Il se maria une première fois en 1972 et divorça en 1973. En 1974, il rencontra Kathy. Pendant les huit mois suivants, il s'efforça de la convaincre de sortir avec lui.

Kathleen Lutz est également née à Long Island. Enfant, elle était d'un naturel sociable qui alternait avec des périodes d'intense concentration pendant lesquelles elle marchait seule des heures entières et contemplait les nuages. Mais la plupart du temps, c'était un véritable garçon manqué qui ne pouvait jamais s'empêcher de relever les défis. Le fait de grandir au milieu des garçons du voisinage l'obligea à une compétition constante avec eux et elle gagna généralement toutes les courses à pied ou à bicyclette.

A douze ans, elle s'intéressa à la gymnastique. Plus tard, elle fut également fascinée par les voitures. Elle se souvient avoir accepté des petits travaux afin de s'acheter une Thunderbird 1956 et, par la suite, elle réalisa son rêve : conduire un bolide sur un circuit de quatre cents mètres.

A dix-huit ans, elle se maria une première fois et eut trois enfants en six ans : Greg, Matt et Amy. Lors de son divorce, après la naissance de son plus jeune enfant, elle se trouva soudain confrontée à la dure réalité.

— Jusqu'alors, je n'avais fait que me promener dans la vie sans trop réfléchir. Tout d'un coup, je me retrouvai seule avec trois enfants et je voulus essayer de me comprendre. Lorsque je rencontrai George pour la première fois, j'étais en pleine introspection et, même si ça paraît bizarre, j'avais envie de me trouver moi-même, de comprendre qui j'étais avant d'accepter de laisser entrer quelqu'un d'autre dans ma vie. Finalement, je me sentis assez sûre de moi et j'acceptai de sortir avec George.

Ils abordèrent tous les deux leurs relations avec une extrême prudence : ils avaient déjà connu un échec chacun. George voulait que les enfants de Kathy aient de bons rapports avec lui et il n'eut pas longtemps de souci à ce sujet, car ils devinrent très vite de bons amis.

Un an après leur premier rendez-vous, ils se marièrent et se mirent bientôt en quête d'une maison. Vers la fin de 1975, ils crurent l'avoir trouvée : une maison coloniale hollandaise de deux étages et un rez-de-chaussée, située dans la petite commune d'Amityville à Long Island, dans l'Etat de New York.

Le lendemain de leur emménagement, un prêtre catholique, le père Mancusso, vint bénir la maison à leur demande. Mais dès qu'il commença la cérémonie — toute simple — il fut violemment frappé au visage par un assaillant invisible tandis qu'une voix lui ordonnait de quitter la maison. Plus tard, les télépathes expliquèrent que la bénédiction avait provoqué le diable à Amityville et avait été le point de départ de la succession des événcments qui survinrent aux Lutz pendant des années.

Le père Mancusso se hâta de terminer sa bénédiction et quitta la maison. Quelques heures après, il fut attaqué dans son presbytère. Cette attaque, plus forte que la précédente, le laissa gravement malade. Il fut à l'article de la mort pendant plusieurs jours mais, même malade et en proie au délire, il essaya d'appeler Kathy et George pour les mettre en garde. Il voulait les voir quitter au plus vite cette maison.

Il tenta de leur téléphoner à différentes reprises mais sans y parvenir. Chaque fois que la communication était établie, elle était coupée au moment crucial ou bien une interférence rendait impossible toute conversation. Et un nouvel accès de fièvre se déclara après chaque tentative.

En même temps, des choses étranges arrivaient aux Lutz. Des forces démoniaques les déséquilibraient lentement par une action constante, subtile et invisible; et ce qui avait été autrefois une famille aimante et unie se transforma peu à peu en un groupe d'individus haineux, cruels et batailleurs.

Cela devint, dans tous les sens du terme, un véritable cauchemar. Même aujourd'hui, les Lutz ont du mal à faire la part de ce qui leur est arrivé réellement et de ce qui ne s'est passé que dans leur esprit. Rêves, attaques physiques, apparitions et imagination se confondirent et firent voler en éclats la réalité. Ils en arrivèrent rapidement à prendre conscience du fait que ce qu'ils voyaient et ressentaient était « réel », même s'ils ne pouvaient le prouver.

Cela commença aussitôt après leur emménagement. Trente-six heures à peine après leur arrivée, George éprouva le sentiment que quelque chose « ne tournait pas rond ».

— Avant Amityville, raconte-t-il maintenant, je ne me souviens pas d'avoir jamais été effrayé. Je n'étais même pas homme à réagir quand je me cognais à un meuble la nuit. Mais les attaques contre moi débutèrent de manière si étrange que ce ne fut qu'après avoir quitté la maison, au moment où nous fîmes rétrospectivement le point, que je compris qu'il s'agissait vraiment d'attaques.

» J'avais toujours froid, explique-t-il aujourd'hui.

Il commença par passer de plus en plus de temps près de la grande cheminée de la salle de séjour. Il ne bougeait que pour aller couper du bois dans le jardin ou vérifier le thermostat. Il était persuadé que la chaudière marchait mal, pourtant elle marquait toujours 25°.

(Les télépathes appellent ce phénomène le froid intérieur : la faculté qu'a un esprit d'aspirer l'énergie thermique de sa victime ou d'une pièce. Ils disent que cette énergie, capable de créer des « coins de froid » dans les maisons hantées, se transforme généralement en puissance négative et se retourne contre la personne dont elle provient.)

Kathy aussi sentit quelque chose. Même si George et

elle n'étaient mariés que depuis peu, elle était sûre de bien comprendre son mari. A présent, elle voyait qu'il changeait en mal.

— Même les nuits où il finissait par abandonner sa place devant la cheminée et venait se coucher, dit-elle, il se réveillait vers 3 heures du matin, s'habillait et errait dans la neige, près du hangar à bateaux. George, jusque-là ordonné et soigné, se mit soudain à négliger sa propreté corporelle à cause de son besoin maniaque de chaleur. Cela devint une obsession.

Il devenait un étranger et ne s'en doutait même pas.

Ce n'était que le début... le premier round, incroyablement calme, de ce qui deviendrait une bataille pour s'emparer des âmes des Lutz. Pendant les vingt-huit jours suivants, chacun d'eux allait endurer leur version de l'enfer.

— Essayer de raconter ce qui est arrivé est impossible, dit George plus tard. Cela paraît tellement irréel. Même à moi qui l'ai vécu.

Le froid intérieur s'intensifia et les affecta tous. George se réveillait tous les matins à 3 h 15, à l'heure exacte des meurtres de DeFeo — mais à l'époque, il l'ignorait — en proie à des rêves et des visions morbides. Des hordes de mouches pullulaient dans la lingerie, autrefois la chambre de Ronald DeFeo. L'eau dans la salle de bains du haut devenait noire et exhalait une odeur putride. Les meubles et les objets se déplaçaient. La petite Amy devint l'amie d'une entité invisible qu'elle appela Jodie — une sorte de cochon plus réel que l'on aurait pu imaginer. Le jeune Greg eut la main écrasée par une fenêtre sans montrer aucun signe apparent de blessure. Et tous, même Harry, le pauvre chien bâtard, changèrent de caractère comme si l'esprit malin de la maison s'était emparé d'eux.

La terreur que la famille endura est racontée dans le best-seller, *Amityville, la maison du diable*. Plus récemment, un film qui a également connu un grand succès a été tiré de ce livre. Les deux versions montrent ce qui s'est passé dans la maison durant ce mois horrible.

12

Une chose, cependant, est certaine : le 14 janvier, vingt-huit jours seulement après qu'une jeune famille heureuse ait pris possession de la maison, cette même famille ramassa les vêtements qui lui tombaient sous la main et s'enfuit terrorisée. Les Lutz laissaient derrière eux pour plus de 40 000 dollars d'antiquités, de meubles, bateaux, vêtements et jouets, sans compter la maison elle-même.

Et c'est à ce moment-là que commence ce livre, *Amityville, la maison du diable, II.*

Il a été écrit en coopération étroite avec George Lutz et sa famille. De nombreuses heures de conversation, des voyages en Angleterre et à Amsterdam, des recherches intenses et des interviews réalisées aux Etats-Unis ont permis la rédaction de ce livre.

Rédigé dans un style narratif, *Amityville II* s'efforce de communiquer non seulement les faits mais également les sentiments ressentis lors de ces faits. Ces sentiments, après tout, ont été les instruments de torture utilisés par les forces en présence à Amityville à l'encontre des Lutz et de leurs amis, les armes qui ont conduit une famille innocente à abandonner son foyer et ont à jamais modifié le cours de la vie de tous ses membres.

Certains événements ou bribes d'information ont été combinés ou refaçonnés pour transmettre les *effets* des horreurs qui ont suivi Amityville. Il est arrivé que les rôles joués par deux ou trois personnages mineurs aient été remplacés par un seul personnage imaginaire afin d'éviter toute confusion ou complication. De même, dans quelques cas, les noms de certains protagonistes et lieux ont été changés pour préserver l'anonymat.

Mais il doit être clair qu'*Amityville II n'est pas* une œuvre de fiction, un récit imaginaire concocté par l'auteur, les Lutz ou quiconque. C'est une re-création véridique et horrible basée sur des événements et des sentiments provoqués par l'horreur d'Amityville. Et c'est, à mon avis, une histoire d'amour, de courage et de triomphe.

Le retentissement international du supplice enduré par la famille Lutz a entraîné les accusations de canular, de doute et de recherche effrénée de publicité. Plus d'un sceptique a mis en doute l'existence réelle de certains des héros principaux de ce récit. Ces commentaires laissent totalement indifférents George et Kathy Lutz.

— Mon mari et moi savons, sans aucun doute, que le diable *existe*. Et le fait que les gens discutent de cette éventualité nous paraît parfaitement académique. Nous l'avons subi, nous l'avons vécu et nous savons qu'il existe, a dit Kathy Lutz lors d'une visite récente à Amsterdam en compagnie de son époux.

Elle ajouta un peu plus tard :

— Même si nous essayons de le faire, il est pratiquement impossible de raconter ce qui nous est *réellement* arrivé, car beaucoup de choses ne peuvent être rendues par des mots. Il faut y avoir été mêlé pour comprendre, au moins partiellement.

Et George compléta ce jugement :

— Il nous est presque impossible de décrire littéralement l'horreur qui nous a harcelés au début dans notre maison et ailleurs ensuite, malgré nos nombreux déménagements décidés dans l'espoir de nous libérer de cette emprise. Le mot *horreur,* même s'il est explicite, est totalement inadéquat.

Mais arrêtons-nous là, tandis que l'histoire d'*Amityville, la maison du diable* continue...

1

C'était une maison banale dans une ville américaine banale. L'époque de l'année et l'heure de la nuit n'avaient rien d'insolite et... importaient peu. De toute façon, cela eut lieu.

Le 13 janvier 1976, l'enfer se déchaîna dans cette maison banale d'Amityville, New York. Et George Lutz se trouva pris dans ce déchaînement.

Il était étendu, immobilisé dans son lit, à l'instant où le monde devint fou autour de lui. La porte de la chambre à coucher se ferma bruyamment pour s'ouvrir et se refermer sans cesse comme un volet que le vent fait battre. Les tiroirs de la commode s'éjectèrent puis reprirent leur place et s'éjectèrent à nouveau. Il entendit des hurlements, des bris de verre et le fracas du métal contre le bois. Et même un orchestre invisible, faux comme un disque voilé, répandit sa musique crispante au rythme forcené dans les couloirs.

Je ne suis pas fou, se dit George. Ce serait trop simple et trop de choses s'étaient passées pour que ce fût si simple. C'est en train de se passer, *cela se passe* en ce moment.

Et Harry? Le chien bâtard des Lutz dormait bruyamment alors que la porte s'ouvrait et se refermait derrière lui, suffisamment près pour effleurer le poil du chien qui, pourtant, ne bougeait pas. Il ne bronchait pas. Pouvait-il ne pas s'en apercevoir? s'étonna George. Pouvait-il ne pas *entendre?*

Et Kathy? La propre femme de George, également

harcelée par les forces maléfiques cachées dans la maison, dormait paisiblement à ses côtés. Même leur fillette de cinq ans qui était — bizarrement — devenue l'amie d'une forme dénaturée de la puissance, ronflait de plaisir dans l'intervalle étroit et chaud entre ses parents.

George n'était pas fou. Mais alors? Qu'est-ce que c'était?

Il perçut un nouveau bruit au-dessus de sa tête : un raclement aigu; un gémissement; une complainte prolongée venue du plancher de l'étage supérieur.

Les lits, pensa-t-il. Quelque chose faisait bouger les lits des fils de sa femme et les traînait sur le plancher de leur chambre, située au deuxième étage.

— Je dois me lever.

George essaya de le faire, mais une bouffée de vent glacial le rejeta contre le matelas.

— Je dois me lever, répéta-t-il.

Il essaya à nouveau. Une force invisible et contraignante, telle une énorme main sans doigts, l'écrasa sur le lit. Les ressorts grincèrent sous la tension subite.

Il entendit des hurlements en haut. Quelque chose cliqueta dans les couloirs. Une porte claqua. Un tiroir s'ouvrit. L'orchestre crissa dans l'escalier. A présent, George ne pouvait ni hurler ni respirer. Quelque chose aspirait l'air de ses poumons.

— Non! Je dois me lever! Je dois aller voir les garçons, je dois me lever! *Non*!

La force se rapprocha de lui. George perdit connaissance.

— Papa! *Papa*!

Il s'obligea à garder les yeux ouverts et fixa sans les voir les fissures du plafond. Etait-ce un rêve? De la fièvre? Ce que l'on ressentait lorsqu'on avait une attaque? Combien de temps ai-je dormi? se demanda-t-il. Il pouvait se rappeler les voix. Il pouvait se rappeler que la maison remuait spasmodiquement autour de lui comme un muscle, mais à présent...

La porte de la chambre s'ouvrit toute grande et, un

instant, il crut que tout allait recommencer. Non, pas encore! supplia-t-il silencieusement. Pas encore!

— Papa! *Papa*!

Matt et Greg se précipitèrent dans la chambre. Greg, les cheveux blonds tout emmêlés, avait le teint terreux et l'air sombre. Le petit Matt, à peine assez âgé pour comprendre ce qui se passait, tremblait de froid.

Ils s'agrippèrent au pyjama de George en criant.

— Papa! Papa! Réveille-toi! hurla Greg.

Il n'a que dix ans, se dit George. Il se sentait étrangement serein et distant comme si la force qui le plaquait sur le lit était une couverture ou un bouclier. Pauvre Greg! Il est trop jeune pour savoir ce qu'il faut faire.

Les garçons ôtèrent les couvertures et tirèrent George par les bras, mais il ne bougea pas. Il ne le pouvait pas. Matt se jeta sur la poitrine de George qui entendit le cœur du garçon battre. Haletant, Matt appuya ses lèvres contre l'oreille de George.

— Je t'en prie, papa, murmura-t-il, réveille-toi.

Lève-toi, bon sang, se dit-il, *lève-toi!*

Il s'intima l'ordre de bouger, mais rien ne se produisit.

Le vent froid souffla une seconde fois dans la pièce et Harry sortit de son rêve agité. Il bondit sur ses pattes et, l'oreille basse, aboya en direction du vide au delà de la porte ouverte.

LÈVE-TOI!

— Papa, viens!

Une ombre se dessinait dans l'embrasure de la porte : un nuage couleur encre — annonciateur de tonnerre — tourbillonna et éclipsa la lumière du hall. George crut voir dans ce nuage des formes, des silhouettes qui apparurent, se figèrent un instant et disparurent.

Une corneille qui bat de l'aile. Un rictus dément. Une silhouette encapuchonnée. Et une griffe énorme, une serre aux ongles sanglants, qui remplit l'embrasure de la porte et camoufla le reste de lumière.

Cela ne pouvait être réel. Rien de ce qu'il voyait, entendait ou ressentait ne pouvait être réel d'un point de vue rationnel. Mais la maison avait été construite en un lieu démentiel et George comprit ce que le diable, réel ou supposé, pouvait leur faire. Ils étaient en danger. Ils pouvaient mourir. Cela, au moins, il en était sûr.

George Lutz sentit en lui un claquement sec. Le léger fil qui l'avait retenu pendant ces vingt-huit jours lâcha soudain. Il avait vu ce qui allait arriver. Il avait vu sa dignité, son équilibre et son espoir s'évanouir mais il n'avait rien pu faire pour arrêter le processus, il n'avait rien pu faire pour y changer quoi que ce fût. Il avait même essayé, une fois, d'éloigner sa famille de cette maison. Mais quelque chose à l'intérieur de lui-même, quelque chose qu'il ne pouvait combattre le retenait ici, les empêchait de s'en aller.

A présent, les chaînes étaient brisées. Les menottes s'étaient ouvertes avec un claquement et presque aussitôt il sut qu'il *pouvait* partir, qu'il *pouvait* se libérer. Et il sut qu'il n'avait pas le choix. Ils devaient partir maintenant, sinon ils ne le pourraient jamais plus.

C'est alors que George Lutz put bouger.

Il sortit du lit et le nuage n'exista plus. Il ne se désagrégea pas, ne disparut pas non plus. Simplement, il n'était *plus là,* balayé en une seconde. George s'aperçut que sa nouvelle vigueur l'abandonnait. Ses genoux menaçaient de ne plus lui obéir.

— Greg, dit-il en tâtonnant pour chercher un appui, occupe-toi d'Amy. Nous allons partir immédiatement. Nous quittons la maison.

Il s'efforça de garder la tête claire, se pencha et prit sa femme dans ses bras. Greg se chargea de sa petite sœur.

Il faut sortir de la chambre, se dit George. Traverser le couloir, descendre l'escalier et aller dehors. C'est tellement simple. Un voyage d'une minute.

Il franchit le premier le seuil de sa chambre, là où le nuage avait plané auparavant. La maison était d'un silence mortel et glacial.

Il descendit l'escalier, prudemment, en essayant de ne pas trembler. Il aurait aimé avoir des yeux derrière la tête.

Kathy remua dans ses bras au moment où ils attei-
gnaient le bas des marches. Elle se passa la main sur
les yeux et rejeta en arrière ses cheveux :

— George, dit-elle encore à moitié endormie, que se
passe-t-il ?

— Nous partons à l'instant même.

Encore quelques marches, pensa-t-il en luttant contre
la panique. Traverser le couloir. Sortir de la maison.
C'est tout.

Kathy comprit.

— Je suis réveillée, chéri, dit-elle gentiment. Tu peux
me lâcher.

George l'aida à se mettre debout et, comme elle se
serrait contre lui, il ordonna à Greg et à Matt :

— Emmenez votre sœur et Harry, et montez tous
dans la camionnette. Bloquez les portières et *ne les
ouvrez pas* jusqu'à ce que nous soyons là. Compris ?

Ils acquiescèrent et sortirent de la maison. George
écarta Kathy et lui demanda :

— Ça va, chérie ?

Elle fit oui de la tête... elle s'aperçut que George redevenait raide et froid. Il l'embrassa machinalement sur
le front et fit demi-tour. Il commença à remonter les
marches.

— Que fais-tu ?

— Je vais chercher des vêtements.

— Nous n'en avons pas besoin, dit-elle troublée. (Elle
répéta ces mots, soudain consciente de ce qu'elle
disait :) George, nous n'en avons pas besoin. *Sortons
d'ici* !

George l'entendit à peine. C'était insensé. Insensé. Ils
ne devaient pas partir sans manteaux ni bottes. Il
gelait, dehors. Et... et ils devaient dresser des plans.
Considérer certaines choses. Et d'abord, pourquoi partir ? Qu'est-ce qui lui arrivait de se lever et de vouloir
s'en aller comme ça ? *S'en aller.* Etait-il vraiment un
froussard ? George le trouillard ? Il...

Non, se dit-il en agrippant la rampe de l'escalier à
deux mains. Ce n'est pas moi. C'est la maison. La *maison.* Nous devons sortir d'ici. *Immédiatement.*

Il ouvrit la porte de la chambre des garçons d'un grand coup de pied, puis celle de la penderie et ramassa chemises et pantalons en marmonnant.

Dans le hall, en bas, Kathy hésitait et frissonnait. Pendant un moment, la chose qui les harcelait avait relâché son emprise. Ils pouvaient partir maintenant, ils pouvaient se sauver. Mais s'ils ne se dépêchaient pas, ils seraient à jamais prisonniers.

Quelqu'un la poussa. Elle tituba et se retourna, croyant que l'un des enfants était rentré dans la maison... mais il n'y avait personne.

A nouveau, elle fut projetée en avant; elle étendit les mains de peur de tomber.

Encore une poussée et elle se trouva dans la petite entrée. Une autre pression et elle était dehors. Soudain, le vent froid hivernal transperça douloureusement sa chemise de nuit et elle s'abrita sous le porche.

Elle se retourna pour regarder la façade bleue et blanche de la maison, les lumières tremblotantes aux fenêtres du haut et la forme sombre qui bougeait derrière le rideau.

Elle s'appuya au montant de la porte et hurla le nom de son mari. Quelque chose tourbillonna dans le vestibule devant elle et elle hurla une seconde fois.

George était seul dans la maison.

Il avait les bras pleins de vêtements : vestes et chemises pour les garçons, costume de cheval pour Amy, manteaux et bottes pour Kathy et lui.

— George ?

Kathy l'appelait d'en bas. Elle semblait terrifiée.

Il descendit les marches deux par deux et arriva sur le palier du premier étage si vite qu'il faillit perdre l'équilibre. Encore vingt marches, se dit-il, et je serai dehors pour de vrai. Encore dix secondes, pas plus.

Il dérapa sur la dernière volée de l'escalier et s'agrippa à la rampe de sa main libre.

Noir comme la cendre, le nuage planait dans le vestibule, en bas. Derrière le nuage, l'air fragile et menu dans la nuit, Kathy se tenait debout, dehors, les mains sur la bouche.

— Regarde dehors, George!

Le nuage noir sans fin tourbillonna en avant. George cligna des yeux deux fois.

Sa vision se brouilla, il crut, un instant, voir des formes dans le nuage et une *sensation* aussi tangible et mortelle qu'un gaz toxique l'envahit.

Je ne vais pas y arriver, pensa-t-il. Je ne vais pas y arriver. Il était absolument sûr de cela. Il allait baisser les bras. C'était inutile. Cela ne servait à rien. Il était à jamais piégé dans cette maison. Il le savait maintenant.

Derrière le nuage noir qui s'étalait de plus en plus, la porte d'entrée commença à se refermer.

— George! hurla Kathy. Cours. Cours!

Il leva la tête, frissonna et émergea, une fraction de seconde, de la brutale dépression causée par le nuage.

George se déplaça avec une sorte de frénésie. Il avança vers la droite, évita la chose et se dirigea vers la porte d'entrée. Un froid engourdissant lui cingla l'épaule au moment où il dépassait la forme vaporeuse.

La porte se fermait de plus en plus vite. Il se précipita pour attraper la poignée et tituba.

— *Cours*, répéta Katy. *Cours!*

Il bondit tête baissée le plus loin possible et réussit à se glisser par l'étroite fente, une fraction de seconde avant que la porte ne se referme brutalement. Il heurta de plein fouet sa femme, ils tombèrent lourdement sur le porche et les vêtements que portait George s'éparpillèrent autour d'eux.

Ils les ramassèrent sans un mot. George transpirait comme en plein été. Kathy s'efforçait de ne pas renifler.

Les mains pleines, ils se dirigèrent vers la camionnette. Les enfants, le visage pâle et inexpressif derrière la vitre, débloquèrent les portières au moment où leurs parents arrivaient en hâte.

George referma les portières et mit le contact. Le vent hurlait contre la camionnette, mais George ne s'en soucia pas. Les enfants murmurèrent à l'arrière, mais il leur dit de se taire. Ils partaient. Rien d'autre ne comptait maintenant.

— Où est Harry?

La main de George se figea sur la clé de contact et Kathy répéta :

— Où est Harry?

— Nous avons essayé de l'attraper, dit Matt sur la défensive. Mais il s'est sauvé. Il se sauve toujours quand il est effrayé.

— Il est dans le hangar à bateaux, maman, dit Greg d'une voix pleine de larmes. C'est là qu'il se réfugie toujours. Nous l'avons vu.

— Nous avons fait tout notre possible pour l'attraper!

— Ça va, dit George. (Il poussa un profond soupir et retira la main du contact.) Ça va, je vais le chercher.

Il descendit de la camionnette, courut derrière la maison sur le sentier pentu, couvert d'herbe, qui menait au bord de la rivière. Le vent fouetta son visage. Une branche cassée lui griffa la joue.

Va-t-en maintenant. Va-t-en! Va-t-en! Voilà tout ce à quoi il pouvait penser. Pars. Va-t-en!

Il posa la main sur le bouton de la porte du hangar et reçut une décharge électrique glaciale. Il se tourna brusquement et regarda la maison.

Rien n'avait changé. Les arbres remuaient toujours alentour sous l'action du vent. Les lumières étaient restées allumées aux fenêtres d'en haut. Mais il sentit quelque chose de nouveau, quelque chose d'horrible. Il savait que la maison le surveillait... attendait qu'il commît une bêtise. Tapie, avide, dangereuse comme un animal blessé.

Il se contraignit à lui tourner le dos et ouvrit la porte du hangar. Harry était pelotonné à l'intérieur, il grognait et tremblait, les yeux écarquillés et tout blancs.

George voulut le prendre dans ses bras mais le chien couvert de transpiration et de boue lui glissa entre les mains. Est-ce lui ou moi qui transpire? se demanda George vaguement. C'est peut-être moi.

Il jura et prit une longue corde accrochée à une

patère près de la porte. Il fit une boucle qu'il passa autour du cou du chien en murmurant des paroles réconfortantes.

— Viens, Harry. On s'en va. Viens, allez.

Il traîna le chien hors du hangar et se mit à courir. Soudain, Harry parut avoir compris, bondit à ses côtés et fila droit à la camionnette.

Les garçons crièrent de joie et firent coulisser la portière arrière. Harry sauta à l'intérieur, George se glissa sur son siège et dit :

— Nous partons. On s'en va. Immédiatement.

Il claqua la portière et mit le contact.

Rien.

Kathy étouffa un sanglot, mais George ne la regarda pas. Il serra les dents et essaya à nouveau après avoir enfoncé la clé à fond.

Rien.

— *Merde,* dit-il distinctement, et il poussa le bouton d'ouverture du capot.

Personne ne prononça une parole quand il ouvrit la portière et se dirigea vers l'avant de la camionnette.

Un fil débranché, se dit-il. C'est tout. Ni diable ni démon, seulement une saloperie de fil qui s'est débranché. Il regarda le bouton du starter à main et essaya de se convaincre qu'il ne s'agissait que de cela.

Mon Dieu, pria-t-il, faites que le moteur démarre. Faites que le starter à main marche. Le voilà. Un petit bouton rouge, pas plus gros qu'un ongle. Il prit une profonde inspiration, appuya sur le bouton... et le moteur démarra du premier coup.

George retourna à toute vitesse dans la camionnette, ferma rapidement la portière, mit en marche arrière et appuya sur l'accélérateur.

Un jet de gravier jaillit devant eux lorsqu'ils s'élancèrent dans la rue. Le métal racla le béton, les pneus hurlèrent sur l'asphalte et ils roulèrent bruyamment dans la nuit.

Quelques secondes après le départ de la camionnette, l'horloge sonna douze coups. C'était le 14 janvier 1976.

Les Lutz voyaient leur maison d'Amityville pour la dernière fois.

2

Le soir où les Lutz s'enfuirent, Amityville connut un
froid intense. George pouvait voir sa propre haleine se
condenser en petit nuage devant lui tandis qu'il conduisait leur camionnette — modèle 1974 — hors de la ville
et se dirigeait vers le nord, vers la sécurité. La visibilité
était bonne mais des plaques de verglas rendaient la
route dangereuse.

George ôta une main du volant et la passa dans ses
cheveux bouclés. Il ne quitta pas la route des yeux un
seul instant, même quand il chercha à tâtons le bouton
du chauffage sur le tableau de bord. Il s'aperçut qu'il ne
se trouvait pas à sa place. Il lui fallut une minute pour
comprendre ce que cela signifiait.

Il poussa le chauffage à fond. L'air chaud se répandit
dans la voiture.

Alors, pourquoi suis-je gelé ? se demanda-t-il. Quel est
ce froid dont je ne peux me débarrasser ? Ses bras, ses
jambes, son corps tout entier étaient engourdis.

Kathy ressentit également ce froid inquiétant. Elle
frissonna et enroula la couverture plus étroitement
autour d'Amy, petit paquet sombre dans ses bras. Elle
pensa à sa grand-mère qui savait ce que le mot « froid »
signifiait. Elle lui aurait dit :

— Quelqu'un marche sur ma tombe.

Kathy chassa rapidement cette pensée trop sugges-
tive.

Greg et Matt, assis à l'arrière, demeuraient silencieux
et sur le qui-vive. Harry dormait à leurs pieds. Ils
conservaient une raideur peu naturelle et George
s'aperçut qu'ils n'avaient pas émis un son depuis que la
camionnette avait quitté la maison.

— Faites qu'ils n'aient pas subi de choc, implora-t-il.

Si quelque chose doit arriver, que cela nous arrive à nous; faites que les garçons restent en dehors de ça.

Moins d'un quart d'heure après qu'ils eurent quitté Amityville, la camionnette atteignit une portion de route verglacée et fit une légère embardée. Les pneus dérapèrent, George serra plus fort le volant et réussit à garder le contrôle de la voiture, les pneus adhérèrent à nouveau à la route.

George se détendit légèrement mais malgré tout son estomac restait noué. Rien d'étonnant à cela : comment ne pas être tendu après ce qu'ils avaient enduré ce dernier mois ?

Il avait peine à croire que quatre semaines à peine s'étaient écoulées. Toute cette peur, cette folie en vingt-huit jours ? Tout ça ? Mon Dieu, se dit-il, j'ai eu l'impression que cela durait depuis des siècles.

Mais nous avons réussi. Nous sommes partis, nous sommes libres. Je n'aurai plus jamais froid. Je vais retrouver mon équilibre. Ce sera comme avant. Nous formerons de nouveau une vraie famille.

Cependant, j'ai encore froid et je me sens... bizarre.

C'est sans doute le choc, se dit-il. Après tout, il y avait eu l'histoire de la porte qui s'était brutalement refermée derrière lui et cette sensation de malaise indiquant que s'il était resté à l'intérieur à ce moment-là il ne serait jamais ressorti vivant.

Il lança un coup d'œil à Kathy qui le regarda également. Je n'aurais jamais fait ça sans elle, se dit-il. Elle a été là tout le temps, c'est elle qui m'a averti lorsque la porte a failli me prendre au piège. Même si Kathy s'est effrayée à plusieurs reprises, elle n'a jamais été du genre à crier en levant les bras au ciel. Malgré sa frayeur, elle a su garder son sang-froid. Elle m'a sauvé la vie.

Kathy sourit et il répondit à son sourire. Il était facile d'éprouver de l'estime pour une telle femme.

George leva les yeux une fraction de seconde et jeta un bref coup d'œil aux garçons, à l'arrière. Ils avaient l'air petits et gris dans le rétroviseur.

Eux aussi avaient été formidables, surtout vu ce qui

s'était passé. Là-bas, la force intérieure était intense. Il avait été dur avec eux dans la maison. Comme quand... quand...

Attends. Il pensait à quelque chose... mais brusquement, il lui fut impossible de se rappeler quoi. Il savait seulement que cela avait été dur pour eux tous. C'était vrai mais...

Bon sang! Presque toute cette période s'était écoulée comme un rêve, un cauchemar. Pourquoi donc n'arrivait-il pas à se souvenir?

Les phares d'une voiture venant en sens inverse illuminèrent la camionnette. George essaya de se concentrer sur la route mais il se sentit extrêmement las. Cinq minutes plus tard, il rêvassait à nouveau.

C'étaient de bons petits. Il espérait qu'ils n'avaient pas subi de graves lésions. Au moins, tout était fini à présent. Ils avaient surmonté cette épreuve. Et ils pourraient tous ensemble reprendre la vie d'autrefois; ils pourraient décider de leur avenir.

Bon sang, se dit-il dans un mélange de colère et de frustration, j'étais prêt à accepter cette folie comme s'il s'était agi d'une chose normale, comme si je pouvais réellement l'oublier. Pourquoi est-ce que je n'arrive pas à me souvenir clairement de tout?

Il soupira et se frotta le front d'une main. Je suis seulement fatigué. Vraiment fatigué.

Kathy entendit le soupir de son mari et lui toucha doucement le bras.

— Tu vas bien, chéri? demanda-t-elle calmement.

Elle le vit se redresser, surpris.

— Quoi? Oh... oui. Bien. Je me sens bien, je crois.

Il sourit d'un air rassurant mais vague et regarda la route glacée.

Il est claqué, se dit Kathy. Mais au moins, nous sommes partis. Il va pouvoir se reposer, maintenant.

Dieu merci, nous sommes partis. Je n'aurais pu le supporter plus longtemps.

Elle se demanda si George avait compris qu'elle était sur le point de craquer. Deux fois, elle avait eu envie de hurler, de hurler jusqu'à en avoir mal aux poumons.

Mais elle savait que si elle commençait, elle ne pourrait plus s'arrêter. Elle ignorait ce qui lui avait permis de tenir le coup.

George se pencha sur le volant et soupira encore. Elle le regarda et, malgré tout ce qui s'était passé, elle sourit. Oui, elle savait à présent que George l'avait empêchée de se laisser aller. Même au beau milieu de la folie, même épuisée et terrifiée, elle avait senti sa force qui la soutenait.

Et maintenant, c'était fini. Bel et bien fini. Elle regarda les ténèbres devant eux et essaya d'oublier la maison et l'horreur d'Amityville. Le ronronnement monotone du moteur emplit la camionnette. Amy, blottie contre elle et enroulée dans la couverture, lui tenait chaud. Ses paupières se fermèrent. Kathy s'efforça de les garder ouvertes, une fois, deux fois, trois fois. Mais elles se refermèrent.

Brusquement, Kathy ouvrit tout grands les yeux et se redressa sur son siège. Amy, encore endormie, tressaillit dans ses bras.

Il y avait quelque chose dans l'obscurité. Elle pouvait sentir sa présence... la reconnaître. Quelque chose d'affreux se trouvait dans l'obscurité devant eux.

George éprouva la même sensation une seconde plus tôt. Il appuya aussitôt sur la pédale du frein mais la camionnette ne ralentit pas. Il vit Kathy se redresser, le souffle court, mais il n'avait pas le temps de s'occuper d'elle.

Est-ce de la paranoïa ? se demanda-t-il. Peut-être. Il n'y a rien dehors. Nous ne pouvons rien voir du tout. C'est peut-être un cauchemar.

Que ce fût réel ou imaginaire, il ressentit quelque chose et Kathy également. Mais que signifiait le mot « réel » à présent ? La ligne de démarcation entre l'imaginaire et le rêve avait disparu pendant ce mois passé à Amityville. Il avait au moins appris une chose : ce qu'il *pensait* était réel comme était réel tout ce qu'il *ressentait* assez intensément pour le remarquer.

Une deuxième vague de terreur déferla sur Kathy comme une pluie glacée. Un sentiment de malaise et de désespoir lui noua l'estomac. Cela ne peut se produire. Nous sommes à des kilomètres d'Amityville. Nous avons laissé toute cette folie derrière nous. Elle ne peut plus nous atteindre. *Elle ne le peut pas!*

George appuya sur le frein à nouveau, mais rien ne se produisit. Ils ne ralentirent pas. Son esprit refusa l'évidence. Il freina encore, à fond, le pied au plancher, mais sans aucun résultat.

Les phares et les lumières du tableau de bord s'éteignirent. La voiture tangua dangereusement sur le macadam verglacé et le moteur rugit. George ôta le pied de l'accélérateur mais la camionnette s'emballa.

Ils prirent de plus en plus de vitesse.

Non, se dit-il. Non. Il tira sur le levier de vitesse automatique pour le bloquer sur « Park » mais ne réussit pas à le bouger. Le compteur dépassa le cent trente. Les pneus hurlèrent sur la glace.

Finalement, il s'agrippa au volant et lutta désespérément pour garder la camionnette sur la route. Il ne pouvait rien faire d'autre que d'essayer de s'en sortir indemne avec toute sa famille.

Un vent pénible frappa l'avant de la camionnette et le volant tressauta dans les mains de George. Une pluie torrentielle tomba d'un ciel serein et s'abattit sur la camionnette avec un bruit de tonnerre. George voulut actionner les essuie-glaces, mais en vain.

Harry se mit à aboyer follement à l'arrière. Les deux garçons se recroquevillèrent sur leurs sièges et se bouchèrent les oreilles, trop effrayés pour bouger.

L'attaque cessa aussi vite qu'elle avait commencé; le vent se dissipa, la pluie s'arrêta; Harry se calma et essaya de se faufiler sous le siège arrière. Le bruit du moteur reprit de plus en plus fort, de manière anormale.

George hésita. Il maintint la camionnette fermement sur la route comme s'il s'attendait à un autre assaut. C'est alors qu'une rafale de vent souffla à l'intérieur de la camionnette, si froide qu'elle fut douloureuse comme une brûlure. Elle enveloppa chacun des occupants, les transperça jusqu'aux os et leur gifla la peau.

George jeta un regard éperdu autour de lui pour voir d'où venait le courant d'air. Toutes les vitres étaient bloquées.

Le vent disparut au bout de quelques secondes. Les Lutz tremblaient, épuisés.

Kathy essaya de rester calme malgré tout et seul un mot lui échappa.

— George?

Il ne répondit pas. Il se cramponna au volant encore plus fermement et s'efforça de rester maître de la direction. La camionnette accélérait toujours, elle bondissait et glissait sur les plaques de verglas, heurtait les bas-côtés de la chaussée luisante. Il devait ignorer tout le reste. Il devait empêcher la voiture de quitter la route.

Bizarrement, il était presque heureux. George Lutz était un lutteur, il avait toujours été un lutteur et, maintenant, il pouvait enfin se battre contre quelque chose de tangible. Penché en avant, il serra si fort ses mains sur le volant que ses articulations devinrent toutes blanches.

Kathy comprit qu'il menait une lutte sans merci.

— Qu'y-a-t-il, George? Que se passe-t-il?

— J'ai du mal à tenir la route, dit-il brièvement. Ça ira bien dans une minute.

Matt éclata en sanglots.

— Maman! Papa! Que se passe-t-il?

— Tout va bien, répondit Kathy. Tout va bien. Il y a juste un petit ennui, mais George va le régler.

Je ne sais pas mentir, pensa-t-elle. Ils n'ont aucune raison de me croire. Ce ne sont plus des enfants. Ils ont enduré plus d'épreuves qu'un adulte.

Mais les garçons semblèrent rassurés par le son de sa voix. Ils s'arrêtèrent de pleurer et se renversèrent sur leurs sièges, les yeux agrandis de frayeur.

George lutta pour garder le contrôle de la voiture, les muscles du cou et des épaules tendus au maximum. Il ignorait combien de temps il pourrait tenir.

Soudain, la voiture se mit à ralentir. Elle roulait encore trop vite sur la route glacée mais il savait que maintenant ils ne quitteraient pas la chaussée. Il poussa un soupir de soulagement et relâcha ses mains sur le volant. C'était peut-être à cause de la glace fondue, se mentit-il, ou quelque chose du même genre.

Kathy vit qu'il se détendait.

— Ça va ? chuchota-t-elle.

— Je pense que nous avons passé le plus dur.

— Tu en es sûr ?

C'était Greg, le garçon âgé de dix ans. Sa voix reflétait la peur qu'il s'efforçait tant de dissimuler.

George lui adressa un sourire réconfortant et faux :

— Il n'y a pas de quoi s'inquiéter.

Un claquement résonna à l'intérieur de la camionnette. Matt fit un saut pour éviter l'endroit d'où venait le bruit et hurla. Ils tanguèrent dangereusement vers la gauche. George se cramponna au volant, mais un instant plus tard, un second coup retentit. Ils firent une autre embardée.

George se pencha sur le volant pour reprendre le contrôle de la direction.

— Papa ! Papa !

— Baissez-vous ! Restez par terre ! *Baissez-vous, bon sang !*

Le choc se répéta, et des deux côtés à la fois. Encore et encore. Les parois de la camionnette commencèrent à onduler.

Les enfants hurlèrent et se serrèrent l'un contre l'autre. Le chien se leva et aboya furieusement. La chaussée dansa bizarrement devant eux, bleue et noire sous le clair de lune.

Les coups devinrent plus forts que le tonnerre, plus forts qu'une explosion. A chaque assaut, les parois se déformaient davantage.

— George, qu'est-ce que c'est ? George !

Il comprit que ce n'était plus qu'une affaire de secondes, que la voiture allait être complètement détruite et sa famille anéantie. Nous allons mourir, se dit-il vaguement. Nous allons finir par mourir.

Un autre coup. Un autre encore. Greg et Matt pleuraient, Kathy s'accrocha au bras de George et lui enfonça les ongles dans la peau. Il pouvait sentir la panique grandir, prête à la submerger.

Mon Dieu, pensa-t-il désespéré, mon Dieu, ne laissez pas faire ça. Je vous en prie...

Une idée lui vint à l'esprit. Elle se faufila en lui malgré le bruit et la peur. Une idée inexplicable :

— *Notre Père qui êtes aux cieux,* commença-t-il doucement.

Kathy le regarda comme s'il était devenu fou. Mais il avait raison, il savait qu'il avait raison. Il répéta plus fort et plus fermement :

— *Notre Père qui êtes aux cieux...*

La chose à l'extérieur de la camionnette hurla son défi. Le hurlement se transforma en un cri perçant et le pilonnage tripla de vigueur.

Kathy se rappela que le père Mancusso leur avait dit que la prière était leur seule défense. Lorsqu'elle entendit la voix de George s'élever, ténue et mal assurée, dans le chaos, elle joignit sa prière à la sienne :

— *... que Votre Nom soit sanctifié...*

Les enfants entendirent leurs parents prier et poursuivirent avec eux :

— *... que Votre Règne arrive...*

La camionnette vibra; le vent gémit autour d'eux; dehors, l'attaque s'affaiblit.

— *... que Votre Volonté soit faite sur la terre comme au ciel...*

Ils hurlaient comme s'il s'agissait d'un chant de victoire. George conduisait, le volant bien serré dans ses mains. La camionnette filait sur la route glacée.

— *... le royaume et la puissance! et la gloire pour toujours! Amen!*

Il répéta dans un cri de triomphe :

— AMEN !

Le fracas s'arrêta. Les grincements s'évanouirent. La nuit redevint calme et seuls les aboiements fous d'Harry continuèrent.

— La ferme, Harry!

Harry s'arrêta, aboya encore deux fois puis se tut. Les derniers mots de la prière furent repris par l'écho dans la nuit, et très tranquillement George dit un troisième et dernier « Amen ».

Le ronronnement du moteur disparut. Les phares et les lumières du tableau de bord se rallumèrent. Les essuie-glaces se remirent en marche d'un coup, balayèrent le pare-brise sec, et George les arrêta. Le ciel était clair à nouveau.

Amy, qui avait dormi tout le temps, tressaillit soudain dans les bras de sa mère et se mit à pleurer.

— Tout va bien, ma chérie, murmura Kathy. Tout va bien.

Amy murmura quelque chose puis se rendormit.

George essaya les freins. Ils fonctionnaient normalement. Il appuya doucement le pied sur la pédale, et la camionnette ralentit de plus en plus.

— Continue de rouler, dit Kathy d'un ton rude. (Penchée sur sa petite fille, elle tremblait, les yeux grands ouverts.) Eloigne-toi le plus possible de cette maison.

— Ne t'en fais pas, lui dit-il, c'est exactement ce que j'ai l'intention de faire.

Il appuya à fond sur l'accélérateur jusqu'à ce que le compteur de vitesse ait dépassé le quatre-vingts.

Ils ne s'arrêtèrent pas. George conduisit aussi vite qu'il l'osa jusqu'à ce qu'ils eurent atteint leur destination : une petite maison de banlieue à East Babylon dans l'Etat de New York.

3

Joan Conners vivait au même endroit depuis plus de vingt-six ans. Quand elle avait emménagé dans cette banlieue de New York, la maison faisait partie d'un lotissement composé de petites villas comprenant deux chambres à coucher, mais au cours des années, à mesure qu'East Babylon prospérait, la villa de style ranch s'était agrandie. Joan avait ajouté une autre chambre, une petite pièce supplémentaire ainsi qu'un coin-repas. Certains voisins firent des travaux plus importants. La maison était confortable, l'environnement agréable, la vie plaisante.

Mais cette nuit, depuis le coup de téléphone bizarre et troublant de sa fille Kathy, Joan se sentait inquiète. Kathy semblait à bout de force. Elle avait dit brièvement à sa mère qu'ils quittaient tous leur maison d'Amityville et venaient chez elle. Mais une bonne heure s'était écoulée et ils auraient dû être déjà là. Sauf s'il leur était arrivé quelque chose.

Elle détestait leur maison. Le souvenir de sa dernière visite à Amityville lui donnait encore froid dans le dos. Dès qu'elle avait franchi le seuil de la maison, elle avait eu l'impression que quelqu'un — ou quelque chose — la surveillait. Au début, elle avait essayé de repousser ce sentiment, mais sans succès. Et ce n'était pas un effet de son imagination. Elle avait reconnu la sensation éprouvée.

Toute petite, Joan Conners avait passé une nuit entière seule dans les bois. La peur primitive qui l'avait alors saisie l'avait tellement terrifiée qu'elle n'était plus jamais sortie seule depuis. La *chose* qu'elle avait sentie à Amityville était très proche de cette peur... et c'en était plus qu'elle ne pouvait supporter.

Elle avait été invitée à dîner chez eux le premier soir, mais au bout de cinq minutes passées dans cette maison terrifiante, elle avait trouvé une excuse et s'était sauvée. Elle avait *couru* jusqu'à sa voiture pour fuir cette horrible sensation.

Elle se rappela George cette nuit-là : regard vide, apparence négligée, obsession du froid. Cela ne lui ressemblait pas, ou du moins, ne ressemblait pas au George qu'elle connaissait. Au début, elle ne lui avait pas vraiment fait confiance; après tout Kathy avait déjà trois enfants et il paraissait ne pas se rendre compte de la responsabilité que cela impliquait, mais elle s'était rapidement aperçue que cette première impression était erronée. Aujourd'hui, personne ne pouvait se douter qu'il ne s'agissait pas de ses propres enfants. George les aimait tant! Mais ce soir-là à Amityville, il avait été différent.

C'était sûrement dû à la maison, se dit-elle. Qu'est-ce qui avait bien pu les pousser à l'acheter si vite alors qu'ils connaissaient sa tragique histoire ?

Elle entendit un klaxon dans l'allée et sortit en hâte de la cuisine. Au moment où elle atteignait la porte d'entrée, ses soucis se dissipèrent. Enfin, se dit-elle. Enfin.

La camionnette de son gendre s'arrêta devant la porte d'entrée. Tout semblait normal : elle put voir George et Kathy à l'avant avec Amy, les garçons derrière, étrangement immobiles. Ils étaient tous là, sains et saufs. Mais pourtant... quelque chose n'allait pas.

Au moment où elle pensa cela, une vague d'horreur, de frayeur, aussi réelle et terrifiante qu'à Amityville, l'assaillit avec une force quasi physique.

La camionnette...

Joan sentit qu'elle tombait. Elle se retint au cadre de la porte et crut que son cœur s'était arrêté de battre. Elle ne pouvait plus respirer ni bouger.

Puis le malaise disparut. Elle pouvait à nouveau se tenir debout. Elle s'obligea à franchir le seuil et à aller jusqu'au porche. Elle cligna des yeux et examina les occupants de la voiture en s'efforçant d'oublier ses impressions. Ils avaient tous l'air indemnes mais effrayés, et elle put voir à leur air que ce n'était pas le moment de leur demander ce qui s'était passé.

De toute évidence, ses petits-fils avaient besoin d'elle. Elle se ressaisit, leur fit son sourire le plus tendre et ouvrit la portière arrière.

— Mes pauvres chéris, dit-elle en essayant de se montrer affectueuse et calme, vous devez être épuisés. Entrez, entrez vous réchauffer. Voulez-vous des biscuits et un peu de lait ?

Les garçons descendirent de la camionnette sans un mot.

Au moins, ils sont ici, se dit Joan, étonnée d'être à ce point soulagée. Au moins, ils étaient sains et saufs.

Mais alors, qu'avait-elle ressenti quelques instants auparavant ?

Une heure plus tard, ils se retrouvèrent tous dans la salle de séjour où des coussins et des couvertures avaient été réunis à la hâte. Amy, Greg et Matt, déjà couchés et chaudement couverts, dormaient d'un sommeil agité.

Kathy finit de préparer le dernier lit, celui qu'elle partagerait avec George.

— Voilà, dit-elle, ça y est.

— Etes-vous sûrs que vous serez bien ? demanda Joan. (Elle n'aimait pas les voir dormir par terre, sur ces lits improvisés.) Les enfants auraient pu coucher ensemble dans la chambre d'ami. Cela aurait été beaucoup mieux.

— C'est très bien ainsi, maman, dit Kathy fatiguée. Nous préférons rester tous ensemble pour cette nuit. Je suis désolée de te causer tant de dérangement, ajouta-t-elle en lui touchant le bras.

— C'est idiot. Tu sais que vous êtes toujours les bienvenus ici, Kathy. (Joan embrassa sa fille sur la joue et la serra rapidement contre elle.) Toujours. (Puis elle sourit, les larmes aux yeux.) Tu connais la maison, dit-elle en s'efforçant de parler d'un ton léger. J'espère seulement que c'est suffisamment confortable.

— C'est bien plus confortable que tout ce que nous avons eu depuis longtemps, Joan, dit George, l'air un peu agacé.

Joan comprit qu'elle était de trop.

Après un dernier coup d'œil à ses petits-enfants, elle souhaita une bonne nuit à George et Kathy. Cela a dû être effroyable, se dit-elle. Pire que tout ce que je pouvais m'imaginer. Cela se lit sur leurs visages.

Elle sortit de la salle de séjour et éteignit l'entrée. Ils avaient besoin d'être ensemble. Mais était-il vraiment nécessaire que Harry dorme dans la pièce attenante ?

Cependant, Harry ne dormait pas. Au cours du mois écoulé, il avait enduré plus que sa part et maintenant, complètement éveillé, il allait et venait en tirant sur sa laisse attachée à un pied du piano. Il geignait doucement et sentait quelque chose qu'il était le seul à percevoir.

Bien qu'épuisés, George et Kathy décidèrent de méditer un moment avant de se coucher. Kathy s'adossa au mur, les jambes en tailleur; George s'assit sur leur lit de fortune. Au bout de quelques secondes, leur respiration retrouva son rythme régulier : ils firent le vide en eux...

Deux heures plus tard, George ouvrit les yeux. Il sentait quelque chose, quelque chose qu'il ne pouvait encore comprendre.

Il était penché en avant, les jambes en tailleur, mais son corps se redressa à mesure qu'il se réveillait. Un instant, il ne se rappela plus où il se trouvait, puis la mémoire lui revint par bribes.

La mère de Kathy. Il était chez Joan Conners. Il se frotta les yeux en poussant un profond soupir. Nous étions en train de méditer, se souvint-il, j'ai dû m'endormir d'un coup. Je devais être plus fatigué que je ne le pensais.

Harry aboya bruyamment dans la petite pièce, ce qui fit sursauter George qui leva les yeux. Le choc faillit le renverser en arrière.

Kathy — le dos au mur et les jambes croisées — flottait à près d'un mètre cinquante au-dessus du sol, les mains étroitement serrées sur la tête. Son corps rigide et frêle restait absolument immobile. Elle était complètement endormie ou inconsciente... et s'élevait vers le plafond.

Les jambes encore engourdies, George s'approcha de Kathy et posa les mains sur la taille de sa femme. Il essaya de la tirer vers le bas, mais elle semblait ancrée en l'air, pétrifiée. Il s'accrocha à elle, la tira de tout son poids pour tenter de l'entraîner vers le sol...

Il s'écroula lorsqu'elle se relâcha brusquement. Il voulut se redresser, la rattraper ou l'empêcher de tomber, mais ils atterrirent lourdement sur le matelas improvisé.

Il l'étendit sur le dos et s'efforça de la réveiller.

— Kathy! Tu m'entends? Allons, chérie, ouvre les yeux! (Il la secoua rudement.) Kathy!

Pas de réponse. Elle était en transes.

George sentit une nouvelle et douloureuse terreur l'envahir. Qu'y a-t-il? se demanda-t-il. Pourquoi?

Le bruit. Il n'entendait aucun bruit. Il tendit l'oreille : silence total.

Il voyait la petite aiguille de l'horloge murale bouger mais n'entendait pas son tic-tac habituel. La poitrine de Kathy se soulevait et s'abaissait régulièrement, mais il ne l'entendait pas respirer, même l'oreille collée contre sa poitrine. La pièce était absolument silencieuse.

Il se passait quelque chose, George le sentit. Sa vue se brouilla, l'air lui-même sembla vaciller sans que George pût dire ou voir...

Ses yeux se posèrent sur Kathy et il ouvrit la bouche, horrifié : elle avait une longue zébrure verte sur la jambe, juste au-dessous de son pyjama court.

Il parcourut la pièce d'un œil hagard à la recherche d'une main invisible, d'une explication quelconque. Mais il ne vit rien d'autre que des taches d'ombre et l'éclat bleu pâle de la lune.

Aucun bruit ne rompit le silence, cependant l'air tourbillonna autour de lui et deux zébrures supplémentaires apparurent, l'une sur une jambe, l'autre sur un bras de Kathy.

George resta figé, comme paralysé. Deux vilaines marbrures marquèrent encore le corps de sa femme.

Il se jeta sur elle pour la protéger.

— Arrêtez! hurla-t-il. Au nom de tout ce qui est sacré, arrêtez! George attendit, les muscles bandés. Pouvait-il la protéger? L'assaillant invisible allait-il lui passer sur le corps pour atteindre Kathy ou retourner l'attaque contre lui?

Rien ne se produisit. Rien. Avec une lenteur insensée, les bruits familiers de la salle de séjour redevinrent perceptibles comme si on en augmentait graduellement le volume.

C'est étrange, se dit George, comme de simples bruits suffisent à réchauffer le cœur. Il écouta le tic-tac de l'horloge, la respiration régulière de Kathy et des enfants. C'était bon. Tout était normal, malgré tout.

Mais les aboiements répétés d'Harry le tirèrent de sa rêverie.

— Tout va bien, Harry, lança George en direction de la petite pièce, à la fois pour rassurer le chien et pour se rassurer lui-même. C'est fini. Pour l'instant, ajouta-t-il.

Harry gémit encore une fois puis se coucha sur le sol sans bruit. George s'aperçut qu'il avait parlé d'une voix forte et rude, mais Greg, Matt et Amy continuèrent à dormir paisiblement.

Il les observa soigneusement. Ils avaient l'air bien. Ils étaient seulement plongés dans un profond sommeil.

Kathy remua et s'éveilla. Elle cligna des yeux et le regarda, inquiète, comme si elle savait que quelque chose n'allait pas.

— Qu'y a-t-il, chéri ? murmura-t-elle d'une voix indistincte tout en luttant contre le sommeil.

— J'ai dû te descendre du plafond. Tes bras et tes jambes sont couverts de...

Il baissa les yeux sur les jambes de Kathy et s'aperçut que les stigmates de l'attaque avaient disparu. Sa peau était de nouveau claire et sans tache.

— Je ne me souviens de rien, dit Kathy. Je... (Brusquement, elle comprit ce qu'avait dit George et elle se réveilla complètement.) Oh, non ! Cela nous suit. *Cela nous suit* ! Qu'allons-nous faire, George ? demanda Kathy, et elle nicha sa tête contre la poitrine de son mari.

Ils restèrent enlacés un long moment. Enfin George l'installa doucement sur le matelas.

— Il faut dormir. Nous en reparlerons demain matin.

Kathy posa la tête sur le coussin et s'endormit aussitôt.

George s'allongea près d'elle, mais maintenant que tout danger immédiat était passé, un nouveau sentiment de frustration le torturait. Cette... cette *chose*, cette terreur d'Amityville semblait frapper quand et où bon lui semblait. Il comprit qu'il était dans l'incapacité de défendre sa famille, ce qui le blessa bien plus que n'importe quelle attaque physique.

Il ne s'était jamais senti aussi impuissant et aussi faible. Une sueur froide l'envahit et il se mit à trembler sans pouvoir se contrôler et, même une fois les muscles de la mâchoire desserrés, ce profond sentiment de détresse ne le quitta pas.

Kathy se retourna dans son sommeil et le toucha doucement. Il se rapprocha d'elle; la chaleur de son corps détendit ses nerfs noués. Mais il resta un long moment éveillé. Il fixa l'obscurité des heures entières, prêta l'oreille à chaque bruit et attendit qu'un autre incident se produisît.

Aux premières lueurs de l'aube, il succomba au sommeil. Ses rêves ne lui laissèrent aucun souvenir sinon une grande lassitude.

Mais les Lutz avaient survécu. La première nuit passée hors d'Amityville s'achevait.

4

Les premiers rayons dorés de lumière filtraient à travers les vitres de la salle de séjour lorsqu'Amy s'éveilla. Elle ne se trouvait pas dans sa chambre : elle s'en aperçut immédiatement. La pièce était froide et inconnue.

Amy n'aima pas ça. Elle appela sa mère et attendit. Maman allait vite répondre et tout irait bien.

La réponse n'arriva pas, aussi elle appela une seconde fois.

Kathy entendit sa fille du tréfonds de son sommeil. Elle voulut lui répondre, mais fut incapable de bouger. Elle essaya de se réveiller mais se sentit trop fatiguée, exténuée. Trop de choses s'étaient passées. Elle sombra à nouveau dans le sommeil en dépit de ses efforts.

Amy était une petite fille de cinq ans très indépendante, et puisque ses parents ne voulaient pas s'occuper d'elle, elle se débrouillerait seule. Elle descendit de son lit improvisé et alla les rejoindre. Elle secoua sa mère et l'appela, mais Kathy ne répondit pas. Elle essaya de réveiller George, mais n'en tira qu'un murmure ensommeillé.

Sa patience d'enfant était à bout. Elle essaya une fois encore puis se détourna avec un profond soupir et sortit de la salle de séjour en quête de quelque chose de plus intéressant que des parents endormis.

A mi-chemin de la cuisine, elle s'arrêta. Son regard s'éclaira et elle sourit.

— Jodie, s'exclama-t-elle. Tu es venu avec nous !

Une fois dans la cuisine, elle monta sur une chaise et attrapa une boîte de biscuits dans le placard. Elle trouva du lait dans le réfrigérateur, s'assit à table et prépara un petit festin pour deux.

Joan Conners se regardait dans le miroir de la salle de bains en se brossant les dents. L'âge ne l'avait pas marquée. Même maintenant, alors qu'elle approchait de la soixantaine, elle n'avait que peu de rides et pas du tout de cheveux blancs. Elle jeta un coup d'œil à sa montre et sourit. Il n'était que 6 h 30, mais elle se sentait fraîche et prête pour une nouvelle journée.

Elle alla voir sa fille, son gendre et ses petits-enfants qui dormaient. Le lit d'Amy était vide, mais elle devina où la fillette se trouvait. Elle se dirigea tranquillement vers la cuisine.

Elle devait avoir envie de prendre son petit déjeuner, se dit Joan. J'espère qu'elle aime les céréales au son que j'utilise. Cela ne doit pas être très tentant pour une petite fille de cinq ans.

Elle hésita en entendant un bruit de conversation qui venait de la cuisine. Un visiteur ? Si tôt ? Puis elle s'aperçut qu'il n'y avait qu'une voix, très jeune. Amy parlait toute seule. Elle sourit en se rappelant l'ami imaginaire de sa fille Kathy. Quand Kathy avait quatre ans, Joan devait mettre un couvert pour lui et lui laisser une place dans le lit de Kathy. Elle devait même l'embrasser et lui dire bonne nuit avant que Kathy ne s'endorme. Cela avait duré près d'un an.

Elle savait l'importance des compagnons de jeu invisibles. Parfois, ils semblaient tout à fait réels aux enfants. Aussi, elle prit bien garde à entrer calmement dans la cuisine et à adresser un sourire accueillant qui convenait aux « deux ».

Amy, assise à table, un verre de lait à la main, parlait, tournée vers l'une des chaises vides. Joan ouvrit la bouche pour dire « bonjour », mais un coup violent et imprévisible la frappa sauvagement au visage.

Elle recula, prise de vertige. C'est exactement comme hier, se dit-elle effarée.

Jusque-là Amy n'avait pas remarqué sa grand-mère, mais elle se retourna et regarda Joan. Au même moment, la chaise vide près d'Amy se renversa bruyamment.

Joan Conners se sentit envahie d'une nouvelle vague de terreur. Un souffle glacial la parcourut. Elle voulut crier mais ne le put.

Mon Dieu, que se passe-t-il ? Est-ce un rêve ? Suis-je en train de dormir ?

Elle recula encore et son dos heurta le mur de la cuisine. Elle voulut crier pour prévenir; alors, l'onde se précipita par la porte et disparut à l'intérieur de la maison. Joan tituba, le souffle coupé, toute tremblante. Elle avait l'impression qu'un poing énorme venait de relâcher son étreinte. Elle s'appuya contre la porte. Elle se rendit vaguement compte qu'une fraction de seconde seulement s'était écoulée depuis qu'Amy l'avait regardée.

Joan respira profondément.

— Amy, étais-tu... étais-tu en train de parler à quelqu'un ? murmura-t-elle.

— Non, mamie.

— Mais je... (Joan hésita)... je suis sûre de t'avoir entendue parler à quelqu'un au moment où je suis entrée.

— Non, mamie. (Amy changea de sujet avec désinvolture.) Veux-tu un biscuit ?

Joan regarda sa petite-fille, ébahie de son attitude si dégagée. C'est sûrement à cause de tout ce qui s'est passé. Cela les troublait tous.

Elle s'avança lentement dans la cuisine et redressa la

chaise qui était tombée, tandis qu'Amy bavardait gaiement du temps, de ses jouets et de son programme de la journée.

Je me sens bien, se dit Joan en mettant l'eau à bouillir. Je me sens très bien.

Cinq minutes plus tard, elle avait réussi à se convaincre que rien ne s'était réellement passé.

Kathy se réveilla la dernière. Elle se doucha longuement, avec volupté et alla à la cuisine prendre son petit déjeuner. Une note laissée sur la table l'informa que sa mère était partie faire des courses; elle entendit George s'occuper de la camionnette dehors et les enfants jouer tranquillement dans le jardin. Harry sommeillait dans la petite pièce.

Kathy fut très heureuse de passer quelques instants toute seule. Elle se prépara du café et alla dans le jardin attenant à la cuisine; elle erra sans but autour de la pelouse, jouissant du soleil matinal. Elle se retrouva près de la vieille balançoire qu'elle avait tant aimée, enfant, et, sans y réfléchir, s'assit sur le siège et se balança doucement d'avant en arrière.

Ce jardin évoquait des tas de souvenirs. Elle se rappela comment M. Mandel, le voisin d'à côté, les avait aidés à monter la balançoire et sa première chute quelques mois plus tard qui lui avait valu une fracture du bras. Cela ne l'avait bien sûr pas arrêtée. Elle avait passé des heures à apprendre à monter toujours plus haut et à éprouver, un bref instant, un sentiment incroyable d'apesanteur au moment où la balançoire s'élevait au maximum.

J'étais un vrai garçon manqué, se dit Kathy. Elle leva la tête vers cet espace presque mystique et se demanda comment elle avait pu avoir le courage d'aller si haut. Elle aurait pu se briser le cou.

Son enfance avait été une période pleine d'aventures, mais regarder Greg, Matt et Amy vivre était maintenant toute sa joie. Les parents devaient perdre l'insouciance de leur jeunesse. Aider les enfants à surmonter toutes les souffrances représentait ensuite le meilleur de leur vie.

George entra dans le jardin en s'essuyant les mains dans un chiffon.

— B'jour, chérie. Comment te sens-tu ?

— Bien, maintenant que j'ai enfin eu une bonne nuit de sommeil, répondit-elle avec un sourire.

George essaya de ne pas montrer sa stupéfaction, mais Kathy s'en aperçut.

— Tu vas bien, George ?

— Juste un peu de migraine. Rien de sérieux.

Ce n'était pas la première fois que Kathy oubliait avoir été l'objet d'une attaque et il en était heureux, d'une certaine manière. Pourquoi l'inquiéter ? Il avait bavardé un peu plus tôt avec Joan et s'était assuré qu'*elle* n'avait rien entendu au cours de la nuit. Peut-être valait-il mieux que cet incident fût oublié.

Il regarda Kathy se balancer timidement, se plaça derrière elle et dit :

— Laisse-moi te pousser.

— Non, George. Je suis trop lourde.

— La balançoire est assez solide. Ne t'en fais pas.

Il la poussa en avant.

— Non, George ! s'écria Kathy, faisant mine de n'y prendre aucun plaisir.

Mais elle était contente. C'était bête, mais agréable et même réconfortant.

Elle se balança et jouit du soleil et des mains de George sur son dos. Elle ne voulut pas pousser la balançoire jusqu'à ses limites — c'était bon pour les enfants — mais elle s'amusa bien.

Elle rit de bon cœur et s'émerveilla du bien-être qu'elle en ressentait. Il y avait si longtemps...

Le lendemain matin, George ne se sentit pas en forme. Il prit son petit déjeuner tout seul et regarda — maussade — la vapeur s'élever de sa tasse de café, tourbillonner et disparaître.

Si seulement sa migraine pouvait se dissiper de la même façon, se dit-il. Elle était aussi violente que lorsqu'il était à la maison. Le moindre mouvement provoquait des nausées, ses tempes battaient douloureusement et même le reflet du soleil matinal sur sa tasse lui était pénible.

Avant Amityville, George n'avait jamais eu de migraine. Maintenant, les maux de tête étaient réguliers, une sorte d'héritage de la maison.

Kathy entra en courant dans la cuisine, le visage pâle, les yeux emplis de la vieille peur familière. Elle s'arrêta en voyant le visage de George, ses traits tirés et une expression qui lui fit penser à Amityville.

— Tu vas bien, chéri? demanda-t-elle calmement.

George ne répondit pas immédiatement. Il luttait pour apaiser le martèlement dans sa tête.

— C'est comme à la maison? interrogea Kathy.

— Ça va aller. Qu'y a-t-il?

Elle se força à parler doucement.

— Les mouches.

Il se leva et Kathy le conduisit à la salle de bains où se trouvaient la machine à sécher et la machine à laver le linge sur laquelle était posée une pile nette de linge propre et plié.

L'extérieur de la vitre était couvert de milliers de grosses mouches noires. George eut la chair de poule en entendant leur bourdonnement sinistre tandis qu'elles s'agglutinaient les unes sur les autres en couches épaisses.

Kathy se raidit brusquement près de lui. Elle lui serra la main si fort qu'il dut l'obliger à relâcher son étreinte.

Du calme, pensa-t-il, *restons calmes.*

— Elles sont trop nombreuses pour qu'on puisse les tuer avec la tapette, dit-il de sa voix la plus tranquille. Je vais rouler un journal. Si... Si Joan a du tue-mouches en bombe, cela pourra nous aider.

Il s'exprimait plus facilement qu'il ne l'aurait cru, mais ses pensées ne cessaient de tourbillonner. Ces mouches ne pouvaient provenir d'Amityville. C'était *impossible.* Et pourtant, elles étaient là.

— Je ferais mieux de m'en débarrasser avant le retour de Joan. Inutile de l'inquiéter.

Il prononça ces mots d'un ton nonchalant mais, intérieurement, il se sentait glacé jusqu'aux os.

Qu'allons-nous faire ? se demanda-t-il. Il se détourna de la fenêtre et s'efforça d'oublier le vrombissement incessant des insectes. *Qu'allons-nous faire, pour l'amour du ciel ?*

Kathy ne dit rien. Elle ne le pouvait pas. Elle se contenta de poser un regard vide, horrifié, sur le rideau noir et vivant.

A la maison d'Amityville, elle était plus ou moins arrivée à supporter cela. Mais plus à présent. Pas aujourd'hui. C'était censé être fini. Elle avait déjà commencé à se détendre. Pas... maintenant...

George voulut l'éloigner.

— Kathy, dit-il sèchement, tout va bien. Je vais m'en débarrasser.

Elle regarda le mouvement des lèvres de George mais son esprit errait ailleurs, dans un monde silencieux.

Je vous en prie, pensa-t-il pour lutter contre la panique, je vous en prie, mon Dieu, faites que ma femme aille bien.

Il prit Kathy par le bras et la fit sortir doucement de la salle de bains, content de savoir que les enfants jouaient dans la pièce voisine et que Joan était allée chez des amis. Il pourrait se débarrasser des mouches ayant leur retour, mais Kathy comptait avant tout. Comme toujours.

Il l'emmena dans la salle de séjour et la fit asseoir dans un fauteuil, épouvanté par son regard vide. Elle avait les mains glacées et il les frotta vivement sans cesser de dire ce qui lui venait à l'esprit. Au bout de quelques instants, les doigts de Kathy se réchauffèrent. Elle le regarda avec, dans les yeux, une petite étincelle de conscience.

— Tu te sens mieux, Kathy ?

— Ça va, George, ça va, dit-elle d'une voix lointaine et inexpressive.

Combien d'épreuves pourrait-elle encore endurer ? se demanda-t-il. Combien de temps pourraient-ils tous encore tenir ?

Kathy parut aller mieux au cours de la journée, et en fin d'après-midi elle semblait être à nouveau elle-même, lorsqu'elle alla avec sa mère dans la cuisine prendre une tasse de café accompagnée de quelques tartines.

Greg et Matt jouaient en bas de la rue avec de nouveaux camarades. Ils avaient d'abord transformé le jardin en station spatiale à l'aide de grosses caisses en carton et de fusils à rayon en plastique. La petite voiture bleue à pédales, le jouet préféré d'Amy, ne s'accordait pas à ce décor, aussi l'avaient-ils poussée dans l'allée puis oubliée.

Maintenant, Amy se trouvait toute seule dans le jardin, très contente. Elle pédalait dans sa voiture, traversait l'allée, allait jusqu'au porche et revenait sans cesse, en soliloquant gaiement.

C'est agréable d'avoir de nouveau des enfants qui jouent autour de la maison, se dit Joan. Elle sirota son café et s'aperçut soudain qu'elle n'avait pas vu son gendre depuis qu'elle était rentrée une heure plus tôt.

— George est allé au bureau ? demanda-t-elle à sa fille.

Kathy mordit dans une tranche de pain beurré.

— Oui. Il a parlé d'un problème de vérification d'impôt.

— Il n'avait pas l'air en forme ce matin. Etait-ce à cause de ça ?

Kathy fronça les sourcils.

— Eh bien, les affaires n'ont pas très bien marché ces temps-ci. Je pense qu'il *doit* s'en occuper.

Elle débarrassa la table, mit les assiettes dans l'évier et au moment où elle ouvrait le robinet d'eau chaude pour remplir la cuvette, jeta un coup d'œil par la fenêtre.

Kathy s'immobilisa et fixa le jardin. L'eau lui ébouillanta la main et elle la retira machinalement.

— Kathy ? Qu'y a-t-il ? demanda sa mère, alarmée.

Kathy ne répondit pas. Sans dire un mot, elle courut à la porte de derrière, tandis que l'eau débordait de l'évier.

— Kathy! cria Joan, et elle sortit à sa suite.

Elle trouva sa fille, debout sur le porche, qui observait Amy en silence.

Celle-ci était au milieu du jardin et la voiture bleue à
pédales faisait un cercle étroit autour d'elle. Les pédales
tournaient à vive allure, le volant était braqué à fond et
les pneus crissaient sur le gazon. Pendant qu'elles
regardaient, la voiture accomplit un tour et en entama
un autre.

Mais il n'y avait personne sur le siège. La voiture
avançait toute seule.

Amy riait de bonheur, ses cheveux blonds dansaient
doucement dans le vent. Elle parlait à la voiture sans
conducteur.

— Plus vite, Jodie! dit-elle excitée, plus vite!

Kathy porta la main à la bouche pour étouffer un cri.
Elle voulut avancer mais resta clouée sur place. Quelque chose l'empêchait de bouger.

La voiture ralentit soudain, fit une embardée et s'arrêta.

— Jodie! Où vas-tu? demanda Amy dans le vide.

Kathy lutta contre la force qui la retenait :

— Laissez-moi aller près d'elle. *S'il vous plaît* ! (Elle
se dégagea, courut vers Amy et lui prit rudement le
bras.) A qui parles-tu, Amy? hurla-t-elle. *A qui parles-tu ?*

— A personne, maman, dit-elle, innocente. Je
m'amuse. (Elle tenta de changer de sujet.) Veux-tu
jouer avec moi?

Kathy la secoua vigoureusement.

— Ne me mens pas, Amy! Je t'ai entendue parler à
quelqu'un. C'était Jodie?

Amy n'avait pas envie de répondre. Elle se mordit la
lèvre inférieure et dit doucement :

— Oui.

— Je croyais que nous avions laissé Jodie à Amityville.

— Non, maman. Jodie est mon ami à moi.

Kathy se pencha sur sa fille.

— Amy, nous devons laisser tout ça derrière nous.
Tu dois dire à Jodie de nous laisser.

— Mais Jodie est mon ami, répéta Amy.

Elle ne pouvait comprendre pourquoi tout le monde était si abattu. Jodie était *gentil*.

— Kathy!

La voix de Joan semblait terrifiée. Kathy tourna les talons rapidement et rentra dans la cuisine. Sa mère se tenait devant la porte, le teint livide.

— Tout va bien, maman, dit-elle sans y croire.

Au moment où elle faisait demi-tour, Amy regarda un espace juste au-dessus de la tête de sa mère. Elle écouta une seconde puis murmura :

— Moi non plus, je ne veux pas *te* quitter, Jodie.

— Amy, dis à Jodie de partir immédiatement.

Le ton de la voix ne laissait aucun doute : c'était un ordre et non une prière. Kathy se précipita ensuite dans la cuisine pour réconforter sa mère. Elle ne l'avait jamais vue si effrayée.

— Qu'y a-t-il, maman?

— Ce matin. Dans la cuisine. J'ai entendu Amy qui parlait à quelqu'un. J'ai cru... j'ai cru voir une chaise bouger toute seule et je me suis sentie terriblement... (elle bégayait), j'ai eu comme une impression de froid. J'ai cru que j'avais tout imaginé. Je pense que je souhaitais *croire* que j'avais tout imaginé. Mais...

Joan n'acheva pas sa phrase. Ses yeux regardèrent vaguement l'innocente voiture à pédales. Elle bougeait d'avant en arrière sur ses roues en caoutchouc. D'avant en arrière.

Elle n'eut pas besoin d'en dire plus. Kathy comprit ce qu'elle voulait dire. Sa mère avait fini par participer au cauchemar.

Cela nous suit. Ses pensées ralentirent et vacillèrent. *Cela nous suit.* Son esprit commença à s'échapper, à flotter, à tourner en rond comme les pédales. *Cela nous suit.*

Que pourrait-elle raconter à Joan pour l'aider à comprendre? Rien. Rien ne pourrait l'aider. Elle ne comprenait pas elle-même. Kathy passa les bras autour de sa mère et la tint étroitement serrée contre elle. Joan l'embrassa, mais aucune des deux ne parla. Il n'y avait rien à dire.

Amy resta près de la voiture et écouta. Elle sourit et répondit à une voix qu'elle seule pouvait entendre.

— D'accord, Jodie. Ce sera notre secret.

5

Kathy s'agenouilla près des lits improvisés et écouta la respiration lente et régulière de ses deux fils. Ils dormaient profondément. Amy ronflait doucement, les genoux relevés jusqu'au menton. Kathy remonta les couvertures et effleura de ses lèvres le front de la fillette.

Si mignons. Si paisibles. S'étaient-ils vraiment rendu compte des ravages causés par ces dernières semaines ?

Kathy soupira et repoussa une pile de livres empruntés à la bibliothèque qui encombraient leur lit de coussins. Son mari s'aperçut à peine qu'elle se glissait sous les couvertures et se blottissait contre lui.

Quelques jours auparavant, George était allé à la bibliothèque du coin et en avait rapporté plusieurs livres traitant de phénomènes psychiques et de démonologie. Il s'était plongé dans leur lecture et n'avait pratiquement pas adressé la parole à sa femme et à ses enfants depuis.

Kathy posa la main sur la poitrine de son mari et se rapprocha davantage, mais George était complètement absorbé par ce qu'il lisait. Pendant qu'elle le regardait en se demandant à quoi serviraient ces lectures, il eut l'air de faire une découverte particulièrement importante. Il leva un sourcil en signe de concentration, se gratta la barbe et grommela.

— C'est intéressant ? demanda Kathy doucement.

Il hocha la tête, l'air ailleurs. Elle n'était pas sûre qu'il ait entendu ce qu'elle disait.

Brusquement, George marqua la page à l'aide d'un

bout de papier, poussa un profond soupir et reposa le livre.

Il a l'air fatigué, aussi fatigué que moi.

— Apparemment, nos aventures ne sont pas uniques, dit-il en passant un doigt sur le tas de gros livres près de lui. On a répertorié de multiples cas de maisons à... problèmes.

Il fit la grimace en prononçant ce dernier mot.

— Des problèmes comme les nôtres?

— Les mêmes.

Pourquoi cela le rassurait-il? se demanda-t-elle.

— Qu'ont-ils fait?

George se frotta le visage des deux mains comme pour en effacer la fatigue.

— Différentes choses, mais on en revient toujours à la nécessité de trouver quelqu'un qui comprenne ce genre de situation, quelqu'un qui entre dans la maison pour la « purifier ».

— Penses-tu que cela puisse nous aider? murmura-t-elle. Même maintenant?

Frigorifiée et un peu perdue, Kathy se rapprocha de son mari.

George l'enlaça et lui baisa le front.

— Bien sûr, cela peut nous aider. Nous allons retourner dans notre maison très bientôt. C'est notre foyer, Kathy. Nous n'allons pas renoncer sans nous battre.

Kathy sourit et posa la tête contre sa poitrine. C'est un lutteur, se dit-elle. Un homme fort. C'était l'une des qualités qui l'avaient attirée vers lui, lorsqu'ils s'étaient rencontrés pour la première fois. Cela semblait tellement loin, à présent, tellement loin.

— Où allons-nous trouver quelqu'un qui purifie la maison?

— Eh bien, Linda Murillo a parlé d'une équipe de... je pense que tu les appellerais des « chercheurs psychiques ». John Davies et Laura Harding. Elle m'a dit qu'ils s'occupaient de problèmes de ce genre depuis plus de trente ans avec pas mal de succès. Ils seront peut-être intéressés...

Il s'efforçait d'être optimiste, il le souhaitait malgré ses doutes.

Kathy aussi se voulait optimiste.

— Peut-elle les contacter pour nous ?

— Je le pense. Je vais l'appeler demain matin et lui demander d'essayer.

George s'appuya contre l'oreiller et, pendant quelques minutes, ils gardèrent tous les deux le silence. Kathy allait s'endormir quand il se remit à parler :

— Je vais aller à l'église, demain, voir le père Mancusso.

Kathy ne répondit pas. Le père Mancusso était le prêtre qui avait béni leur maison d'Amityville juste après leur emménagement. Ce jour-là, il avait essayé de leur téléphoner dans la soirée. « Partez, avait-il dit. Vous êtes en danger. »

Mais avant qu'il ait pu s'expliquer, des parasites avaient déformé sa voix et, malgré tous leurs efforts pour l'appeler, ils n'avaient pas réussi à le joindre depuis des semaines.

Le père Mancusso avait raison. Dans le mois qui suivit sa mise en garde, des choses terribles leur étaient arrivées, des choses auxquelles elle préférait ne pas penser. Et maintenant, la maladie qui avait infesté la maison semblait les suivre pas à pas.

Non, elle n'allait pas y penser encore. Elle n'allait pas se remettre à trembler et à pleurer. Elle pensa au père Mancusso — si bon et si aimable — et se sentit envahie d'une chaleur indicible. Peut-être pourrait-il les aider. C'était un homme de Dieu.

Les pensées de George rejoignirent les siennes. Toutes les bribes d'information, les affaires, les citations et théories ingurgitées ces derniers jours lui revinrent à l'esprit. Soudain, il eut une idée et serra Kathy un peu plus fort.

— Kathy ? dit-il doucement. Chérie ?

— Hum ?

— J'y pense. Peut-être devrions-nous enregistrer les aventures que nous avons vécues le mois dernier ?

Elle leva les yeux vers lui, un peu troublée.

— Tu veux dire au micro ? Les enregistrer sur bandes ?

— C'est ça. J'ai lu que cela pouvait aider dans certains cas. Cela permet de mettre au jour des peurs ou des anxiétés profondément ancrées dans le subconscient. De la même manière, des affirmations écrites peuvent renforcer des pensées positives.

Kathy sembla peu convaincue, mais il insista.

— De plus, lorsque les Harding — ou qui que ce soit qui nous vienne en aide — voudront savoir ce qui s'est passé, nous n'aurons pas à le répéter sans cesse. Nous leur passerons les enregistrements.

— D'accord, dit-elle d'une voix ferme. Si tu estimes que cela peut être utile, fais-le.

Mais penser à ces jours passés dans la maison était la dernière chose qu'elle souhaitât faire.

Cela nous permettra peut-être de nous en sortir, d'avoir tout ça derrière nous, de le détruire, le gommer.

Elle glissa dans le sommeil et, un instant, elle vit l'ombre d'une ombre : les contours de ce qu'elle supposait être le cochon d'Amy.

Sans doute, à présent que Jodie était parti, l'influence de la maison disparaîtrait également. Sans doute, seraient-ils vraiment tranquilles maintenant, pour la première fois depuis longtemps.

Elle garda cette pensée gravée en elle tandis qu'elle s'endormait. Cela faisait du bien.

6

Harry fut le premier à remarquer une vague odeur et quelques cendres éparses.

Ses yeux noirs s'écarquillèrent. Ses oreilles se dressèrent et remuèrent. Il bondit sur ses pattes et gratta la boue dans un grincement de chaîne.

Il aboya bruyamment et essaya d'ouvrir la porte qui menait à la cave mais la chaîne se tendit et l'obligea à reculer. Sans cesser d'aboyer, il tira à nouveau sur sa laisse et la tendit tellement qu'il s'étrangla et lâcha un jappement désespéré.

George Lutz se réveilla en sursaut. Ce maudit chien aboie tout le temps, se dit-il, depuis...

Il s'assit brusquement et se rappela où il se trouvait. Dans la maison de Joan. A East Babylon. Qu'est-ce qui troublait tant Harry?

George huma l'air et une odeur légèrement désagréable lui chatouilla le nez. Il rejeta les couvertures et se concentra pour mieux sentir.

C'est vraiment très faible, se dit-il. Mon imagination me joue peut-être un tour.

Mais non, il avait l'odorat très fin. Cela sentait bien la fumée.

Il secoua Kathy qui s'enfouit plus profondément sous les couvertures. Il la secoua à nouveau et si violemment qu'elle sortit brusquement la tête.

Elle était complètement réveillée maintenant. Elle se raidit.

— Que se passe-t-il, George?

— Je sens une odeur de brûlé. Je pense que c'est dans la maison.

— Mon Dieu!

Elle se leva d'un bond, encore engourdie de sommeil. Je suis peut-être en train de rêver, se dit-elle. Cela m'est arrivé si souvent à Amityville de confondre rêve et réalité.

Elle passa une robe de chambre tandis que George traversait le hall et la cuisine, nu-pieds. L'odeur s'éloigna. Il n'était pas suffisamment bien réveillé pour en repérer l'origine. De plus, les aboiements d'Harry l'exaspéraient.

Il arriva à la porte de derrière suivi, un instant plus tard, de Kathy. Elle vit qu'Harry s'efforçait d'atteindre la maison, la chaîne tendue à l'extrême, la gueule pleine de bave. Son aboiement n'était pas seulement dû au fait qu'il s'étranglait.

— Harry, tiens-toi tranquille, dit George, et il obligea le chien à reculer un peu pour alléger la tension de la chaîne. Je suis réveillé. Ne t'en fais pas.

Il s'agenouilla près d'Harry et lui caressa la tête.

— Tu sens cette odeur, toi aussi, hein? Où est-ce, Harry? demanda-t-il avec un regard alentour.

Le chien s'assit en tremblant, les flancs haletants. Puis il se remit à aboyer sauvagement et bondit vers la porte de la cave. La chaîne se tendit avec un cliquetis et empêcha le chien d'avancer davantage.

Kathy voulut allumer le plafonnier de la cuisine mais, après réflexion, se contenta d'allumer la petite lumière au-dessus de l'évier. Inutile de réveiller les enfants avant de savoir de quoi il s'agissait.

George rentra dans la cuisine, frigorifié. Il était en sous-vêtements et il faisait très froid dehors.

— Tu sens? demanda-t-il à Kathy qui fit un signe de tête affirmatif.

— Il huma l'air puis se dirigea vers la porte menant à l'escalier de la cave.

Il posa la main sur la poignée. Elle semblait froide. Il colla son oreille contre le bois. Rien.

Il ouvrit la porte toute grande d'un mouvement brusque.

Un épais nuage de fumée noire s'échappa de l'ouverture et l'enveloppa. Sans réfléchir, George bondit en avant et se retrouva sur les marches de l'escalier, pieds nus. Il descendit à l'aveuglette dans l'obscurité.

Non, se dit-il, *attends.* Il tendit les mains en avant, trouva la rampe et s'arrêta. *Attends.* Il entendit Kathy l'appeler. Avec plus de difficulté qu'il ne l'aurait pensé, il remonta l'escalier lentement, la bouche fermée, les narines serrées. Il avait besoin d'air frais.

Sa tête et ses épaules émergèrent d'un coup de la fumée qui roulait tel un nuage pour s'arrêter net derrière la porte de la cave. Kathy, pâle et lointaine dans sa robe de chambre, n'était qu'à quelques centimètres de lui et pourtant la fumée ne l'atteignait pas.

— Réveille ta mère et fais sortir les enfants, dit-il d'une voix rauque.

Elle acquiesça et il replongea dans la fumée. Il trouva

l'escalier et s'aperçut que ses joues étaient mouillées. Mes yeux doivent couler, pensa-t-il.

Son pied heurta la dernière marche avec un *bruit sourd;* un brusque courant d'air balaya la fumée et, pour la première fois, il vit le feu en question.

Cinq flammes s'échappaient en lignes horizontales et parallèles du mur cimenté le plus éloigné. C'est impossible, se dit-il, il y a quelque chose qui cloche. L'image vacilla puis redevint distincte.

Les étagères sur lesquelles on rangeait les outils, les vieux journaux, les cartons pleins de papiers et de vêtements, étaient en feu, et c'étaient *elles* qui formaient ces lignes parallèles. Mais les cartons, le bois de charpente et les chiffons commençaient juste à flamber. Comment le bois pouvait-il brûler avant les papiers ? se demanda-t-il, étonné.

Il n'avait pas le temps d'y réfléchir. Le feu se propageait. Même le sol en ciment devenait brûlant. George jeta un regard autour de lui et vit une bâche crasseuse roulée en boule dans un coin. Il la prit et voulut s'en servir pour éteindre les flammes, mais elle était trop lourde et criblée de trous. D'ailleurs, le feu se trouvait maintenant au-dessus de sa tête et léchait les poutres. Les flammes touchèrent les moulures et le mur de pierres sèches, engloutirent lentement les cadres des tableaux mis au rebut, les journaux et les meubles cassés.

George recula, fit un effort pour respirer et laissa tomber la bâche inutile. Il toussa légèrement et s'efforça de rejeter la fumée avalée.

La fumée monte, se dit-il en se mettant à genoux puis à quatre pattes comme Harry qui lui semblait si loin. Il aspira quelques bouffées d'un air encore relativement frais à quelques centimètres du sol.

Il entendit un bruit dans son dos, en haut de l'escalier, comme si quelqu'un avait ouvert ou refermé la porte. Il se demanda si celle-ci avait un loquet ou une poignée à l'intérieur.

Une sale façon de mourir, pensa-t-il. Piégé dans une cave en feu.

Une chose froide et humide toucha son bras. George faillit crier et se retourna.

Kathy tenait un grand tuyau d'arrosage par son embout en cuivre.

— Le robinet est ouvert, balbutia-t-elle.

Les yeux rouges, couverte de suie, elle s'était écorché le genou et saignait. Elle s'aperçut du regard inquiet de George.

— J'ai trébuché, expliqua-t-elle brièvement en lui passant le tuyau qui traînait derrière elle comme un serpent.

Le feu rugit derrière lui et George dirigea aussitôt le tuyau dans sa direction. L'eau jaillit en un flot puissant — Dieu merci, la pression était bonne — et troua le mur de flammes.

Les flammes les plus proches rougirent et s'éteignirent. C'est bien, se dit George. Il pouvait lutter et vaincre. Il avança un peu, annihila un autre bout de bois brûlant et continua d'avancer.

Le foyer de l'incendie, caché par les nuages de fumée noire, était resté hors d'atteinte. Il faut que j'arrive jusque-là, pensa George. Il sentit que la chaleur du sol augmentait. Kathy se trouvait à côté de lui. Si je peux éteindre cette zone, le pire sera passé.

Il progressa encore et dirigea le jet plus haut, vers le centre. C'est alors qu'un changement incroyable et inexplicable se produisit.

La pression de l'eau diminua, à moins que ce ne soit la chaleur qui s'intensifia — ou les deux à la fois ou quelque chose d'autre — toujours est-il que, brusquement, il sentit qu'il perdait du terrain. Le feu s'étendit, l'eau se mit à couler en petites gouttes qui grésillaient en tombant.

George cligna des yeux, essaya de balayer la suie et la sueur qui l'aveuglaient et cligna des yeux à nouveau, stupéfait.

Le centre du feu, orange et blanc, prit une forme humaine, celle d'un squelette enveloppé de flammes qui s'épaissit et se trouva doté de membres, de cheveux et de muscles. George vit d'abord apparaître des épaules sur un torse, puis une tête, et enfin des yeux vides — des trous — qui le fixèrent à travers la fumée.

Au début, il y eut deux créatures : un instant plus tard, elles étaient trois. Puis quatre, cinq. Aucun rapport avec les silhouettes que l'on croit voir dans un feu de cheminée, les fantômes ou ce qu'évoque une tache d'encre. Il s'agissait de choses réelles, de démons de feu avec des bras, des jambes et des bouches édentées. Etait-ce réel ? Possible ? George ne perdait-il pas la raison ?

Il heurta Kathy alors qu'il s'élançait vers l'escalier.

Il ne s'agissait plus d'un simple incendie. C'était autre chose, quelque chose qui appartenait à cette monstruosité qui les poursuivait depuis Amityville. Il pouvait combattre un incendie, le bois qui brûlait, la fumée qui l'étouffait, la mort même, mais non la puissance d'Amityville.

— Sors d'ici ! hurla-t-il à Kathy.

Elle refusa en secouant la tête et ses cheveux frôlèrent la nuque de George. Il brancha le tuyau au maximum mais l'eau continua de s'écouler goutte à goutte.

Les flammes-créatures approchèrent et les encerclèrent. En désespoir de cause, George saisit la bâche brûlante et la lança sur la créature la plus proche. La bâche se déploya comme les ailes d'une chauve-souris et fit tomber la créature par terre.

Elle se débattit comme un animal agonisant puis s'immobilisa. Elle était morte, étouffée.

Ce *n'est pas* invincible, constata George. Ce n'est que du feu ! A l'instant où cette pensée jaillit en lui, le tuyau sauta dans ses mains et la pression de l'eau revint. Il dirigea le jet sur la créature suivante, la transperça et poussa un profond soupir en la voyant se ratatiner, coupée en deux.

Il se demanda un peu plus tard si cela avait fait du bruit. Vraisemblablement. A moins que ce ne fût le craquement du bois ou du papier en feu. Il n'avait pas le temps d'y penser.

Une autre créature apparut et George la terrassa également.

Il put avancer tranquillement tandis que le jet d'eau transformait les créatures en torches enflammées qui s'éparpillèrent.

— Enfin, s'écria-t-il.

Les créatures de feu avaient disparu. Il ne restait plus que quelques flammes qui léchaient fiévreusement le toit, mais George les anéantit à leur source; elles frémirent sous le jet puissant et grésillèrent avant de s'évanouir.

Les flammes-créatures — si elles avaient jamais existé — et l'incendie étaient vaincus. Il n'y avait plus que le craquement du bois en train de refroidir, la puanteur du plastique et du caoutchouc brûlés, la fumée qui diminuait et se dissipait peu à peu.

— Kathy! George! Sortez de là! Je vais appeler les pompiers!

C'était la mère de Kathy qui, en haut de l'escalier avec les enfants, s'efforçait de les apercevoir à travers la fumée.

George jeta le tuyau au loin et enlaça sa femme. Elle s'appuya contre lui et essaya de respirer normalement.

— Tout va bien, dit-il alors qu'ils montaient très lentement les marches. C'est fini.

Joan les aida à entrer dans la cuisine, les fit asseoir et demanda aux enfants de les rejoindre. Tout sembla à George d'une clarté anormale, comme s'il avait toujours vécu dans la fumée et que, pour la première fois, elle avait disparu.

— Es-tu sûr que je n'ai pas besoin d'appeler les pompiers? interrogea Joan en faisant couler l'eau dans l'évier et en tordant une serpillière.

— J'ai éteint le feu, dit George en toussant. Il est mort.

Mort, pensa-t-il. Cela semblait approprié. Mais ces... *choses* qu'il avait vues, Kathy les avait-elle vues aussi? Fallait-il le lui demander ou ne pas en parler?

Il regarda sa femme enveloppée dans une couverture. Le changement brusque de température la faisait frissonner. Non, décida-t-il, pourquoi accroître les difficultés? Mieux valait essayer d'oublier... Laisser passer jusqu'à ce que la puissance hideuse venue d'Amityville se lasse de jouer avec eux, jusqu'à ce qu'ils finissent par trouver un endroit suffisamment éloigné. Hors de son atteinte... si cela existe.

Etait-ce l'avenir qui les attendait ? Etait-ce ce que ses enfants hériteraient de lui ?

— Amy ? appela Kathy, l'air bizarre.

La petite fille, les yeux grands ouverts et décoiffée, leva la tête d'un air interrogateur puis détourna les yeux devant l'expression de sa mère.

— Qu'y a-t-il, chérie ? demanda George.

Il était bien trop fatigué pour s'inquiéter.

— Hier, Amy m'a demandé comment nous nous en sortirions s'il y avait le feu à la maison, dit Kathy les yeux fixés sur sa fille.

George eut une moue sceptique.

— Mais elle dormait près de nous, Kathy, remarqua-t-il le plus gentiment possible.

— Je sais, dit Kathy d'un ton posé. Mais elle a parlé d'incendie, ce qu'elle n'avait jamais fait jusqu'à présent. J'étais occupée à ce moment-là et je n'ai pas répondu, mais c'était hier et elle a demandé...

A cette seconde précise, Amy lança un clin d'œil malicieux à ses frères. Comme s'ils obéissaient à un ordre silencieux, ils bondirent tous les trois sur leurs pieds et coururent vers la salle de séjour tout en riant gaiement.

George réfléchit, très vite. Bien sûr, Amy n'avait pu allumer l'incendie. C'était impossible. Mais comment avait-elle pu en être avertie ? C'est ridicule, se dit-il. Il n'y aurait même pas pensé, n'eût été son regard. Cela lui rappela quelque chose.

Le *soulagement* est une émotion de grande personne. Trop souvent, il peut être lié au mensonge et à la peur, au désir de se détourner d'une éventualité désagréable. L'innocence n'a aucun rapport avec lui.

Etait-ce ce qui l'ennuyait le plus ? De voir la fillette le fuir à la première occasion, l'air soulagée ?

Kathy lui effleura la plante des pieds et il sursauta, étonné de la douleur ressentie.

59

— Allons dans la salle de bains, proposa-t-elle, je vais mettre un baume sur ces brûlures.

— Ça va, répondit-il, vaguement surpris d'avoir été brûlé. Ça ne me fait pas mal.

— Je vais te mettre un peu de crème, au cas où...

George accepta et se leva maladroitement en évitant de poser carrément les pieds par terre.

— Au moins, c'est fini, dit Kathy, pleine d'espoir. Et il n'y a pas eu de dégâts.

George répondit par un sourire lugubre. Il savait que Kathy avait compris ce qui était fini et ce qui ne l'était pas. Et tous les deux savaient bien qu'il y avait eu beaucoup de dégâts.

« Le corps du Christ. »

En premier : une vieille femme aux yeux brillants et pénétrants. Elle vient deux fois par jour, se dit-il en posant l'hostie sur sa langue. Je me demande pourquoi elle vient si souvent.

« Le corps du Christ. »

Une jeune novice du couvent. Quel terrible méfait a-t-elle pu commettre pour venir de si loin recevoir le sacrement ?

Il s'aperçut qu'il tremblait.

« Le corps du Christ. »

Un homme jeune aux longs cheveux châtains, barbu, le visage barré de rides soucieuses et apeurées qui le vieillissent de dix ans. Le prêtre le reconnut : c'était George Lutz.

Il lui sourit au moment où George referma la bouche sur l'hostie et George lui sourit en retour.

« Le corps du Christ. »

Un garçon qui vient juste de terminer son catéchisme.

Une grand-mère italienne qui parle à peine l'anglais après quinze ans passés dans l'Etat de New York.

Et un maçon qui prie pour sa femme qui se meurt d'un cancer.

Il offrit à chacun le corps et le sang du Christ. Il les

bénit tous et termina le sacrement, tandis que ses pensées vagabondaient ailleurs.

Il était fatigué, très fatigué. Beaucoup plus qu'il n'aurait dû l'être. Et pourtant, il était heureux de voir George (Dieu merci, les Lutz avaient fini par quitter cette horrible maison!), même s'il détestait les souvenirs que lui rappelait George.

Le père Mancusso avait des problèmes. Cela avait commencé le jour où il était allé dans cette maison toute simple de style colonial hollandais à Amityville, au moment où il avait franchi le seuil et voulu bénir le nouveau foyer et où une voix surgie d'une gorge non humaine lui avait intimé l'ordre de partir.

Il y avait eu les maladies et la fièvre. Il y avait eu l'odeur de défécation qui avait envahi uniquement les pièces qu'il habitait au presbytère. Il y avait eu les attaques corporelles qui l'avaient laissé brisé, les visites de créatures nocturnes — hallucinations ou « assauts du démon ». Et c'était plus, beaucoup plus qu'il n'en pouvait supporter.

Même ses frères religieux qui auraient pu le soutenir dans ce combat avaient refusé de l'aider. Tout ce que l'on disait sur l'église, protectrice de l'âme immortelle, n'était donc que *bavardage*. L'église enseignait encore les rites secrets de l'exorcisme à certains prêtres pour les rares occasions où l'on pourrait en avoir besoin, mais les membres très haut placés de la hiérarchie ecclésiastique ne croyaient pas à ces choses. Ils ne pouvaient faire face à de telles confrontations.

Il avait essayé d'ignorer ces manifestations, de leur trouver une explication. Il avait même essayé de les exorciser lui-même, aidé par un ami loyal et effrayé. Et quand George Lutz lui avait annoncé par téléphone qu'ils avaient quitté Amityville pour toujours, il avait pensé que c'en était fini de l'horreur.

Mais l'épuisement désordonné et persistant qui pesait sur lui depuis sa visite à Amityville ne l'avait pas quitté. Cela le rendait vieux et amer avant l'âge et il ne pouvait croire que toute l'horreur ait disparu. Elle restait encore avec eux tous. Elle attendait, tapie.

Je suis trop jeune pour me sentir dans cet état, se dit-il en finissant de donner le sacrement.

« Au nom du Père, du Fils et du Saint-Esprit. Amen. »

Le père Mancusso rejoignit George au pied de l'autel au moment où les fidèles quittaient le sanctuaire.

— Venez chez moi, proposa-t-il.

Ils s'assirent en face l'un de l'autre dans son bureau sommairement meublé mais parfaitement rangé, au premier étage du presbytère, et burent leur thé très lentement. George prenait tout son temps pour répondre à chaque question, même aux plus inoffensives.

— Je ne puis vous dire combien j'ai été heureux de vous voir à la Communion, George, dit le prêtre avec chaleur. Je sais que vous n'avez pas été élevé dans la religion catholique, mais cela vous apportera néanmoins du réconfort. (Il regarda George très attentivement.) Je suppose que c'est pour cela que vous êtes venu ? Pour que je vous aide ?

George fixa sa tasse.

— Oui. Je suis désolé, mais je ne savais pas à qui d'autre m'adresser.

— Vous n'êtes pas retourné à la maison ? demanda vivement le père Mancusso.

Seigneur, s'ils avaient commis cette bêtise, rien ne pourrait...

— Bien sûr que non. Il y a plus d'une semaine que nous en sommes partis et nous n'y sommes pas retournés. Nous n'y retournerons sans doute jamais. Mais, mon père...

George leva les yeux et le père Mancusso eut l'impression qu'une chose horrible se cachait derrière les murs de la pièce.

— Mon père, les attaques n'ont pas cessé.

Ah, se dit-il, c'est aussi simple et terrible que cela. La puissance, la *chose* les avait trouvés et ne voulait pas relâcher son emprise. Et je suis aussi menacé qu'eux.

Cette pensée lui donna la nausée. L'horreur d'Amityville le talonnait toujours, prête à éclater à nouveau. Si le départ hâtif des Lutz n'avait réussi ni à la supprimer ni à la laisser prisonnière de la maison, qu'est-ce qui le pourrait ? Pouvaient-ils s'attendre à d'autres attaques ? Cette discussion, innocente en elle-même, serait-elle suivie d'une crise de faiblesse avilissante ?

Il réprima un frisson et s'obligea à examiner le problème sous un angle plus positif. Peut-être George avait-il accompli instinctivement quelque chose qui remettrait tout en place, si tant était que cela pût être possible.

— Le sacrement de la Communion est très puissant, George. Cela ouvre votre âme à Dieu. Et si elle ne vous rend pas meilleur et plus fort, elle vous entraîne vers la lumière plutôt que vers les ténèbres. Comprenez-vous ?

George approuva de la tête.

— Mais je ne suis pas catholique.

— Cela ne fait rien. Vous prenez le réconfort là où vous le pouvez. Après tout, la foi est la foi. C'est la meilleure aide que vous puissiez trouver.

— J'espère que vous avez raison, mon père.

— J'ai raison, dit-il en posant la main sur l'épaule de George. Ayez aussi confiance en moi.

Il se trouvait dans une vaste plaine de poussière bleue aux contours indistincts. Il se tourna vers le sud et ne vit rien. Il n'y avait rien non plus ni au nord, ni à l'est, ni à l'ouest. Seulement la poussière bleue jusqu'à la ligne d'horizon aussi nette qu'une incision, sous un ciel gris-vert couvert de nuages informes et fétides.

Il était seul. Il le voyait, le sentait, le *goûtait.* Il était complètement seul.

Une vague d'émotion l'envahit et le fit vaciller. Une seconde vague plus lente et plus douloureuse encore suivit.

C'était la peur qui le parcourait comme une décharge électrique.

Il cria et se mit à courir sans direction précise. C'était stupide de courir ainsi nulle part, de courir parce qu'une chose qu'il ne pouvait voir semblait le pourchasser. Cependant, il courait.

Il y avait quelque chose au-dessus de sa tête, quelque chose qui brillait dans la poussière bleu pâle. Une lumière... une onde de chaleur. Si je peux arriver jusque-là, se dit-il, si je peux...

Ensuite, la peur revint, plus pénétrante encore. Il arrondit davantage le dos pour se protéger, pencha la tête et courut plus vite.

Il commençait à se sentir mal, à perdre toute maîtrise lorsque quelque chose le frappa et faillit le jeter à terre. Le souffle coupé, il recula, les yeux fixés sur la chose qui l'avait frappé. Il essaya de reprendre son souffle.

Il vit une silhouette humaine vêtue d'une houppelande grise comme la cendre. Sans yeux ni visage. Un trou noir sans fond sous le capuchon.

La forme avança vers George.

Il hurla et s'éloigna en hâte de la chose encapuchonnée. La chaude lumière disparut, balayée par la poussière, mais il ne cessa pas de courir. Cela ne pouvait durer. Non.

Il jeta un coup d'œil par-dessus son épaule : la chose se trouvait juste derrière lui. Il regarda devant lui et cria, les mains étendues pour éviter toute collision, mais il heurta le mur en bois et rebondit comme une balle de caoutchouc. Il examina la construction qui lui faisait face, à nouveau en proie à la terreur. C'était la maison. La maison d'Amityville.

Que faisait-elle là ? Elle ne devait pas y *être* ! Il secoua la tête comme un boxeur groggy et se détourna. La silhouette encapuchonnée glissait toujours vers lui.

Fous-le camp, se dit-il. De ce côté. Il s'éloigna en courant du mur et de la forme. Un tourbillon de fumée noire surgit inopinément alors qu'il dépassait le coin de la maison, le rattrapa : le nuage qui avait essayé de le piéger à Amityville.

— Non ! hurla-t-il en se remettant à courir.

La maison était derrière lui maintenant. La chose

encapuchonnée et le nuage noir le pourchassaient. Mais il faisait clair là où il allait. Clair, excepté...

La maison. Elle se trouvait encore devant lui.

Il s'arrêta et regarda par-dessus son épaule. Elle était encore là. Encore plus près. Il courut parallèlement au mur, dépassa les marches du perron.

Mais à ce moment, la porte d'entrée s'ouvrit toute grande et une silhouette noire et noueuse lui asséna un coup. Elle avait des yeux rouges, brillants comme des étincelles, un corps large et déformé, si noir qu'on ne distinguait pas ses traits, un groin de verrat aplati et gras.

Un cochon, se dit-il hébété en se dégageant. Mon Dieu, n'est-ce pas ce qu'Amy voit? Est-ce Jodie?

Il ne savait plus où aller mais il continua de courir. La terreur le fouettait; l'odeur — une puanteur lourde et écœurante s'accrochait à ses pieds comme un boulet.

Cours, se dit-il. Tes jambes n'en peuvent plus, tes pieds sont en sang, tu as du mal à respirer, mais *cours.* C'est clair, clair, il n'y a rien d'autre que...

La maison...

Il martela les murs en bois en maudissant la maison puis s'écarta et se remit à courir. Une seule direction à présent : de ce côté-là, il n'y avait ni maison, ni choses hideuses, ni peur. Il courut encore et encore, ignorant l'odeur, la terreur et cette douleur qui lui coupait les jambes... et il vit une lumière au-dessus de lui. La chaude, la bonne lumière qu'il avait déjà aperçue. Il poussa un cri et se précipita vers elle, tituba dans la poussière, et le cochon le heurta alors à l'épaule. Il cria sous la douleur glacée et fit un écart. Quelques pas, plus que quelques pas!

La lumière devint un cercle, dégagea une lueur semblable à une boule de feu qui illumina la plaine bleue inerte. Les monstruosités derrière lui grommelèrent et grincèrent devant ces illuminations. Elles n'aimaient pas ça. Cela leur faisait mal.

A présent, le cercle était une porte, une porte de caveau. Il courut vers elle, la porte s'ouvrit toute grande et la lumière à l'intérieur l'aveugla de son éclat. Les choses, derrière lui, reculèrent, frustrées. L'odeur disparut. La terreur reflua.

Face à la lumière se tenait une silhouette vêtue d'une robe qui flottait. Le père Mancusso ? Non. Un autre prêtre ? Un être humain ?

Alors qu'il se trouvait à quelques pas de là, il vit dans la main blanche de la silhouette une hostie de communion. Il sourit. C'était un objet familier, réel en quelque sorte.

Il se jeta en avant, passa le seuil de la porte et les choses derrière lui gémirent comme des animaux blessés. La lumière l'inonda de son éclat pénétrant et froid...

La silhouette encapuchonnée hurla, le nuage vacilla, le cochon grogna.

Et ils s'évanouirent. Il les regarda se contorsionner, blanchir et noircir. Il les vit tomber en monceaux de cendres et d'os bouillants; ils disparurent complètement et la porte du caveau claqua avec un *bruit sourd* réconfortant.

Il était sauvé. Pour la première fois, il se sentait en sécurité.

Il fut inondé de chaleur. Il se tourna vers la silhouette de lumière et sourit : une main le toucha.

— Merci, dit-il et la silhouette lui adressa un sourire.

Kathy Lutz se réveilla en entendant son mari hurler. Elle l'étreignit dans l'obscurité, chercha à tâtons la lumière et, une fois la lampe allumée, vit ce qu'un cauchemar pouvait faire.

George avait rejeté toutes les couvertures. Il était baigné de sueur; il avait enfoncé ses ongles si profondément dans les paumes de ses mains qu'elles saignaient. Les muscles du cou, des bras et des mollets étaient terriblement contractés. Et ses jambes s'agitaient sur le matelas comme s'il essayait de courir.

Il hurla encore — un son qui s'acheva en un murmure — et ses jambes bougèrent de plus belle. Kathy eut l'impression affreuse qu'il s'agissait d'autre chose que d'un mauvais rêve, que George était en danger. Elle

66

savait que l'on pouvait mourir de peur, or, les traits de son mari étaient décomposés par la peur.

Elle posa les mains sur les épaules de George et l'appela.

Je dois le réveiller, se dit-elle. Immédiatement. Elle le secoua brutalement.

— Réveille-toi, George! Réveille-toi!

Tout à coup, il s'arrêta de bouger. Ses épaules se décontractèrent et tout son corps se détendit. Pendant un horrible instant, Kathy crut qu'il était trop tard. Puis il s'agita doucement dans son sommeil... et sourit.

Il avait une expression que sa femme ne lui avait pas vue depuis longtemps. Ce n'était ni un sourire las, ni un sourire forcé. Sans rien d'ironique ou de déterminé. C'était un sourire innocent et béat. Comme si George avait fait une découverte importante... et très réconfortante.

Les yeux de Kathy s'emplirent de larmes. Elle les retint le temps de rabattre les couvertures sur son mari et sur elle. Puis elle se blottit contre lui. Elle pleura, avant de s'endormir, de soulagement et de peur à la fois.

Il faut que nous nous en sortions, se dit-elle avant de plonger dans le sommeil. Je vous en prie, mon Dieu, faites que nous nous en sortions.

7

Il doit bien y avoir dix mille pizzerias aux Etats-Unis, se dit Linda Murillo, toutes identiques. La taille et le décor changent mais elles ont *l'air* semblables. A Saint Louis, à Los Angeles, à Fort Worth ou à Brooklyn, ce sont les mêmes. Elle le savait d'expérience. Au cours de sa carrière de journaliste aux informations télévisées et de productrice, elle avait fréquenté ce genre de restaurants dans chacune de ces villes.

Alors, pourquoi cet endroit analogue aux autres avec

la même bizarre unité de menu et d'odeurs, semblait-il différent?

Debout devant la porte de la pizzeria d'Amityville, Linda frissonna. C'était un après-midi de semaine et le restaurant était presque vide. Un adolescent à la main baladeuse parlait à sa petite amie à une table au fond de la salle. Ils ne levèrent même pas la tête lorsque Linda entra. La serveuse de seize ans qui se tenait derrière le comptoir lisait le journal *People* en mâchant une énorme boule de chewing-gum et les cuisiniers se disputaient à propos des Jets. En plein milieu de la salle, assis à une table, se trouvait un couple d'âge moyen, l'air normal, qui sourit et fit un signe de la main à l'entrée de Linda.

Ce sont eux les chasseurs de fantômes? se demanda Linda, amusée malgré elle. Elle avait vu leurs photos auparavant : John Davies et Laura Harding. Mais, Seigneur, ils avaient tellement l'air comme tout le monde...

John, gros et fort, les cheveux argentés bien coupés et soigneusement coiffés, ressemblait à un gentil oncle, à un fonctionnaire paisible. Laura, mince, séduisante et épanouie, approchait de la cinquantaine; elle portait une toilette stricte.

Linda rejoignit les deux démonologues. Elle avait lu le dossier les concernant, mais jusqu'à quel point était-il exact? On les disait experts en occultisme. Trente années passées à s'intéresser aussi bien aux fantômes et aux possédés du démon qu'aux esprits frappeurs et aux maisons hantées. Et tous les deux avaient confirmé leur expérience au cours de la conversation téléphonique que Linda avait eue avec eux quelques jours plus tôt. Cela avait été une déclaration tout à fait désarmante. « C'est vrai, avait dit John Davies, que nous nous concentrons en ce moment sur l'étude des forces démoniaques dans toutes leurs manifestations, mais nous serons très heureux de bavarder avec vous. »

Etrange, se dit Linda. Un peu trop étrange pour moi. Mais elle leur adressa un sourire et se présenta sans la moindre gêne. Garde l'esprit ouvert. On ne sait jamais.

— Nous sommes si contents que vous ayez fait appel

à nous, mademoiselle Murillo, déclara Laura d'une voix basse et confidentielle.

Quels yeux remarquables, profonds, calmes et un peu effrayants !

— Nous avons vu vos reportages à la télé et nous avons lu certains de vos articles, dit John.

Il jeta un coup d'œil à Laura et Linda eut l'impression qu'ils se transmettaient un message.

— Nous ne *souhaitons* pas en savoir trop.

Oh !

La porte du restaurant s'ouvrit. Linda se retourna et vit un homme barbu d'environ un mètre quatre-vingts faire irruption dans la salle. Il portait un blue-jean et une veste en toile denim, un gros manteau en cuir et des bottes usées qui lui arrivaient aux mollets.

Linda agita la main dans sa direction et se leva lorsqu'il les rejoignit.

— Excusez-moi d'être en retard, dit-il en les regardant attentivement. J'ai eu quelques problèmes à mon bureau.

— Ce n'est rien, répondit Linda, et elle se tourna vers le couple assis. John Davies et Laura Harding, je vous présente George Lutz. George... voici John Davies et Laura Harding.

George aussi avait senti quelque chose de bizarre en entrant dans la pizzeria. Revenir à Amityville ne lui plaisait pas du tout et le trajet avait été à la fois ennuyeux et tendu. Il ne pouvait s'empêcher de repenser à leur fuite terrible de la ville peu de temps auparavant, au froid qui ne le quittait plus ni à son bureau, ni dans sa voiture, ni même dans les lieux publics alors que tous les autres se sentaient à leur aise.

Mais ici, dans cet endroit calme et normal où il avait déjeuné encore récemment, il faisait chaud. On se sentait bien, très bien. Mais avec une impression bizarre.

Il prit la main de John et éprouva une nouvelle sensation, une sensation tangible de quelque chose de *bon*, de propre. John lui adressa un grand sourire auquel George répondit. Il serra ensuite la main de Laura avec une sorte d'avidité et eut la même sensation. De force. Peut-être y avait-il un espoir ?

Linda approcha une chaise pour George. Il s'aperçut qu'il se sentait à l'aise ici, pour la première fois depuis longtemps. Linda faisait également partie de cet environnement favorable. Après tous ces journalistes et leurs questions idiotes, elle semblait être la seule à avoir manifesté un réel intérêt pour eux et leur histoire. Il lui faisait confiance, même ces jours-ci où il ne faisait confiance à personne.

Il inspira profondément puis regarda John et Laura.

— Linda m'a beaucoup parlé de vous deux, de votre expérience passée dans... dans ce genre de choses et après ce que j'ai lu, je pense que nous avons besoin de gens comme vous. Je ne vois pas d'autre solution.

Il les dévisagea attentivement et ils n'esquivèrent pas son examen. Cela lui plut. Il en avait *besoin*.

— Pensez-vous pouvoir nous aider ? demanda-t-il, surpris de l'intonation pressante de sa voix.

— Eh bien, monsieur Lutz...

— George.

— George. Il nous est difficile de vous faire des promesses avant d'avoir vu la maison.

Laura s'aperçut de sa déception.

— Mais *nous avons pu* aider beaucoup de gens qui avaient des problèmes inhabituels, dit-elle d'un ton encourageant. Nous pourrons peut-être vous aider.

— Vous savez, George, dit Linda, si cela peut vous consoler, John et Laura m'ont raconté que pas mal de gens avaient des problèmes analogues aux vôtres. En fait, on dirait que leur nombre augmente.

Laura acquiesça de la tête.

— A en juger par les multiples appels à l'aide et la gravité des problèmes rencontrés, nous commençons à penser qu'un certain courant se développe. On a enregistré un regain de manifestations psychiques démoniaques sous toutes leurs formes, ces dernières années.

Cette phrase refroidit George. Des manifestations psychiques démoniaques ? Jusqu'alors, il avait refusé de mettre un nom sur ces phénomènes, comme si les nommer avait pour conséquence de les aggraver. Mais, à présent, ces termes semblaient inadéquats. *Psychiques. Démoniaques.* Que voulaient donc dire ces mots ?

Linda posa la main sur le bras de George et il la regarda, brusquement détourné de sa rêverie.

— Nous voulons seulement que vous nous racontiez votre expérience dans ses moindres détails, dit John cordialement. Sinon, nous ne pourrons pas nous faire une idée précise de la situation. Alors, je vous en prie, décrivez-nous ce qui vous est arrivé à Amityville.

— *Non* !

George avait presque hurlé et le couple de jeunes leva la tête, l'air vaguement ennuyé. George répéta plus doucement mais avec la même violence :

— Non !

Surpris par la rudesse du ton, John insista, toujours cordial :

— Si vous voulez que l'on vous aide, George, nous devons savoir ce qui vous est arrivé.

Le visage de George se durcit.

— Dans ce cas, allez donc passer la nuit dans la maison, dit-il en articulant chaque mot. Ensuite, *vous nous* direz en quoi consiste ce problème... et si vous pouvez nous en débarrasser.

Il y eut un silence gêné. George regarda la table, Linda jeta un coup d'œil à John et Laura fixa intensément le visage sombre de George.

— Vos ennuis ne se sont pas arrêtés quand vous avez quitté la maison, n'est-ce pas ?

Il hocha la tête. Les sentiments qu'il avait réussi à garder pour lui menaçaient d'apparaître au grand jour et il ne le voulait pas. Il ne pouvait pas se le permettre.

— On a eu les reporters de la télé, les journalistes, les amateurs de sensations fortes, des fous. Cela empire de jour en jour. (Il passa la main sur ses yeux et toussa.) Une fois qu'ils nous ont repérés chez la mère de Kathy, nous avons essayé de les éviter; ensuite, nous avons complètement cessé de leur parler. Mais cela ne les a pas arrêtés. Ils arrangent l'histoire à leur manière.

Il soupira et regarda Laura chaleureuse et compréhensive.

— La plupart des reporters ont affirmé que c'était un canular, même si personne n'a pu expliquer ce que ce canular allait nous rapporter. Les autres sont encore pires. Il y a les condescendants qui nous tapotent la tête en disant : « Je suis *sûr* que vous êtes *honnêtes* et je suis *sûr* que vous *croyez* ce que vous dites en ce moment. »

Il imita l'accent compatissant et méprisant avec beaucoup d'exactitude et John sourit en secouant la tête.

— Je sais ce que vous ressentez. Croyez-moi, nous savons tous les deux ce que vous ressentez.

— Même le fait d'avoir quitté la maison a été déformé. J'ai lu hier un article qui disait que nous n'avions pas fui, mais que nous étions partis faire du ski. Faire du ski ! (Il fit un geste en direction de Linda qui, involontairement, s'écarta légèrement de lui.) Linda est la seule à avoir remarqué que c'était notre propre vie qu'ils étaient en train de déchirer et qu'il ne s'agissait pas d'un truc publicitaire.

L'adolescent lança un pourboire en grommelant. Il entraîna sa petite amie hors du restaurant et jeta un regard haineux à la table de George.

George les remarqua à peine.

— C'est notre maison, vous comprenez. Tout ce que nous possédons s'y trouve. Notre mobilier, nos vêtements, nos papiers. Nous ne l'avons pas quittée de notre plein gré. Nous en sommes partis parce que nous *devions* le faire, parce que nous n'avions pas le choix. Et la seule raison pour laquelle je suis ici est que j'ai besoin d'aide. Parce que *nous ne pouvons y retourner.* Pas pour le moment.

George s'aperçut qu'il avait les poings serrés et la mâchoire douloureusement tendue. Calme-toi, se dit-il, détends-toi. Ils veulent t'aider.

John Davies approuva.

— Nous ferons ce que nous pourrons, mais vous viendrez bien avec nous ?

— Non ! aboya George.

— Vous nous aideriez beaucoup, insista Laura doucement.

— Je ne peux pas y retourner, dit-il en secouant la tête. (Il détesta le manque d'assurance de sa voix.) Je ne peux pas.

Linda lui pressa doucement le bras. Elle l'avait déjà vu dans cet état la première fois où il lui avait parlé de la maison et toutes les fois où il avait essayé d'en parler depuis.

George avait la tête et l'estomac douloureux. Je ne puis y retourner, se dit-il, c'est impossible. S'ils veulent y aller, qu'ils y aillent, je m'en fiche. S'ils peuvent se débarrasser de la chose, qu'ils le fassent aussi. Qu'ils le fassent et qu'ils me laissent tranquille !

Il eut l'impression que le restaurant se refermait sur lui. Les murs se recroquevillèrent, le plafond, avec ses fausses poutres et ses sculptures en toc, allait lui tomber dessus. Il devait sortir d'ici. Il devait foutre le camp, *immédiatement.*

— Ça va bien, George ? demanda Linda.

Il l'entendit à peine.

— Excusez-moi, dit-il sans s'adresser à quelqu'un en particulier.

— George, répéta-t-elle, ça va bien ? Vous semblez malade.

Il savait qu'il se trouvait trop près de la maison. Trop près. Va-t-en. Il se leva brusquement, renversa sa chaise. Les cuisiniers levèrent les yeux prudemment et la serveuse referma son journal.

— Il va bientôt faire nuit, prononça-t-il avec difficulté, ignorant les regards étonnés de Linda, John et Laura. Je ferais mieux de rentrer. Kathy m'attend.

Il se dirigea vers la porte puis se contraignit à s'arrêter. Il plongea la main dans la poche de son manteau et trouva un objet si dur et si froid qu'il faillit lui brûler les doigts. Il se tourna et lança la clé de la maison d'Amityville en plein milieu de la table. Un instant plus tard, il se précipitait dehors après avoir heurté toutes les chaises sur son passage.

George claqua la porte, courut vers sa voiture et

démarra à toute allure en faisant crisser les pneus sur la chaussée glacée. Linda s'adressa alors à John et Laura et voulut s'excuser.

— J'ignore ce qui...

Laura l'interrompit :

— N'expliquez rien. Nous avons souvent rencontré la peur. Elle agit de manière différente sur les gens. Mais je dois reconnaître que c'est bien pire que ce que j'imaginais.

John jouait avec sa cuillère à café.

— Vous savez, jusqu'à maintenant, nous n'étions pas sûrs qu'il s'agisse d'un cas véridique. (Il leva les yeux, légèrement embarrassé :) Plusieurs cas peuvent s'expliquer de façon rationnelle et non surnaturelle. (Il ajouta après un coup d'œil à la fenêtre :) En voyant un homme comme George Lutz aussi profondément ébranlé... je n'ai plus aucun doute. De toute manière, ce n'est pas un canular.

Ils ont raison, se dit Linda. George était purement et simplement terrorisé. Aussi effrayé qu'un homme pouvait l'être tout en restant encore sain d'esprit.

Leur séjour dans la maison avait dû être éprouvant. Il avait essayé d'expliquer une partie de ce qu'ils avaient subi, la peur, l'horreur. Mais comment *pouvait-il* l'expliquer ? Et même s'il y arrivait, comment pourrait-elle comprendre ce qui s'était réellement passé dans cette maison banale d'Amityville si elle n'y allait pas ?

George était épuisé. Quelques minutes après son retour chez sa belle-mère, il s'était effondré dans un fauteuil de la salle de séjour et n'en avait pratiquement plus bougé.

Il était maintenant minuit. George dormait profondément dans ce fauteuil. Les enfants étaient couchés; Joan lisait au lit et Kathy regardait la télévision dans la petite pièce attenante à la salle de séjour.

Un bruit léger — on aurait dit le bruissement d'un tissu ou le glissement d'une pantoufle sur le tapis — réveilla George. Ses yeux s'ouvrirent tout grands. Il pouvait voir la lumière argentée de la télévision dans la pièce voisine et entendre le chuintement des parasites de fin d'émission.

Kathy se tenait debout dans le passage séparant les deux pièces. Sa silhouette se découpait dans la lumière qui dévoilait les contours de son corps sous la chemise de nuit légère.

De la voir debout et détendue l'apaisa. Elle est une partie de ma force, se dit George paresseusement, alors que sa femme s'approchait de lui. Mon ancre. Mon espoir.

La femme qui se tenait debout n'était pas Kathy. Ce *ne pouvait* être Kathy.

La peau de son visage était tendue comme un tambour sur ses muscles raidis. Les yeux étaient vides et exorbités, les lèvres des taches noires. Le crâne apparaissait dans une perfection glacée.

C'était un masque de mort : un visage humain déformé et méconnaissable. Quelque chose avait dérobé le corps de sa femme... et s'avançait vers lui.

Il voulut bondir mais le sommeil ralentit ses réflexes. Avant qu'il ait pu se lever, l'être qui ressemblait à sa femme était sur lui, les mains tendues en avant, prêtes à lui serrer la gorge.

George avait passé de nombreuses années à s'exercer aux arts martiaux. Après des heures et des heures d'entraînement, son esprit et son corps avaient acquis une adresse, une fluidité d'action et de mouvement instinctives, impossibles à analyser. En temps normal, cela ne se manifestait pas mais, à ce moment précis, son subconscient pressentit l'attaque violente et George réagit instinctivement.

Il repoussa l'intruse puis se glissa derrière elle avant même de réaliser ce qu'il faisait. Il la saisit à la gorge d'une main et lui tordit le poignet de l'autre. La femme gémit mais George maintint sa pression fermement.

— Kathy! lui murmura-t-il à l'oreille. Kathy, que fais-tu ?

Elle bondit en avant plus vite et plus vigoureusement qu'il ne l'aurait cru. Cela le déséquilibra un instant et elle en profita. Elle se dégagea et pivota sur elle-même.

Ses mains entourèrent la gorge de George et serrèrent.

Cette fois, George était sur ses gardes. Il brisa l'étranglement d'un coup violent et la frappa sèchement au visage. La fausse Kathy tituba mais le masque rigide ne bougea pas. Avec un sifflement, elle leva à nouveau les mains vers sa gorge. George la frappa à deux reprises de toutes ses forces.

Elle tomba à la renverse dans le fauteuil où il venait de dormir. Ses cheveux tourbillonnèrent et couvrirent son visage tandis qu'elle s'effondrait. George resta un moment penché sur elle sans savoir que faire.

Elle ne bougeait pas. Il n'était même pas sûr de la voir respirer. Puis, lentement, une main se leva — une main douce et hésitante — et écarta les cheveux qui cachaient son visage. Il reconnut Kathy dans ce geste unique et familier.

Le combat était terminé.

Elle leva les yeux vers lui, confuse et apeurée.

— George ? dit-elle d'une toute petite voix. Qu'est-ce que je fais ici ?

Elle se leva très vite et, involontairement, il lui prit les poignets et l'éloigna de lui. Si son esprit était persuadé qu'elle allait tout à fait bien, son corps, toujours sur le qui-vive, ne manifestait pas la même confiance.

Les yeux de Kathy s'agrandirent.

— Qu'y a-... t-il, George ? Qu'est-ce que je fais ici ? Je regardais la télé... j'ai dû m'endormir.

George sentit que son corps se détendait et il prit sa femme dans ses bras.

— Tout va bien, chérie. Tout va bien.

Il lui caressa les cheveux et elle se fit toute petite dans ses bras.

— Tu as eu une crise de somnambulisme, c'est tout. J'ai... eu peur que tu te fasses mal et je t'ai tenue jusqu'à ce que... jusqu'à ce que tu sois réveillée.

Elle frotta sa tête contre le tissu rêche de la chemise de son mari.

— Cela ne m'était jamais arrivé avant, George. Jamais. Pourquoi maintenant ?

J'aurais aimé le savoir, se dit George. J'aurais aimé

connaître quelque chose, *n'importe quoi,* qui nous aurait aidés.

— Nous avons eu pas mal de difficultés ces temps-ci, dit-il d'un ton aussi convaincant que possible. Je suis sûr que cela ne se reproduira plus.

Il fit demi-tour et alla avec elle dans la petite pièce. Il éteignit la télé et ils revinrent ensemble dans la salle de séjour.

— Viens, chérie. Allons nous coucher.

Elle l'accompagna en silence, encore étonnée et effrayée. George l'aida à se coucher, la couvrit jusqu'au menton et elle s'endormit aussitôt.

Quelques minutes plus tard, George s'abandonna également au sommeil. Il était trop fatigué pour penser à tout cela, trop fatigué pour s'en soucier. Mais pas trop fatigué pour avoir peur, comprit-il juste avant de s'endormir.

8

— C'est une maison banale, dit Al Kittery à Larry Berne. Notre famille en a eu une semblable pendant des années et rien de surnaturel ne nous est arrivé.

Larry était occupé à sortir la caméra vidéo portative de l'arrière du break appartenant à sa société. Bien bâti, les épaules larges, il avait une femme, un enfant et un métier qu'il aimait. Beaucoup d'événements excitants s'étaient produits depuis qu'il travaillait comme cameraman de télévision et il était heureux. Il n'y avait plus grand-chose qu'il souhaitait — ou attendait — de la vie.

Aujourd'hui, cependant, il n'était pas aussi heureux que d'habitude. On lui avait donné à la dernière minute l'ordre d'accompagner Linda Murillo pour un reportage spécial et il n'aimait pas ça. Même la participation de son vieux copain Al ne suffisait pas à le dérider.

Il hissa la caméra sur son épaule et regarda à travers l'oculaire la maison des Lutz à Amityville.

Une maison typique de Long Island, se dit-il. Style colonial hollandais, deux étages, un grand porche, le tout fraîchement repeint, avec derrière, un jardin tout en longueur qui se terminait au bord de la rivière. Identique à la maison voisine et à toutes les autres.

— De quoi s'agit-il ? grogna Al, en tripotant sa sonorisation.

Larry ne pouvait lui reprocher d'être nerveux. Ni l'un ni l'autre n'était enchanté de ce travail un peu particulier. Ce n'était pas parce qu'il s'agissait d'une maison hantée, mais, bon Dieu ils avaient mieux à faire, un point c'est tout.

De plus, il faisait froid. Le vent tourbillonnait rageusement autour du break, secouait le manteau de Larry et décoiffait les cheveux noirs et bouclés de Linda. Si le temps avait été meilleur, se dit-il, cela aurait fait passer le reste.

Larry regarda la journaliste-productrice dans l'objectif de son appareil. Elle n'était pas mal. Pas précisément une reine de beauté, Dieu merci, mais assez intelligente pour reconnaître une histoire intéressante quand elle se présentait. Il la regarda lutter contre le vent, son manteau étroitement serré contre elle.

Une voiture plus petite s'arrêta derrière le break et le couple que Larry avait déjà rencontré en descendit, tout emmitouflé pour se protéger du vent glacial.

John Davies et Laura Harding étaient des chasseurs de fantômes tout ce qu'il y avait de plus banal. Larry secoua la tête, incrédule : c'était une drôle de mission.

Il régla la lourde courroie qui soutenait son équipement et ferma la portière de la voiture d'un coup de pied.

— Tout semble normal, hein ? dit-il à John Davies en essayant d'être jovial.

— Il en est toujours ainsi, vu de l'extérieur, répondit John d'un air sombre.

Terrible, se dit Larry avec aigreur. On va vraiment s'amuser.

78

John remonta son col de fourrure et enfonça les mains dans les poches de son manteau. Le groupe se réunit sur la pelouse devant la maison, l'air mal à l'aise.

— Etes-vous prêts, vous deux ? hurla Linda dans le vent, d'une voix étonnamment fine et perçante.

Larry et Al firent un signe de tête affirmatif et Laura Harding prit la tête du groupe. Larry remarqua qu'Al traînait derrière.

— Maudite chasse aux sorcières, maugréa Al.

La clé cliqueta dans la serrure et la porte s'ouvrit avec un grincement sinistre. L'équipe s'engouffra à la hâte à l'intérieur pour s'abriter du froid. John et Laura avaient l'air morose et détaché, des chirurgiens prêts à opérer, se dit Larry. L'homme, plus âgé, transportait une petite bourse en cuir fermée par un lacet, et le cameraman s'imagina qu'elle contenait de l'huile de serpent, des dents de lézard et un assortiment d'herbes exotiques. Il se moqua de cette pensée absurde et du travail qu'on leur demandait.

Mais *c'était* aussi son travail, après tout, et il devait le faire. Il prit quelques instantanés : la salle de séjour, les tableaux au mur ainsi que quelques photos de John Davies et de Laura Harding.

Chaque chose se trouvait à sa place : tableaux correctement accrochés, meubles anciens, chers et de bon goût, harmonieusement disposés. Rien n'avait été cassé. Rien n'avait été éraflé. Aucune manifestation d'esprits dangereux — morts ou vivants — ou de chose extraordinaire n'apparaissait.

— Je croyais que vous m'aviez dit que la famille avait déménagé ? demanda Al à Linda sur un ton sceptique.

— C'est vrai.

— Et leur mobilier ?

— Ils l'ont laissé.

— *Tout ?* Il y a de beaux meubles ici. Et chers.

— Je ne pense pas qu'ils se soient souciés de leurs meubles à ce moment-là, rétorqua Linda.

Larry trouva cela étrange. Pas seulement parce que les Lutz avaient abandonné des meubles aussi chers mais aussi parce qu'ils devaient pour la plupart avoir une valeur sentimentale : héritage, souvenirs, etc. Un autre fait le troubla : on était en février et les décorations de Noël n'avaient pas encore été enlevées.

Des garnitures bigarrées étaient accrochées aux portes. Une guirlande, légèrement brunie aux bords, pendait au-dessus de l'âtre. Des cartes de Noël étaient fixées à la porte de la cuisine et des rouleaux de papier-cadeau attendaient sur le buffet.

Sans pouvoir comprendre pourquoi, cela lui parut... surnaturel, en quelque sorte. Il sentit que quelque chose d'important, de normal, manquait.

Les horloges. Aucune horloge ne marchait. Il actionna le zoom pour mieux voir le cadran de l'horloge ancienne du hall. Elle était arrêtée. Il rejoignit Laura dans la cuisine et vit que la petite pendule fixée au mur du coin-repas ne fonctionnait pas non plus.

Bien sûr, se dit-il, il doit falloir les remonter et comme personne ne l'a fait, elles se sont arrêtées.

Mais le bruit, ou plutôt l'absence de bruit, était étrangement gênante. Il avait toujours vécu dans des maisons qui avaient leur propre rythme : tic-tac de l'horloge, bruissement du chauffe-eau, ronronnement de la chaudière, *quelque chose.* Ici, c'était silencieux comme une tombe.

— Regarde, dit Laura à John.

Elle se trouvait devant le réfrigérateur ouvert.

Larry prit une série de clichés.

— Il est plein. Kathy a dû aller faire les courses juste avant... de partir.

John approuva de la tête.

Un très léger frisson parcourut le dos de Larry. Pour une vague raison, ce réfrigérateur rempli l'énervait. Pourquoi l'avoir bourré ainsi et s'en aller, comme s'il s'agissait d'une blague ? Il devait bien y avoir pour cent dollars de denrées : nourriture et alcools. Certains légumes et fruits frais commençaient à se gâter. Encore quelques semaines et ils seraient complètement pourris.

Laura referma le réfrigérateur, ce qui tira Larry de sa rêverie. Ils rejoignirent les autres dans la salle de séjour.

— On sent une aura vraiment négative ici, dit Laura. C'est une impression très bizarre.

Elle attira John dans un coin et ils conversèrent à voix basse. Puis elle revint près d'eux et s'adressa à Linda.

Très calme, pensa Larry, une vraie professionnelle.

— John va descendre au sous-sol, dit-elle. D'après ce que vous nous avez raconté, la « chambre rouge » découverte par les Lutz peut jouer un rôle important.

Sans ajouter un mot, elle se dirigea vers la cage de l'escalier menant aux étages. Larry et Al la suivirent; John descendit au sous-sol, tout seul.

Larry avait posé son appareil sur la hanche pour se reposer, mais il le remit sur l'épaule et filma le début de leur montée aux étages. Derrière eux, Al se parlait tout seul, ce qui ennuya le cameraman autant que le silence inquiétant de la maison. Ce n'était pas du tout le genre d'Al.

— Cela peut être gênant, murmura Larry.

— Quoi ? grogna Al.

— D'être preneur de son, si tu parles tout seul. Tu vas finir par enregistrer ta propre voix.

Al avait généralement bon caractère; Larry et lui se taquinaient sans pitié, lorsqu'ils travaillaient ensemble. Cela les aidait à ne pas s'ennuyer. Mais cette fois, Al ne sembla pas du tout trouver cela drôle.

Ils montèrent les marches précautionneusement comme s'ils s'attendaient à ce que quelque chose surgisse de l'ombre à chaque instant. Tout semblait normal dans la chambre des parents. Les peignes et les brosses étaient bien alignés sur la coiffeuse ancienne, et à côté, les vêtements s'empilaient n'importe comment sur un fauteuil. Le lit défait donnait l'impression que le couple y avait dormi quelques instants auparavant.

Laura fit le tour de la chambre, l'œil vif et attentif. Elle posa la main doucement sur la coiffeuse, le dosseret du lit et la porte du placard.

— Vous sentez quelque chose ? demanda Linda d'une voix légèrement tremblante.

Al enregistra la question.

Laura haussa les épaules. Elle se dirigea vers la grande commode près du lit et l'ouvrit. Elle fouilla dans les papiers et prit un dossier qu'elle tendit à Linda.

— Ce sont les papiers que George nous a demandés.

Elle quitta la chambre sans rien ajouter.

Ils la suivirent.

La lingerie se trouvait à l'autre bout de l'entrée. Au moment où ils approchaient, Al se remit à soliloquer. Larry le regarda et Al se tut.

Laura s'arrêta brusquement, la main à quelques centimètres de la poignée de la porte.

— Que se passe-t-il ? demanda Linda.

— Je... ne peux pas entrer.

Al venait juste de débrancher le magnétophone, il le remit aussitôt en marche et approcha le micro de Laura. Larry enroula en hâte la bande vidéo.

Linda les regarda et fit un signe de tête.

— Vous voulez dire que vous ne pouvez pas entrer ? Dans la lingerie ? Pourquoi donc ?

— Il y a quelque chose de sombre. De sombre... et d'infini à l'intérieur.

Elle ne s'adressait pas à eux. Elle ne parlait à personne, comprit Larry. Avant que Linda ait pu poser une autre question, Laura avait déjà fait demi-tour, était passée devant eux et se précipitait vers l'escalier.

Elle heurta Al qui faillit faire tomber son micro à pied.

— Merde, dit-il, qu'est-ce...

— Laura ! Que voulez-vous dire ? dit Linda en courant.

Les techniciens la suivirent de près. Laura s'arrêta devant la cage de l'escalier, regarda en haut et en bas sans savoir quelle direction prendre.

— Par... ici... murmura-t-elle d'un ton hésitant, et elle commença à monter les marches menant au deuxième étage.

Larry avança rapidement. Il dépassa Linda, souple malgré la caméra de dix kilos sur l'épaule, et rejoignit Laura Harding qui grimpait l'escalier. Cette fois, il voulait que sa caméra enregistrât exactement ce qu'elle voyait, chacun de ses pas. Il se trouvait à l'endroit idéal, juste là où...

— Ouille!

Quelque chose frappa l'avant de sa caméra et la lentille faillit lui rentrer dans l'œil.

— Qu'est-ce ça peut bien être? demanda-t-il, et il recula.

Debout près de lui, Laura le regarda, étonnée.

Elle reprit sa montée mais elle s'arrêta net. On aurait dit qu'elle avait heurté un mur invisible. Elle était comme un mime comique qui essayait de faire croire à une barrière. Elle se pencha, voulut avancer mais ne put bouger d'un pouce.

— Bon Dieu, qu'est-ce que c'est donc? dit Larry qui tendit la main pour vérifier l'espace devant lui.

— Non! hurla Laura une seconde trop tard.

Les doigts de Larry rencontrèrent quelque chose dans l'air et, brusquement, le sang se retira complètement de son visage.

Il recula en titubant comme s'il avait reçu un coup de poing dans le plexus et heurta la rampe. Une pellicule sauta de sa ceinture, passa par-dessus la rampe, rebondit sur le palier du premier étage et s'écrasa au rez-de-chaussée.

Larry chancela au bord de l'escalier, agita les bras pour ne pas perdre l'équilibre. Incapable d'y arriver, il faillit basculer dans le vide.

Al Kittery jura, lâcha le micro, attrapa son ami par la chemise et tira. Il sentit la chemise se déchirer dans ses mains, mais il tira plus fort et Larry bondit en avant, loin de la cage d'escalier, tomba lourdement sur les marches et dérapa tandis qu'une pensée encore vague le torturait.

J'ai failli tomber, se dit-il, j'ai réellement failli tomber.

Il fut soudain pris de panique. Il se dégagea de l'étreinte d'Al, descendit en vitesse les marches, tituba sur le palier et manqua perdre l'équilibre. Il se retint à la rampe et continua de courir.

— Que se passe-t-il ? cria Al d'une voix perçante.

Pourquoi ne pouvons-nous pas monter ces foutues marches ? Qu'est-il donc arrivé à Larry ? ajouta-t-il silencieusement.

Al suivit du regard son copain qui traversait en hâte le rez-de-chaussée mal éclairé; quand il se tourna vers les deux femmes, ses yeux exprimaient la peur et le trouble.

— Ecoutez, nous avons travaillé ensemble pendant des années, lui et moi. Nous avons couvert des tas de sales histoires et rien ne l'a jamais fait agir comme maintenant. Rien.

Les deux femmes le regardaient, les yeux écarquillés.

— Bon Dieu, *que se passe-t-il donc ici ?* s'écria-t-il.

Laura Harding se secoua comme au sortir d'un rêve :

— Nous allons nous occuper de lui. Allez rejoindre John et racontez-lui ce qui est arrivé.

Elles laissèrent Al qui bredouillait toujours sur les marches, les yeux fixés sur une chose qu'il ne pouvait voir et qui se trouvait à quelques centimètres seulement au-dessus de lui. Il entendit une porte s'ouvrir et claquer. Puis il entendit son ami gémir et vomir.

Après que John Davies ait laissé les autres, il réfléchit une fois de plus à l'histoire des Lutz. Il dut admettre qu'à part la vague sensation que quelque chose *n'allait pas* — quoi que ce pût être — il n'avait rien vu ou senti d'extraordinaire. Absolument rien.

Bien sûr, la maison donnait la chair de poule, mais il avait vu d'autres maisons de ce genre qui avaient été abandonnées à cause d'une fuite de gaz ou pour des motifs tout aussi futiles. Il n'y avait rien de surnaturel. Mais cela prouvait seulement que la famille connaissait de sérieux problèmes.

Il alluma la lumière au-dessus de l'escalier du sous-sol et descendit à la cave.

Rien.

Il s'approcha du mur le plus éloigné et ouvrit un grand congélateur qui se trouvait là. Il était bourré de nourriture bien rangée et sans odeur. Rien d'inhabituel, se dit-il.

Il referma le congélateur et se retourna pour examiner le mur. A présent, il le savait, il y *avait* quelque chose d'étrange. Un compartiment secret, la « chambre rouge » dont avait parlé George.

Il entra dans la chambre rouge et attendit, presque sûr de faire une découverte étrange et effrayante... mais il ne trouva rien. Rien du tout.

Ses mains coururent sur les murs cramoisis. Toujours rien. C'est vrai, se dit-il, qu'aucune maison à Amityville — ou ailleurs — n'a de pièce secrète dont les murs, le sol et le plafond sont peints en rouge sang. Mais cela n'est pas une preuve en soi. C'est extravagant, d'accord. Bizarre même. Mais démoniaque ? Surnaturel ?

D'ailleurs, ses années d'expérience lui avaient appris à ne pas porter de jugement hâtif. Les Lutz n'avaient pas vécu très longtemps dans la maison.

Il prit la bourse en cuir dans la poche de son manteau et desserra le lacet tout en se déplaçant vers le centre de la pièce. Soigneusement, presque respectueusement, il en étala le contenu sur le sol nu en béton.

Un crucifix. Un flacon d'eau bénite. Un camée du père Pio, un saint homme vénéré aux pouvoirs extraordinaires. Une Bible sacrée.

Au cours de ses études, John avait compris que ces objets n'offraient pas une grande protection. Mais une chose était sûre : les esprits maléfiques en activité — et si ce qu'on lui avait raconté était exact, c'était bien de cela qu'il s'agissait — ne toléraient pas la présence d'objets bénits. C'était la chose la plus évidente, une sorte d'épreuve décisive.

Il aligna le reste des reliques et attendit. Après un instant de réflexion, il se mit à réciter le Notre Père. Un petit coup de pouce supplémentaire, une ultime provocation... et en même temps, une possible protection.

— *Notre Père qui êtes aux cieux...*

La lumière de la chambre rouge commença à baisser. John se retourna pour regarder le sous-sol, au delà de la pièce, et s'aperçut que là aussi l'obscurité gagnait du terrain et semblait jaillir du sol.

Il en oublia sa prière et regarda, fasciné.

Quelques secondes plus tard, il se mit à trembler sous l'effet d'un froid subit. Quelque chose allait se produire.

Brusquement, il eut du mal à respirer. John posa une main sur sa poitrine, essaya de remplir ses poumons mais en vain. On aurait dit que la chambre rouge avait été vidée de son air, que l'obscurité obstruait sa gorge. Il voulut se remettre à prier. Les prières l'avaient souvent sauvé et cette prière avait aidé les Lutz dans leur camionnette. Mais cette fois-ci, il n'arrivait pas... il n'arrivait absolument pas à se rappeler les paroles.

Les battements de son cœur se répercutèrent dans ses oreilles. Il suffoqua. Ses mains se serrèrent sur sa gorge.

John tomba sur le flanc et chercha de l'air. Il ne restait plus qu'un mince filet de lumière, une légère lueur. Il s'obligea à ramper sur les genoux, mais les battements dans sa tête le contraignirent à s'allonger sur le sol.

— Laura!

C'était à peine un murmure. Il roula sur le dos, suffoqué et inondé de sueur. Il vit l'obscurité épaisse se répandre dans la pièce, recouvrir ses jambes, ses cuisses, sa poitrine.

La mort, se dit-il, alors que l'obscurité s'infiltrait en lui. Ce doit être la mort.

— Laura!

— John ? John ? Où êtes-vous ?

La lumière brilla devant lui, il y eut un grésillement et l'obscurité disparut. L'air revint dans ses poumons. Les battements désordonnés de son cœur subsistèrent.

Répondre était trop douloureux. John resta étendu là, baigné de sueur, et posa les mains sur sa poitrine. Il écouta les battements de son cœur qui se ralentirent peu à peu, ce qui le réjouit.

Pas maintenant. Ce n'était pas son heure.

Al Kittery se tenait dans l'ouverture menant à la

chambre rouge. Lorsqu'il vit John allongé par terre, il se précipita vers lui.

— John, ça va ?

John toussa et s'assit avec peine.

— Ça va aller. Dans une minute.

Il ramassa lentement les reliques et les remit dans le sac en cuir.

— Jésus, vous semblez mal en point, dit Al. Pendant une seconde, j'ai cru que vous étiez blessé ou pris d'un malaise.

— C'est ce qui m'est arrivé. (Il inspira profondément et rejeta lentement l'air.) Est-ce que tout va là-haut ?

— Non, ça ne va pas du tout.

Encore tout effrayé, l'ingénieur du son lui raconta ce qui s'était passé : la lingerie, l'escalier, la barrière invisible, la frayeur de Larry.

Puis Al répéta la question déjà posée là-haut.

— Ecoutez, cela n'a pas de sens. Pas le moindre. Dites-moi donc, je vous prie, ce qui se passe ici.

John secoua la tête prudemment.

— Je l'ignore. Mais, au moins, nous *savons* à présent que les Lutz n'ont pas été chassés par un phénomène explicable et qu'il ne s'agit pas d'un canular. Une force négative opère ici et elle est très forte. (Il fixa les murs rouges de la pièce sans fenêtre.) Autre chose encore. Cette force n'aime pas les étrangers. Pas du tout.

Al l'aida à se remettre sur pied et John rangea le sac dans la poche de son manteau.

— Venez, allons rejoindre les autres, dit-il. Nous avons appris ce que nous voulions savoir. Inutile de rester plus longtemps.

— Bien, répondit Al en tremblant.

John poursuivit comme s'il n'avait pas entendu :

— Nous pouvons former un groupe et revenir plus tard pour un examen plus sérieux.

— O.K., comme vous voulez.

Il soutint John jusqu'à l'escalier, et réfléchit à toute vitesse. Il voulait partir, se sauver, quitter la maison immédiatement, mais il s'obligea à marcher lentement, à parler calmement.

Encore quelques minutes. Il pouvait tenir le coup. Et John Davies pourrait revenir dans cette maison pour « un examen sérieux » s'il le voulait. Al Kittery était sûr d'une chose : il ne l'accompagnerait pas.

Il ne reviendrait jamais dans cette maison. Jamais.

Larry se rinça la bouche à l'eau froide, passa de l'eau fraîche sur son visage brûlant, prit une longue et douloureuse inspiration et quitta la salle de bains. Laura l'attendait, un sourire compatissant aux lèvres.

— Les autres nous attendent à la porte d'entrée, dit-elle calmement.

— Qu'est-ce que c'était ? demanda-t-il sans vraiment savoir ce qu'il entendait par là : la barrière, le malaise, la maison elle-même, tout cela à la fois et plus encore. Qu'est-ce que c'était ?

— Je l'ignore, répondit Laura Harding. Je l'ignore vraiment.

9

« *Votre futur comme votre passé sera rempli de joie et de paix.* »

Cela aurait pu être drôle, se dit George. Furieusement drôle. Mais ça ne l'était pas.

Il laissa tomber les morceaux du biscuit porte-bonheur sur son assiette et roula la bande de papier dans ses doigts. Le restaurant chinois bourdonnait : les serveurs bavardaient dans la cuisine, les clients arrivaient, d'autres réglaient leur addition, un dragon de cuivre assis sur un coussin le fixait à l'autre bout de la salle. Le plat de légumes en sauce fumait de manière appétissante mais il le remarqua à peine. Il avait l'esprit ailleurs.

Il repoussa son assiette et prit sa tasse de café. Son compagnon de table lui demanda alors :

— George, en êtes-vous sûr ?

Il leva les yeux, surpris, comme s'il voyait son ami pour la première fois.

— Excusez-moi, mon père, vous disiez?

— Vous avez subi pas mal d'épreuves ces derniers mois. Mais en êtes-vous sûr?

Il fit la grimace. Même le café avait mauvais goût. Tout avait mauvais goût ces jours-ci.

— Père Mancusso, dit-il d'un ton las, vous n'avez pas vu son regard la nuit dernière; il était déformé et grotesque. On aurait dit qu'elle était possédée, possédée par le démon. C'est la seule expression qui convienne. (George vit le regard effrayé et circonspect du prêtre et prit cela pour du scepticisme.) Ecoutez, vous savez que Kathy est d'une constitution frêle. Généralement, je peux saisir ses deux poignets d'une seule main, si je veux. Mais la nuit dernière, j'ai eu besoin de toutes mes forces, je dis bien *toutes,* uniquement pour l'empêcher de me battre. J'ai dû finalement la frapper plusieurs fois, et très durement, pour la faire sortir de sa transe — enfin appelez ça comme vous voulez. Et moins d'une minute après s'être réveillée, elle ne pouvait se rappeler ce qui s'était passé.

Mancusso sentit l'horrible nausée si familière revenir. Il pâlit, soudain glacé, la tête douloureuse. Sa respiration devint saccadée, ses mains se mirent à trembler. *Non,* supplia-t-il. Non, pas ici. Non, non...

George crut que le prêtre avait un malaise cardiaque.

— Qu'y a-t-il, mon père? demanda-t-il en se levant. Ça ne va pas?

Le prêtre leva faiblement la main pour l'écarter et prit une profonde inspiration. Il se raidit et grimaça un sourire.

— Je vais bien. Bien. C'est un petit microbe que j'ai attrapé ces derniers mois. Je n'arrive pas à m'en débarrasser.

— Etes-vous sûr que tout va bien?

— Oui, ça va très bien.

Il respira à nouveau très profondément et essaya de ne plus trembler.

Cela fait partie de mon héritage personnel d'Amityville, se dit le père Mancusso. Mais inutile d'accroître les soucis de ce pauvre George. Il a déjà assez de mal à supporter tout cela. Pourtant, cette nouvelle attaque de la maladie le confirmait de manière affreuse : George lui avait sûrement dit la vérité, en partie du moins. Et la maison d'Amityville se trouvait sûrement à l'origine de cet événement.

Peut-être que si nous cessions d'en parler, les malaises disparaîtraient, pensa-t-il. Cela s'avérait efficace dans certains cas, mais pas toujours.

— George, dit-il. Je sais combien tout cela est douloureux pour vous. Je vous promets que j'essaierai de faire quelque chose pour aider Kathy.

— Merci, mon père.

— Je vais essayer, George, mais je ne peux rien vous promettre.

George insista pour régler l'addition. Pendant qu'ils attendaient à la caisse, le père Mancusso réfléchit aux problèmes auxquels les Lutz et lui se trouvaient confrontés.

— Je pense, George, que vous devriez envisager sérieusement de vous éloigner. Définitivement. Le plus loin possible d'Amityville.

George eut l'air déconcerté.

— Nous ne pouvons faire ça. Même si nous pouvions nous le permettre — ce qui n'est pas le cas — nous avons tous nos amis ici. Et puis, il y a l'affaire familiale, l'école des enfants. Non, c'est impossible.

Le caissier annonça : « Dix-neuf dollars soixante-cinq cents », et George lui tendit sa carte de crédit.

— Ecoutez, mon père, nous avons mis jusqu'à notre dernier centime dans l'achat de cette maison. C'était exactement ce que nous désirions et nous n'avons pas l'intention d'abandonner sans nous battre. Voilà plusieurs raisons qui expliquent que nous ne puissions nous permettre de partir.

Le prêtre haussa les épaules, mit son pardessus et sortit avec George du restaurant. C'était une nuit étrange. Le froid intense avait chassé le brouillard et les nuages; les étoiles scintillaient dans le ciel, rivalisant d'éclat avec les lumières de la ville. Le père Mancusso et George marchèrent rapidement dans les rues glacées, silencieux et troublés.

Le père Mancusso accordait un grand prix à l'espoir. Cela l'avait soutenu dans des situations terribles : c'était un concept essentiel, une exigence primordiale non seulement pour les prêtres, mais pour tous les catholiques. Or, il devait admettre intérieurement qu'il n'avait aucun espoir à offrir à George Lutz. Il ne croyait pas que lui — ou quiconque — puisse un jour vaincre l'occupant de cette maison.

Une entité diabolique utilisait le lieu d'un territoire désacralisé pour quitter son monde noir et hideux et accéder à la Terre. Le père Mancusso avait seulement éprouvé la pression la plus infime, la fraction la plus ténue de la puissance que la chose noire exerçait et cela avait suffi pour lui faire sentir son impuissance. La seule alternative était la fuite... ou la mort.

Non, mon ami, vous ne retrouverez jamais votre maison. Nous réussirons, à la rigueur, à interrompre temporairement l'emprise de la chose sur vous; peut-être aussi qu'après un certain laps de temps, la chose se lassera et vous laissera tranquille une fois pour toutes. Mais nous ne pouvons faire face à cet être et à sa force. Nous ne pouvons gagner.

Cependant, je peux encore faire une tentative.

Le prêtre s'arrêta devant une boutique d'épices à l'ancienne.

— Entrons, dit-il.

George le suivit, légèrement surpris.

Cela sentait bon à l'intérieur, se dit-il, tandis que la porte cliquetait derrière eux.

Le père Mancusso disparut dans l'arrière-boutique et George erra le long des rayons, regarda les boîtes colorées, les sacs en papier, les bocaux en verre remplis de thé, de café, d'épices et de bien d'autres denrées. Il ignorait leurs noms pour la plupart ainsi que leurs lieux d'origine mais, curieusement, la chaleur de ces riches parfums le réconforta. Drôle de manière de se sentir mieux, mais j'aime ça, pensa-t-il.

Il souriait dans l'allée centrale quand le prêtre le rejoignit.

— George, dit-il, achetez une livre de café.

George le regarda étonné et le prêtre lui tapota le bras.

— Je vous expliquerai plus tard. Choisissez votre arôme préféré.

Lorsque George rentra à East Babylon, il trouva les fenêtres obscures et les chambres calmes et chaudes. Il se glissa dans la maison par la porte de derrière et prépara le café dans la cuisine sans réveiller personne. Puis il entra dans la salle de séjour sur la pointe des pieds en portant sur un plateau ancien deux tasses en faïence et une cafetière. Il posa le tout par terre près du lit de fortune sur lequel dormait Kathy.

Il réfléchit un instant. Elle semblait si paisible : un sommeil tranquille, sans cauchemars. Mais il vit les ravages causés par ces rêves : rides profondes sur le front, cernes noirs sous les yeux. Et, malgré le chauffage réglé au minimum, des gouttes de sueur perlaient au-dessus de ses sourcils.

Non, décida-t-il, il faut faire quelque chose.

Il la secoua doucement et lui dit :

— Kathy, Kathy, réveille-toi, ma chérie.

Elle s'éveilla d'un coup et s'agrippa à lui.

— Qu'y a-t-il ? Qu'est-ce qui ne va pas ?

On en est arrivé là, pensa-t-il. Elle ne peut plus s'éveiller sans avoir peur.

— Rien, répondit-il d'un ton apaisant, tout va bien. Je t'ai seulement apporté une boisson chaude.

Elle se détendit et s'appuya contre lui.

— Du lait ? dit-elle en réprimant un énorme bâillement.

— Du café.

— Du café ? George !

Elle rejeta les cheveux en arrière et regarda le réveil posé sur une table à côté de leur lit.

— Mais, George, il est une heure et demie du matin.

Je viens juste de m'endormir. Et tu m'apportes du café !
Qu'est-ce qui te prend ?

— Allez, bois, dit George en remplissant une tasse à
ras bord.

Kathy prit un ton geignard :

— Tu sais que je dors mal. Ces rêves, les migraines et
les enfants toute la journée. Tu sais combien je suis
fatiguée et, alors que je viens juste de m'endormir, tu
me réveilles pour me proposer du café ?

Il voulut placer la tasse dans sa main, mais elle l'en
empêcha.

— Non, George, je n'en veux pas. Qu'est-ce qui te
prend ?

— Ecoute, chérie, je sais que ça paraît idiot, mais le
père Mancusso a béni ce café. Il a dit que cela pourrait
t'aider à te détendre, à dormir.

Elle se passa la main sur le front.

— Le père Mancusso ? Oh, George, je ne sais pas.

— Kathy, il s'inquiète pour nous. Nous sommes tous
les deux...

— Tu ne lui as pas parlé de mon accès de somnambulisme au moins ?

— Je devais le faire.

— Tu m'avais promis ! Tu m'avais promis de le garder pour nous !

— J'ai dit que je n'en parlerai ni aux enfants ni à ta
mère. Mais il m'a aidé quand je n'arrivais pas à dormir,
tu te souviens ? Et il pense que cela peut te soulager
aussi. Sincèrement.

Elle hésitait encore :

— Sincèrement, chérie.

Elle se détendit et il sourit en la voyant prendre une
tasse et placer ses mains au-dessus pour se réchauffer.

— Au moins, tu aurais pu me dire que tu allais à
New York. J'aurais aimé dire bonjour au père Mancusso, moi aussi.

Elle lui rendit son sourire et avala une gorgée de
café.

George prit sa tasse et la leva. Les deux tasses se

touchèrent dans le silence de la salle de séjour et les Lutz rirent doucement.

— Fais de doux rêves, dit-il.

Ils burent leur café sans ajouter un mot.

George rinça la cafetière et rangea les tasses dans l'égouttoir. Il s'efforçait de ne pas trop espérer, de ne rien attendre. Puis il sortit de la cuisine et pénétra sans bruit dans la salle de séjour.

Il se glissa sous les couvertures et enlaça sa femme. Elle se rapprocha, se coula contre lui et murmura des paroles de réconfort dans son sommeil.

Merci mon Dieu, se dit George, merci mon Dieu.

Il s'abandonna à son tour à un profond et paisible sommeil.

10

Le taxi jaune vira sur les chapeaux de roue et s'arrêta pile devant un homme qui avait plusieurs valises à ses pieds. Le chauffeur montra à la vitre sa tête ronde, couleur de papier mâché, agrémentée d'un brin de moustache et dit :

— C' vous qu'vez'plé ?

Le père Mancusso le regarda sans comprendre. Puis les syllabes s'ordonnèrent et formèrent : « C'est vous qui avez appelé ? » Il sourit et acquiesça.

— Oui, c'est moi.

Je ne m'habituerai jamais à cet accent, se dit-il, même si je devais vivre longtemps à New York.

Le chauffeur sortit de voiture et ouvrit le coffre d'un geste simple et économe qui en disait long sur sa grande expérience et son incommensurable ennui. Il ramassa trois des quatre valises qu'il lança sans cérémonie dans le coffre.

Le prêtre jeta un regard nerveux à droite et à gauche et vérifia sa montre pour la dixième fois.

— Où allons-nous? interrogea le chauffeur en ouvrant la portière arrière.

— Je pense... à l'aéroport Kennedy, répondit le père Mancusso.

— Vous pensez?

— Croyez-vous que nous puissions attendre encore quelques minutes? De vieux amis doivent me rejoindre ici.

Le chauffeur se renfrogna.

— Pour l'amour du ciel, mon vieux, on va pas y passer la journée. Vous v'lez aller à Kennedy, allons-y et quittons cette foutue merde.

Le père Mancusso resta sans voix. Il n'avait pas l'habitude d'entendre ce genre de langage, même chez des chauffeurs de taxi new-yorkais.

Il s'aperçut alors que, pour la première fois, il était habillé en civil. Son col de clergyman était empaqueté avec le reste de ses effets dans la valise de cuir qui se trouvait à ses pieds. C'est drôle, se dit-il avec un sourire en regardant son jean, sa chemise sport et sa veste en velours, j'ai toujours pensé que je ressemblais à un prêtre, même sans le col. Je me sens tellement comme un prêtre.

— Qu'est-ce qu'y a d' drôle? voulut savoir le chauffeur.

— Rien, excusez-moi. Vous pouvez mettre en marche votre compteur à partir de maintenant, si vous voulez, et si mes amis ne sont pas là dans cinq minutes...

— Hé, vous pouvez dire c' que vous v'lez, mon pote. D' toute façon, j' mets mon compteur en marche. J' peux rester ici jusqu'au jour du jugement dernier.

— Je ne pense pas que cela durera aussi longtemps.

Le chauffeur fit le tour de la voiture, s'assit au volant et tourna le compteur avec un peu plus de force qu'il n'était nécessaire. Il regarda à travers le pare-brise sale la rue déserte en face de lui et se désintéressa ouvertement de la conversation.

Le père Mancusso s'était souvent demandé pourquoi la rue en face de son église était toujours si calme. Etait-ce parce que les bonnes gens de New York ne souhaitaient pas troubler un lieu de culte, sauf cas exceptionnel, ou parce qu'ils se sentaient mal à l'aise s'ils étaient dans un lieu sacré au milieu du bruit et de la saleté de la ville ? Cela méritait réflexion.

Il fourra les mains dans les poches de sa veste et recula un peu. Pourquoi donc George et Kathy tardaient-ils ? Son avion devait décoller dans deux heures environ et avec la circulation et les formalités d'enregistrement, il risquait d'être en retard s'il ne partait pas rapidement.

Mais il voulait les voir avant son départ. Ils avaient beaucoup occupé ses pensées ces derniers jours — ils commençaient même à empiéter sur ses autres charges à l'église — et il devait leur parler, ou au moins les *voir*.

Il avait peut-être un sens un peu trop poussé de ses responsabilités. Il se sentait parfois indirectement responsable de toutes les horribles choses qui leur étaient arrivées à Amityville. Après tout, s'il n'était pas allé dans cette maison, rien ne se serait sans doute produit. Mais cela aurait peut-être été encore pire sans lui. Il ne savait pas.

Mancusso soupira et rentra les épaules pour ne pas avoir froid.

Le chauffeur lui lança un regard mauvais et se replongea dans la contemplation de la rue.

Partir me fera du bien, se dit le prêtre. Je vais rendre visite à des amis et des parents en Californie. Ce sera bon d'oublier quelque temps mes obligations et de me détendre, enfin, d'essayer.

Mais les Lutz resteraient dans ses pensées et dans ses prières. Surtout dans ses prières.

Une vieille femme mal fagotée, accompagnée d'un chien minuscule, traversa cahin-caha, juste devant la camionnette et George actionna son klaxon des deux mains.

— Merde, dit-il avec un regard sur sa montre et en appuyant sur l'accélérateur, nous n'y arriverons jamais.

Kathy résista à la tentation de lui demander l'heure. Quand elle l'avait fait cinq minutes plus tôt, George avait failli la gifler. C'était à cause de la circulation, se dit-elle. Ils voulaient tous les deux voir le père Mancusso avant son départ. Ils pensaient au début qu'ils avaient tout leur temps, mais à présent...

George klaxonna une dernière fois et tourna sans prévenir. Ils virent un taxi jaune rangé un peu plus loin et un homme d'âge moyen en jean et veste marron qui attendait patiemment au milieu du trottoir.

Kathy mit quelques secondes à reconnaître le père Mancusso. C'est la première fois que je le vois habillé comme *nous,* se dit-elle.

La camionnette ralentit en face du taxi et Kathy sortit sans attendre que la voiture fût garée, traversa la rue à la hâte sans se soucier de la circulation, le visage rouge de froid et d'excitation.

— Excusez-nous, nous sommes en retard, dit-elle avec un sourire. Il y a une de ces circulations...

— Je commençais à me dire que je ne vous verrais pas avant mon départ, répondit le père Mancusso en serrant Kathy dans ses bras. Je suis très content que vous soyez venus.

George surgit derrière elle, encore un peu énervé par le trajet.

— Vous auriez dû nous laisser vous accompagner à l'aéroport, grommela-t-il.

— Non, George. C'est beaucoup plus simple de prendre un taxi, croyez-moi.

Le chauffeur ronchonna en entendant cela sans détourner les yeux du pare-brise.

— Il vous aurait fallu revenir ensuite, traverser toute la ville avant de prendre la route de Babylon, vous en auriez eu pour des heures. De plus, cela ne me gêne pas de prendre un taxi. Pas *beaucoup.*

Il regarda amicalement le chauffeur qui s'enfonça davantage sur son siège.

— Eh bien, d'accord, dit Kathy un peu soucieuse, mais laissez-nous au moins venir vous chercher à l'aéroport à votre retour.

Mancusso ne résista pas au regard de Kathy brillant d'une joie anticipée. Il avait fait connaissance de sa famille quelques années plus tôt et éprouvait pour la jeune femme une affection quasi paternelle. Depuis les problèmes de la maison, sa tendresse et son inquiétude s'étaient considérablement accrues.

— D'accord, dit-il cordialement. Cela me fera très plaisir.

— Bravo! s'écria le chauffeur qui bondit hors de la voiture. Maintenant que *c'est* réglé, vous pensez pas qu'on peut filer?

Mancusso regarda sa montre et fronça les sourcils.

— Il a raison, j'en ai peur, George. Je dois vraiment partir.

George acquiesça et prit la dernière valise avant que Mancusso ait pu l'en empêcher. Le chauffeur ouvrit la portière arrière et George casa la valise entre les sièges avant et arrière.

— C'est vot' père ou quoi? demanda le chauffeur lorsque George ressortit du taxi.

George lui jeta un regard bizarre.

Le père Mancusso n'entendit pas la question. Il disait au revoir à Kathy.

— Vous avez l'air en forme, dit-il en la regardant droit dans les yeux. Bien mieux que tous ces derniers temps. Quitter la maison était la meilleure chose à faire.

Kathy savait que c'était bien plus que cela. Elle savait que George avait trouvé la paix après la sainte communion administrée par le père Mancusso. Elle savait également que le café spécial béni par lui l'avait libérée d'une manière unique.

Ce n'était pas seulement le fait d'avoir quitté la maison qui les avait aidés. C'était cet homme bon et modeste qui se trouvait en face d'elle.

Elle l'embrassa sur la joue.

— Oh, mon père, George m'a dit où il s'était procuré ce café. Plus d'une semaine s'est écoulée et je n'ai plus ni maux de tête ni rêves. (Le souvenir de ses cauchemars la fit frémir.) C'étaient de mauvais rêves, mon père. (Elle se ressaisit.) En fait, je n'ai pas eu de rêve du tout, sauf un. Un très beau rêve, juste après avoir bu le café que vous avez donné à George. (Elle le regarda et lui adressa un sourire mystérieux.) J'aimerais vous en parler un jour... bientôt.

Il approuva de la tête et lui rendit son sourire. Le chauffeur dit :

— Hé, mon pote, ça y est enfin ?

Kathy l'étreignit une dernière fois et s'écarta.

— Merci pour tout.

Le prêtre rougit et regarda la pointe de ses chaussures.

— Ne *me* remerciez pas, dit-il intimidé. Remerciez Dieu. (Il la regarda avec une force inattendue :) Remerciez Dieu.

Il se détourna et monta dans la voiture sans ajouter un mot et en essayant de cacher son embarras. Une fois installé, il baissa la vitre et regarda ses amis.

— Bon voyage, mon père, dit George.

Il voulut en dire davantage, mais ce n'était pas le moment.

— Nous ne vous reconnaîtrons sûrement pas quand vous reviendrez, dit Kathy en souriant. Tout ce soleil en Californie ! Vous aurez l'air d'un acteur de cinéma...

Le père Mancusso secoua la tête avec un sourire. C'étaient de braves gens. Il les aimait bien plus qu'ils ne le pensaient.

— Que Dieu soit avec vous, dit-il.

— Avec vous aussi, répondit Kathy.

George approuva et effleura le flanc de la voiture.

— Enfin ! s'écria le chauffeur qui démarra en trombe.

Ils restèrent sur le trottoir, regardèrent le taxi qui brûla un stop sans hésiter, vira dans un grincement de freins et disparut. George enlaça Kathy et la serra doucement contre lui.

— Ça va ?

— Très bien, répondit-elle un peu triste, très bien.

Reprends-toi, se dit-elle. Le père Mancusso va revenir très vite avec plein d'histoires et de jouets pour les enfants. Ne te laisse pas aller.

(A deux pâtés de maisons de là, un camion jaune fit grincer ses vitesses et arriva au virage en grondant. Le conducteur était fatigué. Il roulait depuis dix-neuf heures — avec une seule pause — et maintenant il traversait New York à toute allure par les petites rues, pressé d'arriver au garage avant la fermeture. J'ai pas l'intention de payer un sou d'amende, se dit-il. Pas question.)

Kathy se secoua et adressa un sourire éclatant à George.

— On s'arrête au marché en rentrant ? Nous avons quelques achats à faire.

George accepta, regarda des deux côtés de la rue et se prépara à traverser.

(Le camion franchit un carrefour désert. Le conducteur cligna des yeux. Il lui faudrait encore au moins une heure pour décharger. Merde, à cette allure, il ne pourrait jamais faire une petite pause avant la nuit noire. Bon, se dit-il en examinant la rue devant lui, au moins, il n'y a ni bouchon ni piétons.)

— J'aimerais aller en Californie un jour, dit Kathy. Tu sais, je n'ai jamais dépassé New York.

— Moi non plus, répondit George.

Une sorte d'instinct aveugle dû à ses années d'entraînement aux arts martiaux lui lança cet avertissement brutal :

— *Attention* !

Il renversa Kathy dans le caniveau, dans l'intervalle étroit entre deux voitures rangées.

(Le conducteur du camion ne les vit jamais. Il perçut un bruit étrange, comme un cri, qu'il ignora. Une bouffée rapide d'air froid s'échappa de son chauffage, mais il ne s'en soucia pas davantage. Il arriva au virage en se disant : j' vais pas arriver à m'en sortir, y a pas moyen.)

— George ? George, ça va ?

Kathy gisait sur le flanc entre les voitures, le manteau taché d'huile et de graisse. Un bleu apparaissait sur son menton là où elle avait heurté, en tombant, un capot ou un pare-chocs.

Penché sur elle, le souffle court, George haletait comme un chien. Il ne répondit pas.

— George, mon Dieu, ça va ?

Il bondit et leva les deux poings.

— Idiot ! hurla-t-il au camion jaune. Espèce d'idiot, vous auriez pu nous tuer !

Le camion se trouvait déjà à plus de deux pâtés de maisons de là.

— Il n'a même pas klaxonné !

Kathy se releva, encore secouée; George s'empressa de la soutenir.

— Excuse-moi, chérie, je ne l'ai pas vu arriver, dit-il amèrement. Je ne l'ai même pas entendu !

— Tu n'aurais pas pu, répondit-elle, étourdie par le coup reçu à la tête, mais les pensées très claires et tout à fait sûre de ce qu'elle disait. Tu n'aurais pas pu l'entendre, George. Il n'a pas fait le moindre bruit.

Elle le dévisagea, soudain saisie par le doute.

— Il n'a pas fait le moindre bruit, George, n'est-ce pas ? demanda-t-elle d'un ton presque implorant.

George ne répondit pas immédiatement. Il n'était pas sûr. Il ne se rappelait pas avoir entendu quoi que ce fût jusqu'à ce que le camion leur arrivât dessus, mais ils étaient en train de bavarder et...

— Je... je suis sûr que nous étions préoccupés, dit-il sans grande conviction.

Mon Dieu, se dit Kathy, on va en arriver là ? A une paranoïa totale ? Est-ce qu'on va critiquer tout ce qui n'est pas bien ou qui sort de l'ordinaire ? Nous allons finir par succomber à quelque chose de pire qu'Amityville : à la peur. Nous commençons à penser qu'elle est partout, qu'elle nous attend, nous observe et nous épie.

Non. Ils ne pouvaient continuer à vivre ainsi. Ils ne le toléreraient pas. Et à présent, c'était le moment de le montrer. Elle pouvait être effrayée, terrifiée même à la perspective d'être harcelée par une force toute-puissante et invisible, mais elle n'allait pas céder à la peur. Pas cette fois. Jamais.

Elle se redressa et posa ses lèvres dans le creux de la nuque de George, juste un instant. Puis elle s'écarta.

— Je pense que nous ferions mieux de faire plus attention en traversant à partir de maintenant, dit-elle d'une voix ferme. Nous regarderons à gauche, à droite et partout.

George sourit faiblement. Elle put voir qu'il faisait un effort lui aussi mais qu'il y arrivait.

— C'est juste, approuva-t-il. Sécurité d'abord.

Elle lui prit la main. Il répondit à sa pression et sans rien ajouter, ils rejoignirent la camionnette et regagnèrent East Babylon.

11

— Bud, vous devriez vous occuper de ça. Je deviens fou.

— Vous savez ce que c'est, George. J'ai essayé tous les moyens. Mais ce n'est pas aussi simple lorsqu'il s'agit du fisc, même s'il se trompe.

— Je me fiche de savoir si c'est simple ou non, vous n'avez qu'à vous en occuper ! s'écria George en tapant du poing sur le bureau.

Les sept dossiers qu'il avait soigneusement disposés sur le sous-main s'ouvrirent et des papiers s'en échappèrent.

Tous sauf un portaient une étiquette rose avec un seul mot : ANNULÉ.

Allons, calme-toi, se dit-il. Cet homme essaye de t'aider ; alors, donne-lui une chance.

Il se renversa sur son siège et regarda par la fenêtre de son bureau de Syosset le mouvement de la rue. Une voiture de sport dernier modèle passa. Un homme en pardessus, le *Wall Street Journal* sous le bras, avança dans la direction opposée. Le vent souleva la jupe fendue d'une jeune femme au bout de la rue et une voiture récente de marque étrangère se rangea dans le petit parking jouxtant le bureau de George. Tout semblait parfaitement normal. Parfaitement paisible.

Pourquoi ce qui est *normal* me paraît-il à moi bizarre ? se demanda-t-il. Assis à son bureau ancien, le même depuis des générations, George était beaucoup trop conscient que ses deux très beaux classeurs se remplissaient rapidement d'ordres annulés et de factures, de même qu'il était conscient que l'affaire, transmise par son grand-père à son père puis à lui, était en train de péricliter sans aucune raison valable.

La voix de son comptable se fit entendre au téléphone.

— George, êtes-vous encore là ? Je vous ai dit que je ferai de mon mieux.

George soupira.

— Je sais, Bud. Et je suis désolé de m'être énervé. Mais vous êtes mon comptable. Vous deviez convaincre ces gars du fisc qu'ils avaient commis une erreur. Je ne leur dois pas quatre mille dollars. Je n'ai même pas déduit tout ce qui était déductible dans ma déclaration de l'année dernière, vous vous rappelez ? C'est vous qui l'avez établie.

— Je sais, George. J'ai essayé de l'expliquer aux agents des impôts pendant plus d'une semaine mais...

— Bon Dieu, mais que devons-nous faire ? Les laisser nous sucer le sang ? (Il s'aperçut qu'il commençait à bafouiller mais poursuivit :) ça ne peut pas durer, Bud. Je ne peux pas continuer à travailler sans cesse sans qu'il en sorte rien, cela me tape sur les nerfs, vraiment.

— George !

C'était la première fois que George entendait Bud élever la voix et se mettre presque à crier. Cela le stoppa net. Le comptable ajouta d'une voix plus calme :

— George, je sais que vous avez subi pas mal de tensions ces derniers mois. J'ai lu ce qui vous est arrivé dans les journaux, j'ai regardé la télé. Je ne prétends pas savoir de quoi il s'agit, mais je vous assure, George, *je vous assure* que nous allons nous en sortir.

George prit une profonde inspiration. Il eut l'impression que quelque chose se brisait en lui, mais il refusa de se laisser aller. Pas maintenant. Pas pour un problème aussi stupide.

— C'est simplement que je n'ai pas d'argent, Bud. C'est aussi simple que cela : je n'ai pas d'argent.

— Votre travail n'a pas repris ?

— Pas du tout. Deux de nos clients réguliers ont résilié leur contrat; un autre s'est retiré; un autre est soumis à une vérification et le projet est gelé; et je n'arrive même pas à joindre la 'personne qui était mon dernier espoir : on dirait qu'elle a disparu de la surface de la terre.

— Et il n'y a rien en vue ?

George s'énerva à nouveau.

— Je viens de vous le dire, Bud. Rien. J'ai une affaire qui a bien marché pendant plus de soixante-dix ans et, tout à coup, elle se met à péricliter. Et je ne sais pas pourquoi.

— Moi non plus, mon ami. Moi non plus.

George soupira bruyamment et se prit les tempes à deux mains. Il avait encore très mal à la tête, comme lorsqu'il habitait Amityville.

— J'ai déjà renvoyé tout le monde à l'exception de Hank. Je ne peux pas le licencier, il est dans la maison depuis que mon père a pris la relève. Mais si je ne conclus pas d'affaire très vite, je devrai le licencier aussi. Tout ce que nous avons eu, c'est ce contrat avec Wagner et même s'il paye à la date prévue, cela ne suffira pas à combler notre déficit.

Bud essaya de le réconforter :

— Ça va mal partout en ce moment.

Inutile de me consoler, se dit George.

— Oui, je sais. Ça va mal partout.

— Je suis sûr que cela va s'arranger.

— Oui, bien sûr.

Il y eut un long silence pendant lequel George respira à petits coups et tapota sur le bureau avec son doigt. Finalement, le comptable s'éclaircit la voix :

— Eh bien, je retourne m'occuper de votre affaire.

Brusquement, George se sentit vieux de mille ans. Qui se souciait de ce foutu contrôle ?

— Très bien. Occupez-vous-en.

— D'accord. (Un autre silence.) Euh, George, je...

— Oui ? Quoi ?

Il ne voulait plus parler. Il avait trop mal à la tête. Et il n'y avait rien d'autre à ajouter. Rien.

— Ce n'est rien. Je... je vous rappellerai bientôt. Au revoir.

George raccrocha sans un mot. Pourquoi est-ce que je traite Bud ainsi, se demanda-t-il. Il est si serviable. Et Dieu sait que ma société lui doit de l'argent. Comme aux autres.

C'est vrai, les affaires vont finalement s'arranger. Mais comme j'ignore pourquoi on a dégringolé, je suis le dernier à savoir quand cela va reprendre.

Il fixa d'un air sombre les papiers sur son bureau. Cela *devait* s'arranger. Sinon, il n'aurait plus à se faire de souci pour aucune affaire.

Le téléphone sonna à nouveau ce qui déclencha une douleur aiguë dans ses tempes. Il décrocha, espérant contre toute attente, que pour changer, on lui annoncerait une bonne nouvelle.

C'était Kathy et la nouvelle était terrible.

Un malheur n'arrive jamais seul, se dit-il en sautant dans sa camionnette et en filant vers la maison de Joan Conners. C'est la vérité de Dieu.

Kathy l'attendait dans l'allée. Elle ouvrit la portière avant même qu'il eût coupé le moteur et tiré le frein.

— Ça va mieux ?

— Non, c'est...

L'après-midi touchait à sa fin. Le vent se levait. Un hurlement étrange, semblable à celui d'un loup, leur parvint. C'était le cri le plus douloureux et le plus triste que George ait jamais entendu.

— Seigneur, c'est Harry ?

— Viens voir, dit Kathy. Je t'en prie, viens.

Le hurlement reprit, encore plus effrayant. George sortit de la camionnette et courut vers la grille du jardin derrière la maison. Il tripotait le loquet, lorsque le hurlement cessa si brusquement qu'on eut l'impression qu'il s'agissait d'un enregistrement soudain interrompu. George jura, franchit la grille et s'arrêta, stupéfait.

Harry, son vieil ami, le bâtard tout noir qu'ils avaient sauvé, se tenait raide comme une statue en fer forgé au pied du chêne auquel il était enchaîné. Les yeux du chien brillaient d'un feu particulier. Ils étaient fixés sur un point invisible et éloigné, un point que George ne pouvait voir. Harry observait ce point si intensément qu'il en tremblait.

Derrière le chien, sous la chaîne lâche qui devait le retenir, le tronc du vieux chêne avait été mordu et griffé avec une force incroyable. Plus du tiers du bois dur et noueux avait été évidé.

La bouche d'Harry était en sang.

— Mon Dieu, dit George doucement. C'est Harry qui a fait ça ?

Kathy opina de la tête. La peur et la tristesse se lisaient dans ses yeux.

George avança d'un pas vers le chien et Harry s'anima. Il détacha son regard du point qu'il fixait et se retourna comme s'il avait reçu un coup sur l'arrière-train. Un hurlement guttural s'échappa de sa gueule et il bondit en l'air comme un loup sur sa proie.

Ses dents s'enfoncèrent profondément dans le tronc de l'arbre. A plusieurs reprises il lacéra de ses griffes et de ses dents le bois qui vola en éclats. Le chien balança sa tête d'avant en arrière comme s'il était enragé et arracha des morceaux de bois de plus en plus gros que le vent dispersa.

Le hurlement augmenta de plus belle, se gonfla dans la gorge du chien tandis qu'il s'acharnait sur l'arbre. Enfin, Harry recula, leva sa gueule noire vers le ciel, et laissa échapper son cri douloureusement tragique.

Le hurlement mourut, Harry tressaillit, se détourna — de l'arbre, de son ennemi juré — et regarda à nouveau le lointain horizon de sa folie, ses yeux marron fixés dans le vague. Il attendait l'attaque suivante.

— Cela fait des heures qu'il est comme ça, dit Kathy soucieuse.

George sentit qu'elle s'efforçait de ne pas pleurer.

— Il est comme un robot. Et il n'a pas l'air de savoir que nous sommes là. Nous avons essayé de le retenir pour ne pas qu'il se blesse, mais nous n'avons pas pu. Il est trop fort.

George regarda le chien tout tremblant, le sang brillant sur la fourrure noire, le tronc lacéré. Il ne trouva rien à dire. Il ne pouvait même pas trouver un commencement d'explication.

Qu'est-ce qui avait donc pu mettre Harry dans cet état ? Il ne s'agissait pas de la maladie de Carré ou de la rage. Ce n'était pas une maladie. C'était comme... une hallucination, un cauchemar éveillé. Il savait que les chiens pouvaient avoir ce genre de rêves mais cela pouvait-il les conduire à la folie ?

— Nous ferions peut-être mieux d'appeler le vétérinaire, dit-il sans conviction.

— Le vétérinaire du coin est un ami de la famille, répondit Kathy d'un air dégoûté. Il est déjà venu.

— Qu'a-t-il dit ?

Elle ne répondit pas. George la regarda pour la première fois et lui reposa la question. Il n'aimait pas son air.

— Qu'a-t-il *dit*, Kathy ?

Elle baissa les yeux sur ses poings serrés. Sa réponse ne fut qu'un murmure :

— Il a dit que nous devions lui faire une piqûre avant qu'il ne s'attaque aux enfants. (Elle leva les yeux et posa la main sur la poitrine de George.) Mais, George, tu sais bien qu'Harry ne risque pas de faire du mal aux enfants. Il les aime, nous le savons toi et moi.

George fixa à nouveau le chien. Harry se tenait sur le qui-vive, prêt à quelque chose d'horrible. Le piquer ? Harry ? C'était comme si on avait décidé de tuer un membre de la famille.

Ils en avaient tant enduré tous ensemble. Les premiers mois hésitants du mariage, les soucis du début à cause des rapports entre les enfants et George; la maison, l'enfer. Harry avait vécu Amityville avec eux et maintenant, ils allaient le tuer ? Une simple piqûre et...

Harry se retourna en poussant un grognement. Il aboya, les babines retroussées. Ses pattes arrière fléchirent lorsqu'il bondit encore vers l'arbre. Le hurlement se transformait déjà en une plainte indescriptible, sur-naturelle et solitaire qui luttait dans la poitrine de la pauvre bête pour se libérer.

George baissa la tête et se boucha les oreilles. Il ne voulait plus l'entendre. Quand il releva la tête, Harry était assis comme au début : les yeux vides et embrasés, le dos raidi de tension et de peur.

George s'approcha d'un pas mal assuré et s'age-nouilla près du chien. Il caressa la tête noire et mur-mura quelques mots de réconfort, mais Harry ne parut pas le remarquer. Même quand George prit une pleine poignée de poils et tira, Harry ne bougea pas. Il ne faisait que fixer un point et attendre.

Kathy les rejoignit. Elle posa la main sur l'épaule de son époux.

— C'est peut-être trop dur à supporter pour lui, dit George. Nous le supportons difficilement nous-mêmes et ce n'est qu'un chien, tu sais.

Il caressa la tête de l'animal à plusieurs reprises et répéta tout bas : ce n'est qu'un chien.

Soudain, Harry bondit et se retourna comme mû par une décharge électrique. Il sauta sur l'arbre et la vio-lence de son saut déséquilibra George. Une patte le tou-cha à l'épaule et déchira sa chemise de laine.

Le sang jaillit. George effleura sa blessure et regarda le chien, stupéfait.

Il recommençait à lacérer l'arbre.

Il ne s'était même pas aperçu de la présence de George.

Debout devant la fenêtre de la cuisine, Kathy regar-dait la nuit tomber. Assis sur la pelouse, les jambes croisées, George observait Harry se déchaîner sur l'ar-bre ou fixer l'obscurité en tremblant. *Je t'en prie,* se dit Kathy alors qu'Harry bondissait sur l'arbre pour la mil-lième fois. *Je t'en prie, arrête.* Détends-toi, Harry. Rede-viens comme avant.

Mais rien ne changea. George ajusta le bandage som-maire sur son épaule en grimaçant de douleur, puis retomba dans l'immobilité.

Sa mère la rejoignit devant la fenêtre.

— Il est encore dehors? demanda-t-elle, et Kathy comprit qu'il s'agissait de George.

Le hurlement infernal et incessant indiquait l'emplacement exact du pauvre Harry.

Elle acquiesça.

— Il n'a pas bougé depuis plus de deux heures. Je pense que de nous tous c'est lui qui est le plus attaché à ce chien.

Ou au moins autant, corrigea-t-elle intérieurement. Les deux garçons étaient dehors eux aussi, à quelque distance de leur père et ils observaient, les yeux grands ouverts, leur vieil ami Harry qui devenait fou.

Les enfants savaient déjà ce que Kathy et George avaient décidé. On ne leur avait rien dit, mais ils avaient compris.

Joan Conners enlaça doucement la taille de sa fille et lui demanda :

— Vous avez déjà pris une décision?

Kathy poussa un profond soupir. Elle n'avait pas envie de répondre.

— Le vétérinaire va venir demain pour l'emmener, dit-elle, les larmes aux yeux.

Elle se détourna et sortit en courant de la cuisine.

George nettoyait patiemment les morceaux de peau et d'écorce qui tombaient de la gueule du chien, tandis qu'Harry, debout, observait tout tremblant une chose invisible pour tout autre.

— Désolé, mon vieux, murmura George. J'aimerais savoir comment t'expliquer, mais tu dois comprendre que je ne peux continuer à rester près de toi à te regarder en train de te battre à mort. Je ne le peux pas.

Les yeux flamboyants d'Harry ne cillèrent pas. Il était au delà de tout entendement.

George entoura le chien de ses deux bras. Il se fichait pas mal que le chien lui sautât dessus maintenant; mais il ne pouvait pas le laisser, pas encore.

— Qu'est-ce qui nous arrive? chuchota-t-il. Je te jure que nous nous sommes enfuis, Harry, je te jure que nous nous sommes échappés. Pourquoi donc est-ce que ça continue ?

Le chien ne broncha pas. Il observait. Attendait.

Le lendemain matin, vers 7 h 45, un léger rayon de lumière traversa le rideau de la salle de séjour et effleura George Lutz endormi tout habillé sur le fauteuil. George était resté éveillé une bonne partie de la nuit à l'écoute du combat interminable d'Harry et de son hurlement douloureux. Kathy lui avait tenu compagnie aussi longtemps qu'elle l'avait pu et maintenant, elle dormait tout près.

Il fut réveillé par ses enfants qui surgirent dans la pièce en criant. Il se leva d'un coup, sur ses gardes, tendu.

— M'man ! P'pa ! Venez voir Harry !

Kathy s'assit sur le lit, les yeux brouillés de sommeil.

— Qu'y a-t-il, mon chéri ? Qu'y a-t-il ?

— Venez voir Harry, dit Greg, tout heureux.

Et le chien entra dans la pièce en trottinant, la robe emmêlée et tachée de sang séché, la gueule hérissée d'échardes. Mais sa langue pendait normalement et sa queue remuait gaiement, comme avant.

George regarda les yeux intelligents, affectueux et vifs du chien.

— Harry, lança-t-il sans oser y croire, c'est bien toi ?

Harry aboya et bondit vers lui. George l'entoura de ses bras et le serra si fort qu'il faillit le soulever du sol. Ensuite, le chien courut vers Kathy et lui lécha le visage.

Elle fixa Harry, tout étonnée.

— George, il va bien !

Elle se mit à rire et à l'embrasser, et le chien lui lécha à nouveau les joues.

— George ! Il va mieux !

— Qu'est-ce que vous lui avez fait, les enfants ?

— Rien, dit Greg sur la défensive. Nous sommes juste sortis pour le voir et il allait bien.

— Aussi, nous vous l'avons amené pour vous le montrer, ajouta Matt. On a bien fait ?

Harry gambadait joyeusement dans la pièce et faisait fête à chacun comme s'il ne les avait pas vus depuis des semaines.

— Bien fait? C'est épatant! *Epatant*!

Amy trottina en évitant le chien et vint se blottir contre sa mère. Elle leva vers Kathy ses grands yeux et dit d'un air solennel :

— Il ne doit pas partir maintenant, hein, maman? Il peut rester avec nous, pas vrai?

George éclata de rire. Il ne put s'en empêcher. C'était peut-être une affreuse coïncidence; ou bien la force qui les avait suivis depuis Amityville était plus subtile et plus puissante qu'ils ne l'avaient imaginé. Mais en tout cas il comprit — avec une certitude qui l'étonna — qu'Harry avait lutté contre quelque chose de tout à fait réel... qu'il avait combattu et qu'il avait *gagné*.

Il s'approcha et prit Amy dans ses bras.

— Non, répondit-il, il ne va pas nous quitter. Il fait partie de la famille et nous resterons toujours unis, tous ensemble.

Kathy se mit à rire, Harry à aboyer et les enfants à applaudir et à courir. Une joie pure inonda George Lutz.

Ils *formaient* une famille qui avait enduré plus de dangers et de peurs que nulle autre. Quoi qu'il puisse arriver maintenant, il espérait qu'ils seraient assez forts pour y faire face; pour se battre et gagner. Et rester toujours ensemble.

12

Un roulement de tonnerre aussi bruyant que les chutes du Niagara se fit entendre dans le ciel. Le père Mancusso leva la tête et loucha vers le ventre argenté d'un énorme Jet qui s'éleva dans les airs au-dessus de lui. Le bruit tonitruant s'estompa, le jet vira et disparut dans les nuages.

Un homme d'âge moyen au teint basané lui toucha le coude et murmura quelques mots d'excuse en arabe. Le prêtre sourit légèrement et secoua la tête. Une jeune femme vêtue d'une robe trop courte à son goût le rejoignit sur le trottoir en s'efforçant de porter trois valises d'une main et un manteau de fourrure de l'autre. Elle cherchait du regard un visage connu dans le flot de voitures qui s'écoulait. Elle agita son manteau comme un sémaphore.

— Willy ! Willy ! Par ici !

Elle fronça le sourcil quand elle s'aperçut qu'on ne l'avait pas vue et murmura : « salaud ! ». Puis elle remarqua le col de clergyman du père Mancusso et rougit.

— Excusez-moi, mon père, dit-elle, et elle traversa la rue.

Le prêtre sourit carrément cette fois et secoua la tête en signe d'incrédulité bon enfant. Sans savoir pourquoi, il aimait beaucoup les aéroports comme celui de Kennedy : des gens de toutes origines aux traits si différents et avec des tas d'histoires à raconter le fréquentaient. Attendre à l'aérogare était parfois plus drôle que le voyage lui-même.

Mais son séjour avait été agréable. Il se sentait plus fort et en meilleure santé que depuis sa première visite au domicile des Lutz à Amityville, plusieurs mois auparavant. Il avait espéré avoir des nouvelles de George et Kathy durant ses vacances et avait été très surpris de ne recevoir aucune réponse à ses cartes postales.

— Ah, se dit-il tout content, les voilà.

Une camionnette Ford de 1974 se frayait un chemin dans les embouteillages et se dirigeait lentement vers le trottoir où se trouvait le père Mancusso. Il jeta un coup d'œil vers le pare-brise, sûr d'apercevoir les visages de ses amis et les silhouettes des enfants à l'arrière.

Mais il ne vit dans l'ombre qu'une forme à la forte carrure assise au volant. Personne d'autre ne semblait se trouver dans la voiture. Pour des raisons qu'il ne put s'expliquer, cela le troubla.

La camionnette arriva un peu brusquement et faillit

monter sur le trottoir. Mancusso recula d'un pas, inquiet, mais la camionnette s'arrêta dans un crissement de pneus et il vit clairement l'intérieur de la voiture.

George était seul. Et ce n'était pas l'homme heureux que le père Mancusso espérait voir.

Il avait les joues creuses et légèrement bleutées, des cernes noirs sous les yeux, et les rides que le père Mancusso avait déjà remarquées le jour où George avait communié étaient revenues, plus accentuées que jamais. Il ne s'était ni lavé les cheveux ni coiffé depuis longtemps et sa barbe trop longue était toute emmêlée.

Il ressemblait beaucoup au George des plus mauvais jours d'Amityville.

— Content de vous revoir, dit-il brièvement.

Il ouvrit la portière sans sortir. Le prêtre se débrouilla pour charger ses bagages sans que George fît mine de s'en apercevoir. Il suivait des yeux la circulation et ne s'occupait absolument pas du père Mancusso.

Le prêtre s'installa à côté de lui et s'efforça d'être aussi gai que possible.

— Merci d'être venu me chercher, George, dit-il avec une légèreté forcée. C'est bon de vous revoir.

George ne répondit rien. Il démarra et se mêla au flot de voitures sans faire signe. Une auto derrière lui freina à fond et klaxonna.

Que s'était-il passé ? Pourquoi George agissait-il ainsi ? Et où se trouvaient Kathy et les enfants ?

— Je pensais que Kathy viendrait avec vous, dit doucement Mancusso. J'espère qu'elle va bien ?

George se contenta de grommeler dans sa barbe et changea de file si brusquement que la camionnette tangua. Puis il emballa son moteur, braqua et se précipita sur l'autoroute sans se soucier des autres.

— Pas très bien, répondit George.

Mancusso était plus que déconcerté par cette façon de conduire. Il en avait oublié sa question et regarda George, tout confus.

George lui jeta un coup d'œil pour la première fois et se renfrogna.

— Kathy, dit-il, agacé, elle ne va pas très bien.

— Oh! s'exclama le père Mancusso, les sourcils froncés. Que *se passe-t-il,* George? On dirait que vous n'avez pas dormi depuis des semaines.

La camionnette vira de bord et faillit heurter la voiture devant eux. Le père Mancusso feignit de ne rien remarquer.

— De quoi s'agit-il? Que voulez-vous dire par « elle ne va pas très bien »?

— Elle se trouve à peu près dans le même état que moi.

Mancusso effleura le bras de George. Les muscles étaient tendus.

— George, je pense que vous devez me raconter ce qui s'est passé. Je peux peut-être vous aider.

— Ça ne sert à rien, s'écria George. Ça ne sert jamais à rien. Cela continue sans cesse.

Il s'arrêta. Le prêtre vit qu'il essayait de se calmer. Il fut légèrement terrifié par la maîtrise de cet homme et déconcerté par cette peur qui l'habitait.

George laissa échapper un profond soupir.

— Excusez-moi, mon père, je suis réellement content que vous soyez rentré. J'ai besoin de quelqu'un à qui parler, mais j'ai horreur de vous importuner. Vous nous avez aidés bien plus que vous n'auriez dû.

— Ne dites pas de bêtises. Racontez-moi donc ce qui se passe.

Mancusso se rendit compte que George avait du mal à parler. Au début, il s'exprima lentement et avec difficulté. Ensuite, il se mit à parler vite, d'une façon presque impulsive comme si le barrage psychique s'était rompu et que la peur et le soulagement se bousculaient pour sortir.

— Quelques jours après votre départ pour San Francisco, un autre groupe de télépathes s'est rendu dans la maison en compagnie des Harding. Je leur ai dit que je ne voulais pas avoir affaire à eux, que je ne voulais pas savoir ce qui s'était passé. Je voulais seulement que *ce fût fait.* Je vous l'avais déjà dit, n'est-ce pas? Je voulais que la maison soit nettoyée, un point c'est tout.

— Oui, vous me l'avez dit.

— Mais ils m'ont téléphoné. Ils sont allés à la maison et des choses... des choses se sont produites et ils m'ont téléphoné au milieu de la nuit pour me les raconter. (Il secoua la tête et appuya davantage encore sur le champignon.) Ils ne veulent plus y retourner. Ils ont dit qu'il n'y avait rien d'autre à faire, que le diable était trop fort. Peut-être est-il encore plus fort qu'ils ne le croient. Parce que depuis cette visite, depuis leur coup de fil... tout a recommencé.

Penché sur le volant, il conduisait vite et n'importe comment. Le père Mancusso préféra éviter de regarder la route.

— Mes migraines sont revenues, ainsi que les cauchemars. Je suis malade, mon père, comme à Amityville. Et j'ai froid, j'ai tout le temps froid.

— Je suis désolé, George, je...

George parlait comme s'il savait à peine que le prêtre était là.

— Mon grand-père est mort il y a deux semaines.

Le père Mancusso ferma les yeux et récita une prière en silence. Le grand-père de George était un beau vieillard plein d'énergie et le prêtre savait combien George et Kathy l'aimaient.

— Oh, George, dit-il, pourquoi ne m'avez-vous pas téléphoné?

— Cela n'aurait rien changé, mon père. Il était mort. Loin de tout ça. Parfois, il m'arrive de l'envier...

Le père Mancusso vit à nouveau George, *se contraindre,* essayer de se contrôler. Il se demanda combien de temps cet homme pourrait endurer cette tension.

— Même à l'enterrement, des choses étranges se sont produites. Par exemple, quand Kathy s'est rendue en voiture chez grand-père. Les écrous des quatre roues étaient dévissés. Tous les écrous, des deux côtés, alors qu'on n'avait pas changé les pneus depuis des mois. Les écrous sont vissés de chaque côté en sens inverse de manière à ne pas se desserrer quand les roues sont braquées. Cela paraît impossible, mon père, et pourtant c'est arrivé. Lorsqu'elle s'est arrêtée devant la maison, les roues bougeaient tellement qu'on aurait dit qu'elle conduisait une voiture de cirque. Si elle avait roulé encore quelques centaines de mètres, les roues se seraient complètement détachées. Cela aurait causé un terrible accident, mon père, vraiment terrible.

— Mais elle va bien ?

— Elle n'a pas été blessée. Enfin, pas physiquement, répondit George avec un sourire amer.

Une énorme Lincoln Continental blanche fonça sur eux et frôla la camionnette. George hurla une injure et freina ; la camionnette fit une embardée dans un crissement de pneus. Le père Mancusso ferma les yeux, prêt au choc, mais George reprit le contrôle de la direction et ramena la camionnette dans la file sans cesser de grogner et de jurer.

Le père prit une profonde inspiration.

— Arrêtez la voiture, George, dit-il d'un ton solennel.

— Hein ?

— *Je vous en prie,* arrêtez-vous.

George hocha la tête et finit par s'arrêter sur le bas-côté. Il se pencha sur le volant en respirant avec peine.

— Je m'excuse, mon père, ce genre de trouble m'arrive en ce moment.

— Quoi d'autre ? Qu'y a-t-il eu d'autre ?

George fixa le tableau de bord et haleta. Il cligna enfin les yeux et dit :

— Mon affaire. Elle est en train de chuter. J'ignore ce que j'ai fait, mais je ne reçois plus de commandes, plus de rentrées d'argent. Même les anciens clients ont résilié leurs contrats. Et le fisc me demande une vérification des cinq dernières années absolument sans raison. Sans aucune raison !

Il respira un bon coup et le père Mancusso observa le flot de voitures qui s'écoulait bruyamment près d'eux.

— De plus, ça ne va pas entre Kathy et moi. Nous nous disputons à nouveau pour des riens, des babioles. Mais nous n'arrivons pas à nous contrôler. Exactement comme à Amityville.

Mancusso posa la main sur le bras de George et ce simple geste sembla rompre la dernière et fragile barrière. George se mit à trembler et à sangloter, penché sur le volant, les poings serrés de colère et de frustration.

— C'est comme une maladie infectieuse. Comme si nous transportions cette maladie avec nous où que nous allions. Et cela affecte tout le monde. A présent, la mère de Kathy est concernée, mon affaire, ma famille et vous-même. C'est une maladie pourrie et puante.

Il était plus calme à présent et un peu abattu. Le père Mancusso l'observa tandis qu'il se redressait et s'essuyait le visage du revers de la main.

— Pardon, j'étais sous le coup d'une trop grande tension.

— Vous n'avez pas à vous excuser, George. Vous le savez.

George acquiesça et remit le moteur en marche.

— Vous êtes sûr que ça va ?

— Oui. oui. Je suis juste fatigué.

— Voulez-vous que je conduise ?

George hésita un instant puis secoua la tête.

— Non, je préfère que ce soit moi. Je ferai attention, je vous le promets.

— D'accord.

George respira profondément, attendit un peu puis ramena calmement la voiture dans le flot de la circulation sans provoquer cette fois de crissements de freins ou de concert d'avertisseurs.

Le père Mancusso regarda la route, tout en réfléchissant. Une demi-heure plus tôt, c'était un clergyman heureux qui rentrait chez lui après des vacances bien méritées. Maintenant, tout était changé. Il se retrouvait dans les ténèbres.

Il choisit ses mots avec soin :

— George, avez-vous entendu parler d'Yggdrasil ?

— Igg-quoi ? demanda George, ahuri.

— Yggdrasil est l'Arbre de l'Univers dans la mythologie scandinave. Il recouvre la terre entière et ses racines s'étendent partout. Chaque arbre dans le monde provient d'une racine d'Yggdrasil.

— Et alors ?

Mancusso réfléchit avant de reprendre la parole.

— La force qui vous a attaqués, qui a failli vous supprimer dans cette maison d'Amityville, est une petite racine d'un arbre du diable comme Yggdrasil. Il a ses racines et ses ramifications partout sur la terre. Il est trop envahissant pour être réellement appréhendé, mais je sais une chose à son sujet : c'est le diable, George, c'est vraiment le diable. Il ne se trouve pas uniquement à Amityville. Ses branches emmêlées couvrent la terre entière. Je connais bien son pouvoir; je l'ai expérimenté comme vous. (Les yeux du père Mancusso se posèrent sur un point vague, au loin.) C'était au cours de l'un de mes voyages à San Francisco, pas celui que je viens d'effectuer mais un autre qui date de quelques années. Je me promenais dans Market Street et je me dirigeais vers une mission fondée par l'un de mes vieux amis. Market Street est une rue merveilleuse, George, pleine de petites boutiques anciennes, de boulangeries, de librairies et de magasins de mode. Je me souviens être passé devant un pâté de maisons où il n'y avait que des boutiques d'art et d'artisanat. Un jeune homme m'a hélé.

» Je me souviens qu'il était très blond et portait un costume en toile haut en couleurs, propre et plutôt gai. Avec ses longs cheveux soigneusement peignés, il avait vraiment beaucoup d'allure. Il se tenait devant une boutique qui vendait des parfums, des huiles, des affiches tapageuses et toutes sortes de produits; je pense que vous appelleriez ça une boutique de hippy. Au début, je crus qu'il s'adressait à quelqu'un d'autre. Mais il m'appela à nouveau au moment où je le dépassai : « C'est à vous que je parle, curé. »

» Voyez-vous, George, je portais des vêtements civils : un vieux pantalon et une chemise de flanelle. Il n'avait aucun moyen de savoir que j'étais un prêtre. « Vous allez commettre une grossière erreur, dit-il. J'ai quelque chose à l'intérieur qu'un homme comme vous peut apprécier. Entrez donc. »

» Il m'était déjà arrivé de me trouver dans des situations analogues. Ce jeune homme habillé de façon voyante était un camelot, un commerçant qui essayait d'attirer les clients dans son magasin. En temps normal, j'aurais bien sûr continué mon chemin. Mais il avait quelque chose d'étrange, quelque chose que je ne parvenais pas à préciser. Aussi, j'hésitai — juste un instant — et il insista davantage. « Que vous faut-il, curé? Des cartes postales? Un instantané de San Francisco? Une écharpe fait main ou une paire de serre-livres? »

» C'était vraiment un bon vendeur, George. Puis il fit claquer ses doigts devant mon visage et dit : « Non, je sais ce qu'il vous faut! Une essence parfumée, curé. Un parfum léger et chic qui vous conviendra parfaitement! »

» Je me rappelle très bien qu'il a dit : « un parfum léger et chic ».

» Je reconnais que j'étais intrigué. Et puisque je n'étais pas tellement pressé, je décidai de jouer le jeu : « Quel genre de parfum? »

« Un parfum original et enchanteur qui dure plusieurs jours. Vos amis vous supplieront de leur dire où vous l'avez acheté et je vous garantis que c'est l'unique magasin où vous pouvez vous en procurer. Je veille personnellement à sa fabrication de la première à la dernière goutte. C'est absolument unique. »

» Tout en parlant, il recula dans le magasin et moi, comme un imbécile, je le suivis.

» Le magasin n'avait rien d'anormal. Je me rappelle les étagères en bois brut garnies de sculptures en verre et en céramique. On y vendait du savon naturel, des huiles pour le corps, des mobiles à suspendre; le plafond et un mur étaient entièrement recouverts de ces affiches bigarrées en vogue il y a quelques années.

» Si j'avais eu un tant soit peu de présence d'esprit, je serais parti aussitôt qu'il se mit derrière le comptoir, mais cette expérience me fascinait. Ce jeune homme était remarquable, George. Une sorte d'hypnotiseur. Et je ne me méfiai pas davantage lorsqu'il fouilla sous le comptoir et en ramena un petit flacon d'essence parfumée qu'il posa devant moi.

» Je me rappelle très bien ce flacon en verre, sa forme cylindrique, sa couleur verte et son étiquette noire avec une inscription en lettres dorées. L'étiquette ne portait qu'un seul mot qui me fit frissonner.

» Le parfum portait le nom de l'un des démons les moins connus des ténèbres. Je ne l'avais appris que tout à fait par hasard, mais je savais que le seul fait de prononcer son nom lui rendait toute sa puissance et que le répéter un certain nombre de fois lui ouvrirait la porte de notre monde.

» Et brusquement, je réalisai pourquoi j'avais éprouvé un sentiment aussi étrange à la vue de ce jeune homme et de sa boutique qui sentait le renfermé.

« Ce n'est certainement pas vous qui l'avez fabriqué », lui dis-je, et je pense que cela le vexa.

« Bien sûr que si, répondit-il d'un ton indigné. Entièrement. »

» Je secouai la tête et poursuivis : « Impossible. Un homme aussi jeune que vous n'a ni l'expérience ni la connaissance nécessaires. »

» Une petite lueur démoniaque jaillit dans ses yeux et je compris qu'il s'était mépris à mon sujet. Il m'adressa le sourire le plus hideux que j'aie jamais vu et prononça : « Vous êtes des nôtres. »

» Je dois avouer, George, que j'ai eu envie de fuir en courant; mais je me forçai à sourire — faiblement — et je pris la petite bouteille. Elle vibra dans ma main; on aurait cru qu'elle était dotée d'une énergie propre.

» Je lui tournai le dos et fis semblant de regarder le flacon à la lumière. Je serrai alors étroitement le flacon et récitai une prière. Je bénis son contenu maudit et le touchai avec le crucifix en argent que je porte toujours autour du cou sous ma chemise. (Le père Mancusso montra la petite croix qui brillait sur sa poitrine.) Puis je me retournai et reposai la bouteille sur le comptoir.

« Je n'en veux pas », dis-je, et je quittai la boutique le plus rapidement possible. J'entendis le jeune homme crier — je crois qu'il fut très surpris — et grâce à la porte vitrée du magasin je le vis saisir le flacon.

» Il le lâcha comme s'il était brûlant. J'entendis l'essence démoniaque s'écouler sur le sol et une plainte affreuse s'échapper de la gorge du jeune homme si poli.

» Je me trouvais deux magasins plus loin, lorsque je perçus un bruit étrange et, malgré moi, je m'arrêtai et me tournai pour voir d'où il provenait.

» Je n'oublierai jamais ce que je vis devant cette modeste petite parfumerie. Le visage du jeune homme était horriblement défiguré : ses yeux s'étaient brusquement rapprochés et fendus, ses sourcils s'étaient tellement épaissis qu'ils débordaient sur son nez pointu qui s'était démesurément allongé et ses dents — des dents de carnassier — avançaient hors de sa bouche toute ronde qui crachait des obscénités. « Vous m'avez ruiné, je vais vous frapper, je vais vous écraser comme une punaise ! »

» Il en dit bien plus, mais je n'écoutai pas. Je m'obligeai à faire demi-tour et me précipitai dans Market Street en serrant très fort mon crucifix et en priant le Tout-Puissant de me laisser atteindre la mission de mon ami sain et sauf.

Le prêtre s'aperçut qu'il serrait étroitement le crucifix en disant cela. George le regarda, inquiet de sa voix tendue. Mancusso s'efforça de reprendre son calme.

— Le diable est une force réelle, George, aussi invisible et essentielle que l'électricité ou le magnétisme et beaucoup plus puissante. Ce vendeur que j'ai rencontré était un jeune imbécile arrogant qui jouait avec ce qu'il ne comprenait pas — une entité mineure — mais son maître, lui, c'est autre chose.

» Son maître est l'axe autour duquel toutes les choses démoniaques pivotent. Il est la force la plus puissante de l'Univers à l'exception de Dieu lui-même. Et les forces auxquelles vous êtes confrontés tirent leur vigueur de la même source. Elles sont aussi courantes que l'air, aussi multiples que les racines d'Yggdrasil et pratiquement au delà de toute compréhension humaine.

George eut l'air désespéré :

— Mon père, je... je ne sais que dire. Essayez-vous de

m'expliquer que c'est sans espoir ? Que je ne peux rien faire ?

— Non, non. Mon Dieu, George, je suis désolé si je vous ai donné cette impression. Mais vous devez comprendre l'ampleur de la puissance à laquelle vous êtes confronté. Elle *est* limitée dans notre monde. Simplement, par le fait qu'elle existe dans cet... dans cet univers, son pouvoir est limité. Mais si vous voulez mon avis — je sais que vous ne l'avez pas sollicité mais je vous le donne quand même — si vous voulez mon avis, partez.

— Partir ?

— Vendez la maison. Vendez votre affaire s'il le faut. Oubliez ce qui a trait au diable rencontré à Amityville, si vous le pouvez. Partez, George. Allez n'importe où et recommencez votre vie.

— Mais vous disiez que le diable était partout, mon père. Ne pourra-t-il pas nous retrouver où que nous allions ?

— Peut-être. Peut-être que recommencer votre vie ne sera que repousser vos problèmes, c'est possible. Mais si vous restez ici, si près de la maison où la puissance vous a trouvés, vous devenez une cible trop facile.

George réfléchit à tout ce que son ami lui avait raconté. Ce n'était pas la première fois qu'il envisageait de quitter New York. A l'évidence, rien ne marchait. Ils avaient des tas de bonnes raisons de préparer leurs bagages et de s'installer ailleurs, et le père Mancusso venait de lui fournir le meilleur argument.

— Mon père, dit-il lentement, je pense...

Soudain le prêtre laissa échapper un bruit bizarre et écœurant et s'accrocha au bras de George.

— Père Mancusso, qu'y a-t-il ?

Le prêtre se pencha en avant et glissa de son siège. En voyant son expression, George fut stupéfait. Le prêtre était devenu d'une pâleur presque translucide. Il tremblait comme sous le coup d'un froid intense. George répéta sa question mais le prêtre sembla incapable de parler et même de respirer.

George rangea la camionnette sur le bas-côté et tira le frein. Puis il détacha la ceinture de sécurité du prêtre et le soutint des deux mains.

— Qu'y a-t-il ? Dites-le moi, mon père.

Pendant un instant horrible, il crut que le prêtre était mort : regard figé, mains d'une rigidité cadavérique, respiration inexistante... Le père Mancusso s'affaissa en avant, eut une grosse convulsion et gémit. Ses mains se portèrent à son visage.

— Mon père ! Mon père ! Que s'est-il passé ?

— Je... vais bien, George. Attendez... une minute.

Son visage reprit progressivement ses couleurs. Il se redressa et essuya la sueur qui coulait sur ses joues. George l'aida à se rasseoir et régla le siège pour que le prêtre puisse être en position allongée. Son regard brilla d'un éclat désagréable et sauvage.

— Qu'est-ce que c'était ? interrogea George.

— Je pense que notre... « ami » d'Amityville n'a pas apprécié mes conseils, dit Mancusso l'air sombre. Ce qui les rend encore plus valables. (Il regarda George de ses yeux las et cernés.) Promettez-moi que vous allez partir, George. Promettez-moi que vous allez faire votre possible pour partir.

George préféra ne pas répondre. Il voulait d'abord comprendre; il voulait se battre.

— Promettez-le-moi.

— Kathy et moi en avons discuté, expliqua-t-il d'un ton hésitant, mais ce n'est pas si facile, mon père.

— Partez, George. Elle vous remerciera plus tard.

George fixa le prêtre qui tremblait et semblait soudain vieux et fatigué. Sans un mot, il fit un signe de tête et mit la camionnette en marche. Il s'écoula un long moment avant que l'un ou l'autre se remette à parler.

Le lendemain, en fin d'après-midi, Kathy se trouva seule avec sa mère. Les enfants jouaient en bas de la rue avec de nouveaux camarades. George, après une longue conversation avec sa femme, était parti à son bureau de Syosset, les dents serrées.

Elle se força à avaler une autre gorgée de café. Elle y ajoutait d'habitude beaucoup de crème et de sucre, mais ces temps-ci, elle marquait un goût pervers pour tout ce qui était amer. Elle était même vaguement contente quand cela lui brûlait la langue.

— Nous avons eu une grande discussion, maman, raconta-t-elle à Joan, les yeux sur le fond de sa tasse. George a fini par dire qu'il partirait quand même avec les enfants, quoi que je dise. Peux-tu croire ça ? Quoi que je dise ! (Elle secoua la tête.) Je ne sais pas. Je ne l'ai jamais vu dans cet état, même dans la maison. Il est si déterminé !

Joan Conners, assise près de Kathy, lui prit la main :

— C'est peut-être une bonne idée de recommencer à zéro.

— Où ? en Californie ? Nous ne connaissons personne là-bas. Je n'y suis jamais allée. En quoi cela peut-il nous faire du bien ?

— C'est un nouveau départ. Une chance de...

— Tu prends leur parti contre moi ? Je suis ta fille ! Tu *n'aimes* même pas George !

Joan garda son calme. Elle savait que Kathy était tendue et elle ne voulait pas envenimer les choses.

— Il est bon, Kathy. Je le sais depuis longtemps. Et je suis sûre qu'il veut le bien de tous.

Elles se regardèrent un long moment les yeux dans les yeux : ceux de Kathy brillants de colère, ceux de sa mère calmes, amicaux et assurés. A la fin, Kathy détourna le regard et dit en soupirant :

— Excuse-moi, maman. Je sais que je me conduis comme une imbécile. Mes nerfs sont à bout. Je n'arrive plus à dormir. Je... (Elle regarda à nouveau sa mère, les yeux pleins de larmes.) Je pense que tu as raison, que vous avez raison, *tous les deux*. C'est seulement que je suis... si effrayée. Il y a si longtemps que je suis effrayée et je déteste cela, maman, je le *déteste*.

Joan Conners étreignit sa fille. Elle savait qu'ils allaient bientôt partir et qu'elle resterait là.

Mais c'était la seule chose qui puisse les sauver.

13

George laissa tomber une autre pile de papiers sur ses genoux et se renversa sur le fauteuil favori de Joan Conners. Il travaillait depuis des heures et maintenant, il luttait contre la migraine.

Il ferma les yeux et essaya de se détendre, d'oublier tout ce qui s'était passé au cours des dernières quarante-huit heures et surtout les discussions interminables avec Kathy en dehors de la présence des enfants. Elle avait fini par donner son accord. Ils partiraient avec les gosses en Californie. Ils devaient s'enfuir.

S'enfuir. Comme ce mot sonnait bizarrement et le rendait amer. *Prendre un nouveau départ. Changer totalement de métier.* Cela sonnait mieux. Mais *s'enfuir*...

Il se passa les mains sur le visage, les yeux toujours clos. Il avait peur de s'apercevoir que la pile de papiers avait doublé entre-temps.

George était fatigué, beaucoup plus qu'il n'aurait dû l'être. Et savoir ce qu'il lui restait à faire le fatiguait encore plus : emballer les affaires, régler tous les problèmes, le long vol jusqu'à San Diego. Le seul fait d'y penser l'épuisait.

Qu'était-il arrivé au jeune homme énergique qu'il avait été si peu de temps auparavant ? Qu'avait-il fait de l'énergie démesurée de son enfance ?

Il sourit en pensant à son premier voyage, des années plus tôt. A sept ans, il avait rempli son petit camion rouge de toutes les choses précieuses qu'il possédait et s'était enfui sans prévenir. Il ne se rappelait même plus ce qui l'y avait poussé — sans doute un désir précoce d'indépendance — mais il se souvenait très bien qu'il avait tenu bon; il n'était pas rentré à la maison et ils avaient dû venir le chercher.

Mais il avait été heureux de les voir. Il se rappela clairement comme il avait eu froid et comme il s'était senti seul. Tout seul.

Où avait-il trouvé une telle énergie? Il avait à peine plus de dix ans qu'il balayait la neige, coupait du bois, faisait n'importe quoi pour pouvoir s'acheter sa première batterie. Et il avait fait de même pour se payer sa première maquette. A douze ans, il avait construit un hydravion grandeur nature et jouait trois heures par jour de la batterie.

Quelle ambition, quel dynamisme! Qu'avait-il fait d'autre? Il avait été un bon footballeur. Il faisait de l'haltérophilie tous les jours et trouvait encore le temps de jouer dans un groupe rock. Rien ne pouvait l'abattre ni l'arrêter.

Ce fut ensuite le tour des voitures. George eut un demi-sourire en se rappelant sa Chevrolet 1952, un coupé deux portes, bordeaux. Quelle merveille! Il pouvait se souvenir de la voiture suivante et de toutes les autres avec la même précision.

Il avait trimé dans une usine à papier. Il avait conduit un bus. Il avait fait des études pour être contrôleur de l'air tout en remettant à neuf deux voitures et une moto. Il avait été le plus jeune candidat à passer l'examen de contrôleur de l'air et avait obtenu les meilleures notes.

Ce George Lutz n'aurait jamais abandonné. Il ne croyait pas à la fuite. Les années passées dans les Marines et l'entraînement suivi en arts martiaux avaient seulement renforcé cette conviction.

Mais les choses s'avéraient différentes aujourd'hui. *Il* était différent. Ou bien, se cherchait-il des excuses?

Non. Il y avait Kathy et les enfants. Il était plus heureux avec eux qu'il ne l'aurait cru possible, surtout après l'échec de son premier mariage. Ils formaient une famille maintenant, une cellule, et son orgueil de mâle devait s'effacer devant son devoir et son amour.

Oui, la situation était différente aujourd'hui, mais il restait un lutteur plein de punch. Si seulement quelqu'un lui montrait comment lutter contre la chose d'Amityville, s'il avait un véritable adversaire qu'il puisse abattre, il l'aurait déjà fait depuis longtemps. Mais le père Mancusso l'avait convaincu. La puissance à laquelle il se trouvait confronté était plus grande que n'importe quel homme, plus grande que tout au monde, et il n'y avait aucune honte à être vaincu. Aucune honte à...

S'enfuir. On y revenait. Et s'il n'y avait aucune honte à le faire, pourquoi se sentait-il si mal à l'aise ?

On sonna à la porte d'entrée, mais George ne bougea pas. Il entendit Kathy aller ouvrir et ce ne fut que lorsqu'il entendit une voix familière qu'il se redressa et ouvrit les yeux.

Il jeta un coup d'œil piteux sur ses papiers. Il avait l'impression que leur épaisseur avait augmenté.

— Bud ? Comment va votre travail ?

— Bien, Kathy. Et vous, comment allez-vous ?

— On fait aller. George est dans la salle de séjour.

George débarrassa ses dossiers et se leva pour serrer la main de celui qui s'occupait de ses affaires depuis près de cinq ans. Bud Masters était un homme maigre aux yeux bleus et aux cheveux roux taillés en brosse. George l'appréciait beaucoup : il avait une simplicité et une force qu'il admirait de plus en plus depuis qu'ils travaillaient ensemble.

Cependant, il ne croyait pas que ce serait l'une de leurs meilleures entrevues.

De son côté, Bud Masters se sentait nerveux depuis le coup de téléphone de George Lutz. Une fois réglé le problème de la vérification d'impôts, il avait cru que les affaires reprendraient leur cours normal. Et ils avaient gagné. Cette histoire d'amende de quatre mille cinquante-trois dollars s'était terminée par le paiement de cinquante-trois dollars seulement et les excuses du gouvernement.

Mais George ne travaillait plus avec le même entrain qu'avant. Il était agité et inquiet. Bud s'était beaucoup plus entretenu avec lui ces deux derniers mois qu'il ne l'avait fait au cours des cinq années écoulées.

Aujourd'hui, il rencontrait George pour la première fois depuis des semaines et il fut désagréablement surpris. George paraissait, de toute évidence, épuisé. On

aurait dit qu'il avait vieilli de dix ans et maigri de plusieurs kilos depuis la dernière fois, et la pile des rapports financiers posée sur la petite table ne faisait que
noircir le tableau.

Les Lutz étaient sur le point de déménager.

George fronça les sourcils :

— Bud, j'ai de mauvaises nouvelles pour vous. Ou
peut-être sont-elles bonnes, après tout, je n'en sais rien.

— Allez-y.

George prit une profonde inspiration :

— Nous avons pris trois décisions, dit-il en comptant
sur ses doigts : nous nous installons en Californie; nous
vendons l'affaire et nous donnons la maison à la banque en paiement de nos dettes.

Bud Masters n'eut pas l'air étonné mais juste un peu
désappointé. George avait déjà fait allusion à ces tran-
sactions et il s'était renseigné à ce sujet, mais c'était la
première fois qu'il lui en parlait carrément.

Le comptable se gratta le front et fixa les papiers.

— Eh bien, je ne peux pas dire que je sois enchanté
de la décision, mais si c'est votre souhait...

— C'est notre souhait.

— Mais George, si vous *donnez* la maison à la banque, vous allez perdre les vingt-deux mille dollars
qu'elle a coûté. Si la maison se vend à un bon prix — ce
qui sera le cas, *si* vous vendez maintenant — vous pourrez récupérer de l'argent dessus; mais je dois vous dire
que ce n'est pas évident.

— Nous le savons, répondit George.

Il se sentait étrangement calme à propos de toute
cette affaire, ce qui ne lui déplaisait pas.

Bud Masters secoua la tête :

— Je ne suis pas d'accord. Pourquoi ne pas confier
cette vente à un bon agent immobilier ? Je peux vous
donner deux ou trois noms...

— Nous ne pouvons faire ça, Bud, intervint Kathy.
(Elle était perchée sur le bras du fauteuil de George,
une main posée sur l'épaule de son mari.) Pas avec ce
que nous savons de la maison.

Bud haussa les épaules :

— Tout acheteur d'une maison le fait à ses risques et périls. De plus, si quelqu'un fait une offre, il ne croira probablement pas à ce qui s'est passé auparavant, alors, pourquoi vous en faire?

— C'est important pour nous. Nous n'y avons pas cru nous-mêmes, Bud. Nous n'y avons pas prêté attention, mais...

George coupa court à toute discussion. Il ne voulait pas qu'on en parle, pas maintenant.

— Nous ne voulons pas porter ce poids. Notre décision est prise.

Ils pouvaient voir Bud réfléchir. L'air têtu, il se préparait à proposer d'autres arguments. Mais il les regarda attentivement, comprit qu'ils ne changeraient pas d'avis, haussa les épaules et s'efforça habilement de cacher sa contrariété.

— Vous êtes le patron. Que ferez-vous du contenu de la maison?

— J'en ai déjà parlé à l'Armée du Salut, répondit George en montrant du doigt la liste des numéros de téléphone qu'il avait dressée. Ils prendront soin des provisions et des vêtements. Nous aimerions que vous organisiez une vente aux enchères pour le reste.

Bud eut un sourire désapprobateur :

— Ce n'est pas exactement dans mes cordes.

— Vous pourrez soustraire un pourcentage pour le temps que vous y consacrerez.

— Là n'est pas la question.

— Je vous en prie, Bud, dit Kathy. Il nous faut quelqu'un en qui nous ayions confiance.

Le comptable rougit violemment.

— D'accord, dit-il doucement. Je vais chercher quelqu'un qui s'en occupera. (Il se mit à feuilleter rapidement les papiers pour cacher son embarras et dit, très homme d'affaires :) Avez-vous eu d'autres propositions d'achat de votre entreprise?

— Oui, nous avons rendez-vous demain.

— George, vous savez que le prix qu'on vous offre est ridiculement bas. C'est juste une offre d'ouverture et il va vous juger dessus. La structure et l'équipement de votre société valent déjà plus de cent mille dollars et il vous en offre quarante mille. De plus, le dépôt de garantie est insignifiant et peut vous lier pour des mois.

George secoua la tête d'un air las.

— Vous avez raison mais c'est une offre, et c'est ce que je recherche. Nous devons couper tous les liens avec Ami... avec New York le plus vite possible. Il a fait une offre. Je vais l'accepter. Si vous pensez qu'il tiendra parole, c'est suffisant.

La contrariété de Bud l'emporta sur le reste:

— Ecoutez, George, pourquoi ne me laissez-vous pas m'occuper de cette négociation? Le gars attend une contre-proposition. Si vous acceptez trop vite, il va sûrement faire durer le dépôt de garantie le plus longtemps possible, parce qu'il sera convaincu qu'il y a quelque chose de louche. Ce qui *est* le cas, sinon vous ne seriez pas si pressé de vendre.

George se contenta de secouer la tête. Bud devait comprendre que c'était ce qu'ils souhaitaient. Partir maintenant, même à perte, mais partir *immédiatement*.

— Jusqu'à quand pensez-vous que le dépôt de garantie puisse se prolonger?

— Je suis en train de vous dire que cela va poser un problème. Laissez-moi juste quelques jours pour que j'en discute avec lui. *Je vous en prie.* Je...

— Non, Bud. Je veux que cette affaire soit réglée demain. Nous partirons pour la Californie d'ici la fin de la semaine.

Bud Masters serra les lèvres et remit les papiers dans son porte-documents. George savait qu'il était en colère, mais il n'y pouvait rien.

— D'accord, dit le comptable d'un ton amer. Après tout, ce sont vos affaires. Je vais m'en occuper dès que j'aurai vu les papiers. Il y a peut-être une possibilité de ne pas tout perdre, je ne sais pas.

— Merci, Bud, nous apprécions votre aide.

Bud se leva, poussa un profond soupir, leur adressa un sourire forcé et dit:

— Je sais que vous êtes soumis à une tension effroyable, George, et je ne veux pas l'augmenter. Mais c'est uniquement parce que je me sens frustré, *très* frustré que cela finisse ainsi. (Il serra la main de George :) Ne vous en faites pas. Je vais m'occuper de la vente aux enchères. Et je ferai de mon mieux pour régler le reste.

— Encore merci, Bud.

— Pas de problème. Et... bonne chance à vous deux. Sincèrement.

— Nous allons en avoir besoin, dit George en hochant la tête.

Le père Mancusso et son ami traversèrent le jardin central du presbytère et se dirigèrent vers la rue. C'était une journée de printemps vivifiante, très différente du temps glacial et humide des semaines précédentes.

Le père Mancusso marchait plus lentement que d'habitude et son compagnon aussi souhaitait prolonger ce moment.

George Lutz était venu faire ses adieux, mais ni l'un ni l'autre ne souhaitait commencer.

— Alors, votre entreprise est vendue ? dit le père Mancusso, les yeux fixés sur la pointe de ses chaussures. Cela devrait vous donner une certaine sécurité financière, je suppose.

— Pas vraiment, répondit George. Il y a quelques difficultés avec le dépôt de garantie, mais le comptable va s'en occuper. Nous ne voulons pas attendre plus longtemps.

Le père Mancusso approuva. George n'eut pas besoin d'en dire plus.

— Je suis sûr que cela va marcher, dit-il sans savoir exactement ce qu'il entendait par là.

George haussa les épaules.

— Cela signifie que nous allons devoir complètement changer notre train de vie en arrivant en Californie, mais j'ai déjà fait une demande à San Diego pour être contrôleur aérien. J'ai un bon dossier et les places ne manquent pas. Nous serons de nouveau à flot.

Mancusso secoua la tête à nouveau, légèrement mal à l'aise. Il savait qu'il devait prononcer quelques paroles d'adieu encourageantes et réconfortantes. Les Lutz étaient ses amis.

Mais il ne savait que leur dire. Il se sentait froid et vide en pensant à la maison d'Amityville et il détestait éprouver ce genre de sentiment. Il préférait ne plus y penser.

— Je m'aperçois combien tout cela a dû vous traumatiser Kathy et vous, et surtout les enfants. Mais vous connaissez mon opinion : vous avez pris la meilleure décision possible.

George eut un faible sourire :

— Merci, mon père. C'est bon de vous l'entendre dire en ce moment.

Il regarda le prêtre qui vit dans son expression une solennité et une force auxquelles il valait mieux ne pas s'opposer. Il se détourna et essaya d'alléger l'atmosphère.

— Kathleen m'a parlé d'un livre que vous écriviez ?

George eut l'air franchement surpris.

— Un livre ? Oh, les bandes... En fait, depuis que l'on parle de nous, nous avons connu un écrivain qui a envie d'écrire un livre sur ce... sur ce qui nous est arrivé. Nous lui avons remis les bandes que nous avions enregistrées ; vous savez, nous vous en avions parlé.

— Oui.

— Au début, nous pensions que ces bandes pourraient aider Ronald Defeo.

Mancusso fut stupéfait.

— DeFeo ? Le garçon qui a vécu dans la maison avant vous ?

George hocha la tête.

— Nous pensions tout d'abord que cela lui permettrait d'avoir un nouveau procès. Il croit toujours que des voix émanant de la maison lui ont dit d'agir comme il l'a fait et nous pensions que, peut-être, le récit enregistré de ce qui nous était arrivé pourrait l'aider.

Le père Mancusso posa la main sur l'épaule de George.

— C'était une idée généreuse.

— Il y avait une chance sur mille pour que ça marche, mais je suppose que cela valait la peine d'essayer.

— En effet.

— De toute manière, si on écrit un livre là-dessus, nous pourrons enfin exposer au grand jour ce qui nous est arrivé. Ce serait une bonne chose. On a écrit tellement de sottises.

Il secoua la tête, l'air triste.

— Je sais, je sais.

Ils atteignirent le trottoir et le prêtre vit Kathy sortir d'une vieille voiture break. Amy était tranquillement assise devant, fascinée par la circulation, et les deux garçons se trouvaient à l'arrière, occupés à se battre.

Kathy embrassa le père Mancusso sur la joue.

— Quels sentiments éprouvez-vous maintenant que vous êtes sur le point de partir ? lui demanda-t-il.

— Des sentiments bizarres, en vérité. Je me sens bizarre, mais je sais que c'est pour notre bien, dit-elle avec un sourire forcé.

— Eh bien, la perte de New York sera compensée par les avantages de la Californie, dit-il avec une fausse gaieté.

— Je le suppose.

Ils échangèrent les derniers adieux. Puis Kathy et George montèrent dans la voiture tandis que les enfants disaient au revoir.

Le père Mancusso se pencha vers la vitre baissée du côté du passager :

— Qu'allez-vous faire de la voiture ?

— C'est une voiture de location. Nous allons la rendre à l'aéroport.

Le prêtre allongea la main et donna une pichenette sur le nez d'Amy. Elle sourit et gigota dans les bras de sa mère.

— Tu vas être gentille maintenant.

— Oui.

Il lui sourit.

— A quelle heure est votre avion, George ?

— A 22 h 30.

— Cette nuit? Vous devez vous arrêter avant d'aller à l'aéroport?

— Non.

— Vous voulez dire que vous allez passer six ou sept heures à l'aéroport à attendre le départ? Pourquoi partez-vous si vite, alors, George? Restez encore un peu avec moi. J'en serais très heureux.

— Merci de votre invitation, mon père, mais c'est impossible. Nous voulons arriver le plus tôt possible à l'aéroport et attendre l'heure du départ.

Le père Mancusso put lire la tristesse et la gêne dans leurs regards. Ils avaient pris leur décision et ils avaient peur à présent que la puissance de la maison s'oppose d'une façon ou d'une autre à leur départ. Ils ne pouvaient se le permettre.

Et il ne pouvait les blâmer d'être inquiets. Trop de choses leur étaient arrivées qui expliquaient leur attitude.

Il se pencha et embrassa affectueusement Kathy sur la joue.

— Vous avez une belle famille, Kathleen. Vous devez en être reconnaissante.

Il serra une dernière fois la main de George.

— Que Dieu vous bénisse, tous les deux, dit-il en s'efforçant de garder une voix calme.

— Que Dieu *vous* bénisse, répondit George avec ferveur.

La voiture démarra et Kathy se pencha à la vitre en criant :

— Merci! Merci! Nous vous écrirons dès que nous serons installés.

Il sourit et fit des signes de la main en se demandant s'il allait les revoir un jour.

14

Kathy loucha, fronça les sourcils et éteignit la lumière qui la gênait. Ils volaient depuis plus de trois heures et elle était trop fatiguée pour arriver à lire.

Elle s'agita sur son siège étroit et essaya de trouver une position plus confortable, sans succès. Elle finit par s'étirer le plus possible, puis se redressa.

Le vol 524 d'American Airlines était le vol classique de nuit reliant New York à San Diego. Les lumières avaient été baissées peu après le décollage et la plupart des passagers enveloppés dans des couvertures dormaient.

Kathy les enviait. Elle était bien éveillée, bien plus que lorsqu'ils étaient montés à bord après sept heures et demie d'attente à l'aérogare.

George s'étalait dans le siège près d'elle, la tête renversée et la bouche entrouverte. Il ronflait très doucement. Amy se trouvait près du hublot, à sa gauche, roulée en boule. Kathy sourit malgré sa fatigue et tira la mince couverture au monogramme d'American Airlines sur sa fillette endormie. Elle l'embrassa légèrement sur la joue en disant :

— Fais de beaux rêves, ma chérie.

Amy ne bougea pas.

Kathy se leva délicatement et enjamba George sans le réveiller. Il avait passé de bien mauvais moments à l'aéroport Kennedy à essayer de retenir les enfants, embarquer le chien et ne pas irriter sa femme déjà à cran. Si quelqu'un avait besoin de sommeil, c'était lui.

Elle marcha doucement dans l'allée et alla voir ses fils, Greg et Matt, deux rangées plus bas. Ils dormaient, serrés l'un contre l'autre, pour se protéger du froid glacial régnant dans l'avion. Des bandes dessinées qu'ils n'avaient pas fini de lire reposaient sur leurs genoux.

Kathy se massa le bas du dos, ankylosé par la station assise et s'arrêta brusquement en s'apercevant que quelqu'un pouvait la voir.

Oh, et puis zut, se dit-elle, c'est à cause de ces sièges si étroits de la classe touriste. Elle eut envie de l'un de ces spacieux sièges de première bien confortables mais elle savait qu'ils devaient faire attention à ne pas trop dépenser avant d'être complètement installés en Californie.

La Californie. Ce mot contenait tous les espoirs de Kathy. Elle luttait encore intérieurement contre la décision de quitter New York pour de bon et même si elle ne souhaitait pas s'inquiéter à l'avance de l'avenir, elle ne pouvait s'en désintéresser tout à fait; ce n'était pas du tout dans son caractère.

L'important, se dit-elle, était de former une famille, de rester tous unis quoi qu'il arrivât.

Elle demanda à l'hôtesse endormie une tasse de thé et reçut deux minutes plus tard une tasse à moitié pleine contenant un vague liquide brun. Elle regagna doucement sa place sans réveiller George ni renverser sa tasse.

Kathy soupira. Puis elle s'enroula dans une couverture et renversa le siège au maximum sans toutefois gêner le passager derrière elle.

Ses dernières pensées avant de s'endormir se concentrèrent sur Harry. Logé dans le compartiment animaux comme une pièce de bœuf, il allait enfin avoir une bonne nuit de sommeil grâce à des sédatifs. Elle l'imagina vaguement en train de ronfler dans la soute à bagages pressurisée, insouciant du bruit du moteur et de l'air artificiel glacé.

Est-ce que la soute à bagages était bruyante ? se demanda-t-elle. Faisait-il froid ?

Quelques secondes plus tard, Kathy dormait profondément.

Amy se réveilla environ une heure après que Kathy ait sombré dans le sommeil. Elle leva ses yeux bleus et brillants et vit que sa mère dormait, une mèche de cheveux sur la joue, que son père, assis un peu plus loin, était renversé en arrière et laissait échapper un léger *rrrr* chaque fois qu'il prenait sa respiration.

Très doucement et très prudemment, Amy se tourna sur son siège et se dressa sur les genoux. Des deux mains, elle releva le lourd rideau en plastique qui obscurcissait le hublot et observa l'énorme aile de l'avion et le ciel.

La petite fille de cinq ans regarda de part et d'autre de l'aile noire et argentée. Les plaques métalliques brillaient au clair de lune. Les étoiles scintillaient bien plus qu'à New York. Des flammes multicolores aussi grosses que son bras dansaient à l'arrière des moteurs, mais Amy y fit à peine attention. Elle cherchait quelque chose de précis.

Finalement, son regard s'arrêta sur un point précis à trois mètres environ du fuselage et à un mètre du bord de l'aile. L'espace d'un clin d'œil, quelque chose commença à se dessiner : une vague silhouette, une forme blanche balayée par le vent, qui se précisa peu à peu.

Amy sourit et baissa le rideau. Elle se détourna du hublot et s'enroula sur son siège, la tête dans le giron de sa mère. Quelques instants plus tard, elle dormait profondément, elle aussi, le sourire aux lèvres.

Le chien aboyait, les enfants hurlaient. La voix impersonnelle du speaker de l'aérogare lui tapait sur les nerfs.

Kathy Lutz en était arrivée à envisager sérieusement le suicide comme seule solution possible. Elle faisait les cent pas autour de leur petit tas de bagages, réprimandait les enfants et regardait George avec une animosité croissante.

Ils avaient atterri à l'aéroport international de San Diego une heure auparavant et ils attendaient encore une voiture. Comme toujours, quelque chose n'avait pas tourné rond.

A quelques mètres de là, George criait au téléphone.

— Ecoutez, envoyez-moi quelqu'un. (Il attendit, furieux :) *Je sais,* je comprends, vous êtes désolé, d'accord, *Merci.* Oui. (Il raccrocha bruyamment et revint vers Kathy en secouant la tête, dégoûté.) Quelqu'un s'est trompé. Ils sont *vraiment* désolés et ils auront une

137

voiture dans trois quarts d'heure. Les gens du motel nous laisseront la clé.

Trois quarts d'heure ? Kathy s'efforça de ne pas avoir l'air trop énervée lorsqu'elle demanda :

— A quelle distance sommes-nous de Red Fern ?

— Comment pourrais-je le savoir ? J'ai...

George était aussi à bout qu'elle, mais elle vit qu'il faisait de son mieux pour garder son calme. Il s'arrêta, inspira profondément et grimaça un sourire :

— A environ une demi-heure de voiture, je crois, dit-il avec un calme feint.

Kathy voulut s'asseoir. Elle avait l'impression d'être restée debout depuis des heures. Elle regarda autour d'elle en quête d'un siège et remarqua :

— Peut-être que retenir un motel et une voiture en se fiant à l'annuaire n'était pas une bonne idée, après tout ?

George haussa les épaules d'un air las et elle regretta ses paroles.

— Okay, okay, je sais que j'ai eu tort. Désolé, chérie.

— Oh, George, dit-elle en lui prenant la main, ça ne fait rien.

Il lui serra la main aussi avec un vrai sourire. Elle s'assit alors sur le bord d'une valise mise à l'envers qui glissa. Kathy atterrit sur le tapis de l'aéroport avec un *bang* retentissant.

Ils se mirent à rire tous les deux aux larmes. Les enfants reprirent leurs cris, le chien ses aboiements — encore à moitié drogué —, le speaker était toujours aussi énervant, mais brusquement, cela avait moins d'importance.

Sally Harper, la directrice du personnel, monta les marches du premier étage du Red Fern Motel, une par une, comme toujours. Elle n'avait aucune raison de gaspiller sa précieuse énergie qu'elle pouvait bien mieux utiliser à des choses plus importantes.

Mme Harper — tout le monde l'appelait Mme Harper — travaillait depuis quinze ans : elle avait d'abord été femme de chambre à Beverly Hills, puis directrice du personnel dans un petit motel et, maintenant, elle occupait le même poste au Red Fern Motel, « l'un des plus beaux établissements du genre » comme elle se plaisait à le dire et à le répéter à ses amis.

Aujourd'hui, après quinze ans passés à faire le lit des autres et à nettoyer leurs saletés, elle allait prendre sa retraite. Dans trois mois, son époux obtiendrait la promotion qu'il attendait depuis si longtemps et serait augmenté. Et Mme Harper pourrait enfin consacrer du temps à ses enfants.

Elle s'arrêta sur le palier et reprit son souffle. De toute façon, c'est le moment de prendre ma retraite, se dit-elle d'un air compassé en vérifiant que ses cheveux gris acier étaient impeccablement coiffés. Après tout ce qui s'est passé cette semaine, je pense que je peux me détendre un peu.

Elle poussa la porte du premier étage d'une main autoritaire. Mme Harper n'empruntait jamais l'ascenseur. L'ascenseur principal était réservé aux clients et les servantes de jour pouvaient l'entendre arriver si elle utilisait l'ascenseur de service.

Juste ce qu'elle soupçonnait. A mi-chemin dans le couloir, appuyées sur leurs chariots à linge et oublieuses de leur travail, et, apparemment, de tout le reste, deux des employées faisaient la causette.

Ce sont les nouvelles, se dit-elle en colère. Elles traînassaient tellement qu'on aurait pu croire qu'elles *aimaient* vraiment leur travail.

— Mesdames, dit-elle d'un ton coupant.

Mme Harper appelait toujours ses employés, « Mesdames » et « Messieurs ». C'était la seule façon correcte d'agir.

— Mesdames, je présume que vous avez une bonne raison de tenir cette conférence de haut niveau ?

Les deux femmes, Molly et Anna, se tournèrent et la regardèrent d'un air désinvolte. Elles ne semblaient pas du tout bouleversées d'avoir été surprises à ne rien faire.

— Quand donc aurez-vous fini cet étage ?

Elle se rendit compte qu'avec ces filles, l'intimidation n'était pas plus efficace que le reste.

Molly sourit comme si elle n'avait pas entendu la question et leva le pouce par-dessus son épaule :

— Ils recommencent.

Mme Harper prit l'air indifférent.

— Qui recommence quoi ?

— Cette famille au 216. Les Lutz. Ils changent encore de chambre.

— C'est la quatrième fois en trois jours, dit Anna en hochant la tête.

Mme Harper n'aimait généralement pas les commérages. On perdait du temps et on s'occupait des affaires privées des autres; elle avait pour règle d'éviter cela à tout prix. Mais, d'autre part, ceci semblait plutôt intéressant.

— Pour quelle raison, à votre avis ? demanda-t-elle, d'un ton amical.

— Ce sont des faiseurs d'histoires, répondit Molly, sarcastique. Y s' plaignent de tout, Mme Harper. Ça sent mauvais. Y a des punaises. Des mouches aux fenêtres.

Molly tendit la main en avant.

— J' viens de nettoyer une de ces chambres et j'ai rien trouvé qui ressemble à des punaises ou à des mouches, j' peux l' jurer.

— Bien sûr que non, approuva Mme Harper.

Seigneur, pas à Red Fern.

Molly secoua la tête, incrédule.

— D'abord, ils étaient au 312, puis au 126 et maintenant au 216. A présent, y vont aller au 220. J' m' d'mande ce qu'y vont trouver à redire dans cette chambre, dit-elle avec un petit sourire désabusé.

Mme Harper n'écoutait plus. Quelque chose que Molly avait dit un instant plus tôt lui avait donné des frissons dans le dos.

La chambre 312. C'étaient donc les Lutz qui l'avaient quittée de manière si inattendue. Voilà pourquoi *elle* avait dû la faire elle-même; les tâches avaient déjà été

140

réparties, or la Direction voulait la chambre prête en cas d'arrivées de dernière minute.

Au moment où elle avait introduit la clé dans la serrure... elle avait senti quelque chose d'étrange. Alors qu'elle défaisait le lit, vidait les cendriers (ce n'était pas vraiment nécessaire, mais il fallait toujours les vider) et posait les serviettes sales dans le chariot à linge, elle avait tenté d'ignorer ce sentiment. Mais cela empira.

On aurait dit que quelqu'un la surveillait. Elle était sûre que quelqu'un se trouvait dans le couloir, la salle de bains ou les W.-C.

Ensuite, quand elle avait regardé dans le miroir au-dessus de la commode, elle avait vu quelque chose. Euh... rien, en vérité. Une sorte d'ombre dans la glace ou comme un scintillement venu du couloir, mais... mais cela l'avait effrayée. Terriblement.

Mme Harper avait posé les serviettes n'importe comment sur les porte-serviettes. Elle avait quitté la chambre sans avoir essuyé la poussière et avait même claqué la porte en sortant. Dix minutes plus tard, elle se sentait bien à nouveau et un peu honteuse de sa conduite.

Elle s'était dit que cela était dû à son âge, à sa prochaine retraite, à l'état de tension dans lequel elle se trouvait. Mais à présent...

La chambre 312.

Anna fit une réflexion qu'elle n'entendit pas et Molly rit bruyamment, ce qui tira Mme Harper de sa rêverie.

— Les filles, remarqua-t-elle d'un ton brusque, vous cherchez une excuse pour ne pas travailler, n'est-ce pas ?

Anna fit une grimace à Molly et haussa les épaules.

— Retournez à vos occupations. Je veux que cet étage soit terminé dans vingt minutes et plus question de traînasser. Compris ?

— Oui, Mme Harper, répondirent-elles à l'unisson.

Mme Harper fit demi-tour et longea le couloir jusqu'à la sortie de secours.

Elle avait du travail. Beaucoup de travail. Et pas le temps de se faire du souci pour cette famille et... pour la chose étrange qu'elle avait vue dans la chambre 312.

15

Le ciel au-dessus de San Diego était d'un bleu faïence avec quelques nuages épars. Il faisait environ vingt-huit degrés et George baissa la vitre pour laisser la brise entrer dans la voiture.

— Encore un autre jour d'hiver californien, dit-il gaiement en quittant l'autoroute 101.

Le Pacifique étincelait au loin.

— C'est horrible, n'est-ce pas ? renchérit Kathy avec un sourire.

Ils dépassèrent une pancarte qui indiquait « Chenil Wilson, première à droite ».

Ils n'habitaient San Diego que depuis un peu moins de deux semaines et tout n'avait pas très bien marché, loin de là. D'abord il y avait eu cette attente à l'aéroport, ensuite, la confusion à propos de leur chambre d'hôtel. La seule bonne chose, c'était qu'ils avaient gardé Harry avec eux la première nuit. Il avait été simplement oublié dans toute cette pagaille.

Mais le lendemain, on leur avait demandé de l'emmener ailleurs et il leur avait fallu un certain temps pour lui trouver un endroit convenable. Puis, dès qu'ils étaient retournés à Red Fern, les ennuis avec les chambres avaient commencé.

George était stupéfait de voir que personne n'avait prévenu le ministère de la Santé de l'état de cet hôtel plein de punaises. Bien sûr, le directeur affirmait que tout était normal et les femmes de chambre disaient qu'elles ne trouvaient rien. Mais George reconnaissait une odeur fétide quand il la rencontrait et les punaises étaient des punaises.

Il avait projeté d'aviser lui-même le ministère de la Santé mais ne voulait pas inaugurer son installation en Californie par des critiques de ce genre. De plus, se dit-il, si ces odeurs ou ces mouches n'existent pas en réalité, cela signifie...

Non. George suivait exactement les conseils du père

Mancusso. Il recommençait à zéro. Il essayait d'oublier Amityville et tout ce que cela impliquait.

Et à présent, Kathy avait trouvé une villa dans une résidence en co-propriété à La Jolla, un endroit prestigieux au nord de San Diego. La maison était relativement bon marché — surtout pour la Californie — et ne datait que d'un an et demi. Ce serait parfait pour le moment. Et il avait déjà envoyé son curriculum vitae à deux ou trois compagnies : on le convoquerait très vite pour du travail, il en était sûr.

Kathy montra un point vers la gauche et George rangea la voiture de location dans une large allée entre deux cèdres. Une série de constructions en bardeau blanc et une grande maison de style victorien apparaissaient au fond, derrière la voiture. On entendait les chiens aboyer.

La petite Amy fut la première à sortir du break, immédiatement suivie de Greg et Matt.

Ils se précipitèrent vers un homme grand et maigre qui ressemblait davantage à un Américain moyen de la Nouvelle-Angleterre qu'à un Californien de la troisième génération. Debout devant l'un des petits bâtiments communs, il tenait en laisse — une laisse usée — Harry, le chien des Lutz.

Les Lutz étaient venus plusieurs fois au chenil tenir compagnie à Harry. George et Kathy avaient fini par connaître et apprécier le vieux bonhomme à la mine revêche et Wilson, de son côté, savait pourquoi ils venaient aujourd'hui.

Au moment où les enfants couraient vers lui, M. Wilson se pencha et détacha la laisse. Le chien bondit en avant et faillit renverser les enfants. Ils crièrent, aboyèrent et luttèrent sur le gazon en un enchevêtrement heureux.

Les Lutz rejoignirent M. Wilson sur la pelouse près de son bureau et lui reprirent la laisse.

— Merci de vous être si bien occupé de lui, dit Kathy. Nous nous faisions du souci; c'est la première fois que nous le mettons dans un chenil.

M. Wilson retroussa ses lèvres, ce qui équivalait à un sourire.

— Eh bien, j' peux pas dire qu'Harry s'en soit fait beaucoup, nous n'avons même pas eu à le garder. Un bon vieux chien, dit-il en le montrant d'un signe de tête.

— Merci.

George lui tendit un chèque et lui serra la main. Puis ils appelèrent les enfants, les firent monter dans la voiture avec Harry et agitèrent la main en signe d'adieu.

Ils s'en allèrent. Ils allaient visiter leur nouveau foyer.

George venait juste d'ouvrir la porte de la remorque quand une énorme goutte d'eau de la grosseur du pouce lui tomba sur la tête.

Il jura et loucha vers le ciel. Il était noir, couvert de nuages orageux, lourds de pluie tels qu'il n'en avait jamais vus dans l'Est.

Il jeta un coup d'œil à l'intérieur de la remorque et se demanda ce qu'il devait faire. Allait-il ou non décharger les quelques meubles qui s'y trouvaient, ceux qu'ils avaient emportés de New York et ceux qu'ils avaient achetés?

Trois autres gouttes de pluie atterrirent sur ses épaules et un coup de vent rabattit la porte de la remorque sur lui; il la bloqua et attendit quelques minutes pour voir si la pluie allait ralentir ou augmenter.

— George!

Il se retourna et vit Kathy qui courait sur la petite colline couverte de gazon qui séparait leur maison de la route. Elle tenait l'imperméable de George dans une main. Au moment où elle le rejoignit, le vent se mit à hurler comme un animal.

— La radio annonce que c'est la queue d'une tempête tropicale, hurla-t-elle dans le bruit. Une pluie terrible depuis ce matin!

— Oh, formidable! dit-il en mettant son imperméable sur ses épaules.

Il ferma à clé la porte de la remorque et courut avec

Kathy jusqu'à leur nouvelle maison. Ils étaient trempés jusqu'aux os en arrivant au porche.

Kathy ouvrit la porte et ils se précipitèrent à l'intérieur, inondant la moquette toute propre tandis qu'ils enlevaient leurs imperméables.

— Tu ne devineras jamais comment ils ont appelé cet ouragan, dit-elle en secouant ses cheveux.

— Je donne ma langue au chat.

— Kathleen. L'ouragan Kathleen.

— Ce n'est pas vraiment ce qu'on pourrait considérer comme un heureux présage, hein? grommela-t-il d'un ton sarcastique.

C'était la dernière chose à dire. Kathy lui jeta un regard noir et George comprit qu'il avait gaffé. Il sourit et se mit à la chatouiller.

— Je plaisantais, voyons.

Elle rit malgré elle et se trémoussa en faisant mine de lui envoyer un coup de poing sur l'épaule.

— Oh, George! Ne me taquine pas!

Elle lui prit la main pour qu'il cesse de la chatouiller et le guida dans la salle de séjour.

Ils se tinrent à la fenêtre et observèrent les éclairs et la pluie venus du Pacifique.

Le lendemain vers midi, la tempête s'était éloignée. George put voir les dégâts causés par le vent et la pluie tout autour de lui : arbres brisés, lignes à haute tension abattues, boue partout. San Diego mettrait des semaines à redevenir propre.

Il pouvait maintenant décharger la remorque.

George chargea sur son dos un lourd coffre en cèdre et se hâta vers la maison en se maudissant de ne pas avoir écarté de son chemin un segment de cocotier, ce qui lui aurait raccourci le trajet.

Il entra en gémissant bruyamment sous le poids du coffre. Il voulut essuyer ses bottes avant de salir la moquette, mais c'était inutile. Le mal était déjà fait.

Kathy s'essuyait les mains dans un torchon dans l'embrasure de la porte de la cuisine.

— Où voulez-vous que j' le pose, m'dame? demanda-t-il en posant le coffre sur la moquette.

Il était vraiment lourd.

Kathy fronça les sourcils et George n'aima pas son regard.

— Qu'y a-t-il, chérie?

Elle fut sur le point de dire quelque chose, mais s'arrêta.

Elle se décida.

— George, je sais que ton arrière-grand-père a fabriqué ce coffre, que le bois vient d'un des premiers bateaux partis d'Angleterre, etc. Et je sais aussi que les télépathes ont dit que le bois de cèdre était, euh... *sans danger*. Mais... (Elle s'interrompit et regarda le coffre d'un air inquiet.) Mais *c'était* dans la maison avec nous pendant quelque temps, juste avant que tu ne le transportes à ton bureau, tu te rappelles? (Elle baissa les yeux sur son tablier et dit d'un ton embarrassé :) Je sais que ça a l'air idiot, mais...

George sourit et fit demi-tour.

— Pas de problème, chérie. Je vais le mettre dans le garage.

— Tu es sûr que tu es d'accord?

Il la regarda, toujours souriant.

— Mais oui, je t'assure.

— George, j'ai quelque chose à te dire. Je sais que c'est moi qui ai fait toutes ces histoires pour venir ici. Mais maintenant que nous y sommes, je dois dire... que tout a l'air d'aller mieux. (Elle le regarda dans les yeux et eut envie de pleurer, de pleurer de joie.) J'ai l'impression de prendre un nouveau départ, George; c'est ce que je ressens.

— Moi aussi, chérie, répondit George en l'embrassant.

Ils restèrent ainsi dans les bras l'un de l'autre au milieu des cartons non défaits et de leurs meubles pêle-mêle.

16

Il était à peine un peu plus de 3 heures et Kathy sortit voir s'il y avait du courrier pour la troisième fois de la journée. Elle n'attendait rien de particulièrement important et avait beaucoup de travail à la maison, mais c'était une bonne excuse pour sortir. Tout en courant dans l'allée, elle finit par admettre qu'elle avait eu envie toute la journée de quitter la maison, ne fut-ce que quelques minutes, pour respirer un peu.

Pourquoi avait-elle si froid ? se demanda-t-elle en plaquant contre elle son pull léger. Le soleil éclatant du printemps californien aurait dû la réchauffer, mais elle frissonnait en atteignant la boîte aux lettres, de l'autre côté de la rue.

Quatre boxes étaient regroupés ensemble dans un kiosque en parpaing au-dessus d'une poubelle encastrée. Le courrier était finalement arrivé. Kathy ouvrit la boîte et en sortit une poignée de lettres. Elle tria la correspondance avant de rentrer chez elle.

Inutile de rapporter les lettres sans intérêt, se dit-elle. Mais elle savait que ce n'était qu'un prétexte supplémentaire pour rester dehors.

Elle détacha les lettres portant la mention « occupant » ou « résident » de la pile et les jeta directement aux ordures; lettre d'un supermarché... formulaire d'abonnement à une revue scientifique... note du sénateur du coin. Elle sourit tristement à la vue de ces mêmes réclames déjà jetées dans la poubelle. Quel gaspillage !

Au moment où elle traversait la rue pour rentrer, tout en feuilletant le reste du courrier, un coup de klaxon retentit derrière elle et elle entendit un bruit de moteur. Elle leva les yeux et changea rapidement de place tandis que George s'engageait dans l'allée un peu trop vite, mais correctement.

Elle l'attendit devant la porte d'entrée mais il resta un long moment dans la voiture, les yeux fixés sur le capot comme s'il était absorbé dans des réflexions compliquées et déplaisantes. Kathy se préparait à le rejoindre quand il ôta la clé de contact et descendit de voiture. Il claqua la portière et se mit à marcher, les yeux toujours dans le vague.

— Salut, chéri, dit Kathy doucement. Est-ce...

Il passa devant elle sans un mot ni un regard. Elle le suivit dans la salle de séjour en se félicitant d'être aussi patiente.

— Comment ça a marché? demanda-t-elle.

Il s'était déjà affalé dans un fauteuil.

— Je n'ai pas eu le poste et je ne sais fichtrement pas pourquoi!

Kathy posa la pile de courrier au bout de la table et se mit derrière son mari. Elle posa les mains sur ses épaules et massa doucement les muscles noués de son dos.

George pencha la tête, fatigué.

— Je n'ai pas eu ce boulot. Je suis qualifié, bien plus qu'il ne le faut. J'ai un bon dossier et ils ont besoin de moi. Mais après une minute ou deux d'entretien, le gars s'est complètement refroidi. J'ignore pourquoi.

Il resta assis dans son fauteuil, penché en avant pendant que sa femme le massait. Puis il referma sa main sur les doigts de Kathy :

— Merci, chérie, dit-il d'une voix plus assurée. Ça va beaucoup mieux.

Elle lui embrassa la nuque et proposa :

— Pourquoi n'ouvres-tu pas le courrier? J'ai déjà jeté tout ce qui n'était pas intéressant.

Il hocha la tête, ramassa la pile de lettres, examina la première enveloppe et sourit en lisant le nom de l'expéditeur.

— Peut-être de bonnes nouvelles. C'est Bud.

Il ouvrit la lettre et un chèque s'en échappa. George fronça les sourcils en voyant le montant et la note à en-tête qui l'accompagnait.

— Eh bien, dit-il d'un ton plus amer qu'irrité, le dépôt de garantie n'est pas encore clos.

— Que représente le chèque, alors?

— Quelques dettes qui ont été réglées.

Elle haussa les épaules et regarda le montant du chèque.

— Enfin, c'est mieux que rien. Cela nous permettra au moins d'attendre que Bud règle le reste.

— S'il y arrive un jour, murmura George avant de prendre la lettre suivante.

C'était un mot amical de Joan Conners qui leur racontait les derniers potins d'East Babylon. La cordialité joyeuse et simple de sa lettre leur rendit leur bonne humeur.

George mit la lettre de côté et sourit à Kathy pour la première fois.

— Comment s'est passée ta matinée ?

Elle répondit à son sourire mais sans enthousiasme.

— Je pense qu'elle s'est bien passée.

George la regarda attentivement :

— Qu'y a-t-il, Kate ?

Elle évita son regard.

— Rien, George. Je m'ennuie un peu et je suis trop seule. Nous sommes ici depuis plus de deux mois et je n'ai pas encore d'amis.

George lui pressa la main :

— Je sais, chérie. C'est difficile de tout recommencer. Mais... es-tu sûre qu'il n'y a rien d'autre ?

Elle haussa les épaules et resta debout, le regard toujours fuyant.

— Oh, ce n'est rien, vraiment. Mais aujourd'hui, je me sens toute bizarre.

Il allait dire quelque chose, mais Kathy l'en empêcha :

— Ce n'est rien, George. Je me sens bien. Oublie ça.

Désireuse de changer de sujet, elle montra la lettre qu'il tenait à la main.

— Qu'est-ce que c'est ? Une facture ?

George regarda l'enveloppe et se renfrogna.

— Ça vient de New York, grommela-t-il en l'ouvrant.

Kathy vit qu'il se renfrognait davantage à mesure qu'il lisait.

— Je ne peux y croire, dit-il. Ils continuent à nous envoyer des notes d'électricité d'Amityville !

— Mais tu ne leur as pas déjà écrit pour leur dire qu'ils se trompaient ?

— Deux fois. Je leur ai expliqué que le compteur était fermé depuis notre départ, avant même qu'ils ne nous aient envoyé la *première* note. Je leur ai dit aussi que nous accepterions de payer jusqu'à la fin janvier et que j'apprécierais qu'ils tiennent leurs registres à jour. (Il secoua la lettre qui se froissa dans ses mains.) Et voilà qu'arrive cette note ! Un petit rond-de-cuir a la bonté de me traiter de menteur. Oui, ils disent qu'ils ont fermé le compteur à telle et telle date mais que de l'électricité est encore consommée.

— Comment cela peut-il être possible ?

— C'est impossible ! Enfin, je ne sais pas comment ça se fait. Mais ils disent que la maison est à notre nom et que nous devons donc payer.

— Mais ils ont dit qu'ils avaient débranché...

— Kathy, *j'ignore ce qui se passe.*

George froissa la lettre et la jeta sur la moquette. Kathy respira profondément et lui laissa le temps de se calmer.

Enfin, elle s'éclaircit la gorge et dit :

— Que vas-tu faire ?

Il renifla et s'efforça de garder son calme.

— Oublie ça ! J'ai fait tout ce que je devais faire à propos de cette maison. Qu'ils réclament l'argent à qui ils veulent ou à *ce qui* utilise ce courant en ce moment. (Il se leva et embrassa longuement Kathy. Quand ils se séparèrent, il dit :) Je suis désolé, chérie. Je suis vraiment à bout, aujourd'hui. Je pense que je vais travailler à ma moto pour me changer les idées, d'accord ?

Kathy lui adressa un sourire éclatant et approuva.

— Le repas sera prêt dans trois quarts d'heure environ.

La Harley Davidson noire que George avait emmenée de New York occupait la moitié de leur garage transformé en atelier. Elle était sa joie et sa fierté, cette machine énorme, terrifiante, noire comme la nuit, à la carapace polie aussi dure et brillante que celle d'un insecte monstrueux. On aurait dit qu'elle étincelait de puissance et quand elle roulait, George savait que son moteur bien réglé ronronnait comme un chat.

Il l'avait achetée un mois avant d'emménager à Amityville et quand les ennuis avaient commencé à la maison, il l'avait transportée dans le magasin de cycles de l'un de ses amis, à l'autre bout de Long Island. Si Kathy ne s'en était pas souvenue avant leur déménagement, elle y serait encore.

Aujourd'hui, il éprouvait un étrange réconfort à bricoler sa moto. Pendant qu'il y travaillait, il oubliait les problèmes désagréables et inattendus qu'il avait rencontrés en Californie.

Le refus d'aujourd'hui était le quatrième — ou le cinquième? Personne ne voulait lui expliquer pourquoi on lui refusait une place pour laquelle il était parfaitement qualifié. Il n'avait même pas mentionné le nom d'Amityville. Il avait utilisé l'adresse de Joan, donc ce ne pouvait être à cause de ça.

L'entrevue d'aujourd'hui dans l'un des aéroports privés bien équipés des environs avait été particulièrement décevante, parce qu'il s'agissait d'un poste de contrôleur aérien. Auparavant, ils avaient examiné son dossier, lui avaient téléphoné et l'impression générale était qu'il convenait parfaitement; encore une brève entrevue et ce serait gagné.

Mais cela tourna à l'aigre. A la minute précise où il était entré, quelque chose s'était... *gelé.* C'était comme si le souvenir d'Amityville, sa propre confusion et sa dépression l'avaient suivi comme une caricature macabre qui avait effrayé et fait reculer ses employeurs potentiels.

Oh, et puis zut, se dit-il, c'était peut-être uniquement un manque de chance ou un moment mal choisi. Je dois avoir une autre entrevue lundi avec Lindberg Field. Si j'obtiens le poste, j'oublierai toutes ces balivernes concernant la maison.

George secoua le léger tissu qui recouvrait la moto et chercha un endroit pour le poser. Il finit par le mettre sur le dessus du coffre que Kathy lui avait demandé de garder dans le garage. Au début, il avait eu l'intention de recouvrir le coffre de cartons d'emballage et de s'en servir pour ranger ses outils, mais pour une raison qu'il ne s'expliqua pas, il n'avait finalement pas encore jugé bon de le faire. Il avait préféré le laisser comme ça dans un coin, inutilisé.

La moto était vraiment magnifique, se dit-il. Dans quelques jours, elle serait en parfait état. Il se frotta les mains et fouilla dans ses outils étalés sur le sol en ciment en décidant de ce qu'il devait faire : une petite mise au point s'imposait; il allait vérifier l'allumage, nettoyer les bougies et, peut-être, procéder à un essai sur l'autoroute.

Il lui fallait des cliquets, ses outils de précision et... la lampe. Merde, se dit-il, tout est encore dans les cartons.

George regarda la caisse en carton, avec la marque de la compagnie aérienne de fret imprimée sur le côté, qui se trouvait sur l'étagère au-dessus de sa tête. Il envisagea d'abandonner tous ses projets. Rien n'est facile, ces jours-ci, pensa-t-il. Rien. Mais il se secoua et chercha un moyen d'atteindre l'étagère. Il avait l'impression d'être comme le singe vu récemment à la télé qui devait superposer des boîtes vides et des meubles cassés pour atteindre un régime de bananes.

Il ôta la toile qui recouvrait le coffre, le poussa sous l'étagère. Puis il monta dessus très délicatement en faisant attention à ne pas l'abîmer.

Au moment où il allait descendre le carton, une nausée lui souleva l'estomac. George se courba en deux comme s'il avait reçu un coup de poing dans le plexus. Il se raccrocha à l'étagère inférieure pour ne pas perdre l'équilibre, mais fut pris d'une seconde nausée.

Une sueur froide coula sur ses sourcils. Il toussa légèrement et descendit le carton toujours courbé en deux. Il lutta pour ne pas restituer son repas.

La nausée s'atténua et il se redressa suffisamment pour s'éponger le visage et prendre une profonde inspiration. Est-ce *cela* ? se demanda-t-il.

Il se tourna et s'assit sur le coffre en cèdre pour reprendre son souffle mais une autre nausée, pire que les deux précédentes, le saisit. George se tint l'estomac en gémissant. Des taches de lumière et d'ombre se succédèrent douloureusement et il bondit sur ses pieds, désorienté et un peu affolé.

Le coffre. Cela se produisait chaque fois qu'il se trouvait en contact avec lui. Kathy l'avait remarqué quand il l'avait apporté dans la maison. Le coffre avait fait partie de leur mobilier, même si cela n'avait pas duré. Il avait fait partie de leur mobilier à Amityville...

George tituba dans le garage et faillit tomber sur une clé à molette posée par terre, en plein milieu. Il s'arrêta contre le mur et attendit.

Ce ne pouvait être le coffre, se dit-il, hébété. Il se faufila par la porte latérale. *C'est sûrement une crise d'angoisse. Je me fais trop de souci à cause de mon travail, parce que je n'arrive pas à trouver du travail.*

Il sortit au frais. Le soleil était sur le point de se coucher. George s'adossa au mur du garage et respira profondément. Il récupéra lentement, très lentement.

Kathy repensa à ces histoires d'électricité, de tension et de chômage temporaire, tandis qu'elle préparait le dîner. Les enfants allaient bientôt rentrer, affamés comme une meute de loups et si elle connaissait George à moitié aussi bien qu'elle le prétendait, elle devrait aller le chercher à son atelier au moment de se mettre à table. Il pouvait s'absorber si complètement dans son travail ou dans ses distractions qu'il en oubliait tout.

Elle était en train de couper du fromage en petits cubes d'une manière rapide et efficace, quand la porte de la cuisine s'ouvrit. Légèrement étonnée, elle se retourna et vit son mari dans l'encadrement de la porte. Il a l'air bizarre, se dit-elle. Effrayé et un peu pâle.

— Tu as oublié quelque chose ? demanda-t-elle prudemment.

Elle le vit avaler sa salive et sourire faiblement.

— Oublié ? Euh, non. J'ai simplement... décidé de ne pas travailler aujourd'hui. C'est tout.

Il lui cachait quelque chose, mais Kathy feignit de ne

pas le remarquer. Elle savait qu'il se faisait beaucoup de souci mais qu'il ne voulait pas le montrer. Elle jeta un coup d'œil sur son dîner mais s'aperçut que George tremblait. Il se redressa juste avant d'entrer dans la cuisine et resta derrière elle.

— Où en est le repas ? demanda-t-il.

— Encore une demi-heure, répondit-elle avec un effort pour paraître indifférente.

Il l'enlaça et Kathy sourit malgré elle. Elle continua à s'occuper du dîner.

— Ça sent bon, dit-il.

— Oh, George, mais rien n'est encore cuit.

— C'est peut-être toi alors.

Elle rit et se dégagea à regret. Elle ouvrit un placard, mais se retourna brusquement et lui donna une petite tape sur le poignet. Il essayait de chiper un morceau de fromage.

— Honnêtement, tu es pire que les enfants. Pourquoi ne vas-tu pas lire ton journal ou regarder la télé, ou bricoler avant de passer à table ?

Kathy vit quelque chose de l'autre côté de la pièce qui lui coupa la parole. Ses muscles se raidirent. Ses doigts se plièrent involontairement et s'enfoncèrent dans ses paumes.

Non, pensa-t-elle, vaguement, je vous en prie, non...

Une grosse mouche noire bourdonnait devant la porte ouverte. Elle vola en petits cercles paresseux autour de la cuisine, brisant le silence de l'après-midi.

George la vit quelques secondes après Kathy. Il regardait sa femme et comprit aussitôt ce qui se passait. Il ouvrit si fort le placard sous l'évier que les boîtes de détergent et les vieux chiffons tombèrent. Il sortit la tapette et, ce faisant, arracha involontairement le bouton de la porte du placard.

La mouche était grosse et lente ; George la toucha au moment où elle se posa sur la nappe jaune. Le *clac* de la tapette rompit le charme. Kathy reprit son souffle et se précipita vers la table. Elle tira les quatre coins de la nappe, roula le tout — serviettes comprises — en boule et sortit de la cuisine.

154

Pas dans cette maison, ne cessait-elle de se répéter. Pas ici, pas dans cette maison. Elle jeta la nappe, les serviettes et les restes de mouche dans la poubelle qu'elle referma soigneusement.

George l'attendait dans la cuisine. Elle se blottit dans ses bras en essayant de ne pas pleurer et il lui caressa les cheveux doucement pour la réconforter.

— Je suis désolée, George, je suis désolée.

— Ça va, chérie, ça va. Tu es profondément marquée et moi aussi. Je pense qu'il nous faudra pas mal de temps pour nous reprendre.

Une lumière bleue, pénétrante et sans ombre, transformait les murs familiers de la maison californienne en pans menaçants de brouillard lumineux. George marchait dans un paysage de clair de lune, très lentement. Ses pieds semblaient pris dans des sables mouvants invisibles. L'air lui-même était chargé d'un gaz malodorant et âcre.

Le torse et les pieds nus, uniquement vêtu d'un pantalon de pyjama, il descendit au rez-de-chaussée. Il y avait dans la maison des meubles dont il ne se souvenait pas, des meubles qu'ils avaient laissés à Amityville. Et il y avait une odeur, un bruit et une impression qu'il ne souhaitait plus rencontrer.

George trouva Kathy dans la cuisine. Elle pleurait tout en se débattant au milieu de petites particules noires qui bourdonnaient et volaient autour d'elle. Elle avait une tapette à la main et un journal plié en deux dans l'autre. L'en-tête du journal annonçait : DANS UN FAUBOURG DE NEW YORK, UNE FAMILLE FRAPPÉE DE TERREUR QUITTE SON DOMICILE.

Il se précipita dans la cuisine et enleva le journal de la main de Kathy. Une mouche isolée, aussi grosse que son pouce, l'observait, posée sur la nappe jaune, suçant son propre corps et agitant ses pattes en un mouvement continu. Il jeta le journal sur l'insecte de toutes ses forces. Il écrasa la mouche, ébaucha un sourire... mais les pattes de la mouche se remirent en mouvement, ses ailes à miroiter et à vibrer et elle se dressa sur ses pattes, le regarda, continua de bouger et de sucer son propre corps.

Kathy lâcha la tapette et hurla. George se tourna vers elle.

Les mouches arrivaient par la porte de la cuisine en un mur noir impénétrable. Elles jaillissaient des fenêtres, du four et des interstices des tuiles.

Elles étaient toutes sur Kathy. Elle fut ensevelie sous les mouches, couverte d'un manteau bourdonnant et tourbillonnant de mouches. Elle voulut crier mais il n'entendit rien. Rien sauf le bourdonnement.

Il se détourna et les mouches le recouvrirent également. Elles grouillaient sur ses mains, ses bras et ses jambes. Il sentit le picotement de leurs mandibules, les infimes vibrations de leurs ailes, les baisers microscopiques de leurs bouches.

Greg et Matt se trouvaient eux aussi dans la pièce et remuaient aussi doucement que George à travers des ordures invisibles. Il les appela, hurla, mais il n'y avait que le bourdonnement incessant et ensuite, les mouches les recouvrirent également, les gobèrent, les assourdirent et les étouffèrent. George essaya de les chasser, de les écraser entre ses doigts, mais la pièce se remplit de plus en plus d'insectes. La lumière elle-même s'éteignit, escamotée par des millions de corps minuscules.

Il sortit en titubant de la cuisine, passa devant les meubles qui étaient restés à Amityville et entra dans la lumière bleu pâle de la salle de séjour. Il monta l'escalier, luttant contre la chape d'insectes, et essaya d'y voir clair. C'est alors qu'il aperçut Amy.

Elle était debout en haut des marches et se frottait les yeux. Puis elle remarqua George et un nuage noir de mouches.

— Papa! hurla-t-elle.

La couverture mouvante et noire se déplaça vers elle, mais quelque chose l'arrêta. Un mur invisible semblait la tenir à distance.

156

Les mouches s'agglutinèrent en plus grand nombre et la force invisible prit forme, mise en relief par une mer de ténèbres en mouvement.

Elle entoura Amy d'une sorte de halo géant qui ressembla à un cochon.

Amy regarda alentour comme si elle voyait quelque chose pour la première fois.

— Jodie ? demanda-t-elle. Tu sais que tu ne devrais pas être là. Tu me l'avais promis ! Papa et maman vont être fous de rage. Tu dois rentrer chez toi, Jodie. Rentre chez toi !

George voulut appeler Amy, mais c'était trop tard. La protection disparut brusquement et, en un instant, Amy fut recouverte de mouches.

George hurla.

Hurla encore.

Et encore.

Il s'assit tout droit dans son lit. Il était inondé d'une sueur grasse et poisseuse et son cœur battait à tout rompre. La lumière était redevenue normale. Elle se déversait dans la pièce par la porte du couloir et faisait des dessins dorés sur la moquette.

Pas de mouches. Pas de puanteur. Pas d'horreur. Ce n'était qu'un cauchemar. Un horrible cauchemar.

Il se tourna et vit Kathy, également assise sur le lit et tendue. La sueur perlait à son front et ses mains tremblaient.

Quand il la toucha, elle sursauta et le regarda : ses yeux exprimaient une peur et une répulsion identiques aux siens.

— Les mouches ? dit Kathy.

George la serra contre lui et comprit qu'ils avaient été plongés dans le même cauchemar incontrôlable auquel ils ne pouvaient échapper.

— Oui, répondit-il, oui.

Ils s'allongèrent l'un contre l'autre pour se réconforter. Ils attendirent en tremblant un nouveau bourdonnement.

Un bourdonnement qui ne vint jamais.

17

Kathy était allongée au soleil. Elle s'étira en souriant et enfonça ses orteils dans le sable chaud.

George posa le livre qu'il lisait et se tourna pour regarder l'océan. Les enfants jouaient à sa gauche dans l'eau peu profonde, s'aspergeaient et criaient de joie à chaque nouvelle découverte.

— A quoi penses-tu, chéri? demanda Kathy d'une voix languissante.

George hésita avant de répondre. Il ne voulait pas rompre le charme plaisant et langoureux de l'après-midi.

— George? répéta Kathy, avec une nuance angoissée.

Il haussa les épaules.

— A rien. A New York, je suppose.

— Tu veux dire au tribunal?

Il hocha la tête. Ils avaient espéré, grâce à l'enregistrement de leur histoire, convaincre un juge des anomalies de l'affaire Ronald DeFeo qui n'avaient pas été soulignées au procès : la possibilité que DeFeo *ait* entendu des voix et qu'un événement surnaturel — et non psycho-pathologique — se soit produit, provoquant les meurtres.

Mais la révision du procès n'aurait pas lieu. Ils avaient alors pris leurs dispositions à propos du livre tiré des événements d'Amityville. Un écrivain, un certain Jay Anson, avait acheté les enregistrements et travaillait à la rédaction du manuscrit, mais d'après ce qu'ils en savaient, rien de concret n'en était encore sorti.

Kathy s'assit et posa la main sur le bras de George.

— George, tu sais que cela ne dépendait pas de nous. Nous avions raison. Nous avons fait ce que nous devions faire.

— Je sais. Mais nous espérions d'une part que ces enregistrements auraient aidé DeFeo et d'autre part qu'il y aurait au moins un livre qui raconterait notre version des faits.

— Mais il y a bien un écrivain qui travaille là-dessus ?

— Je pense que oui, mais je n'en sais rien.

George loucha vers le soleil et décida que c'était le moment de partir. Il se mit debout et appela les enfants qui grognèrent un peu avant de sortir de l'eau.

— Maman et moi allons faire une petite promenade et quand nous reviendrons, nous rentrerons à la maison. Pourquoi ne commenceriez-vous pas à ramasser vos affaires ?

— Déjà ? demanda Greg.

Il aimait encore plus la mer que son frère et sa sœur réunis.

— Nous nous arrêterons en route pour dîner. Vous choisirez vous-mêmes l'endroit, leur promit George.

Il obtint l'effet voulu; les enfants commencèrent à discuter gentiment entre eux. Kathy avait tout rangé pendant qu'ils discutaient; ils se promenèrent ensuite le long de la plage, main dans la main.

Autrefois, se dit George, cette plage avait dû être très fréquentée. Après tout, elle n'était qu'à quelques secondes de la route côtière qui longe La Jolla, et les grandes falaises qui surplombaient la plage la protégeaient du vent. Il y avait même eu un escalier, creusé dans la falaise même, qui conduisait directement à la plage de sable blanc.

Mais, des années auparavant, la nature avait réclamé ce fragment de littoral. Une tempête — ou un tremblement de terre — avait détruit un bon morceau de la falaise et les marches avaient été enterrées sous les décombres. Un peu plus au nord, un autre glissement avait entraîné l'écroulement d'une saillie et supprimé tout accès facile à la plage. Maintenant, il fallait passer par les rochers et descendre avec précaution les marches près du poste de sauvetage. A marée haute, les rochers eux-mêmes étaient recouverts d'eau et la plage devenait totalement inaccessible.

George l'aimait à cause de son isolement; il l'avait appréciée dès la première fois qu'ils étaient venus, quelques semaines plus tôt. A présent, les Lutz considéraient cette bande de sable comme leur propriété. Les quelques très rares visiteurs étaient regardés comme des intrus.

Kathy se suspendit au bras de son mari et se mit à parler juste assez fort pour être entendue malgré les vagues.

— Merci d'avoir proposé de dîner dehors.

— J'ai pensé que ça plairait aux enfants, dit George d'un ton las, et je n'avais pas envie de rentrer. Je veux dire que nous avons passé un moment tellement agréable ici que cela semble injuste de rentrer. Maintenant.

Sa voix ne paraissait pas du tout sincère.

Ils s'arrêtèrent et regardèrent les petits moutons blancs au delà de la barre, les mains toujours enlacées.

— Tu ressens la même impression ? demanda Kathy.

— Oui. Ce n'est pas aussi pénible... qu'avant. Mais il y a quelque chose qui ne tourne pas rond.

Il sentit qu'il était inutile de le cacher davantage.

— Est-ce que ça va s'arranger ?

— Je n'en sais rien, Kathy.

— Qu'allons-nous faire si ça ne s'arrange pas ?

— Ne me le demande pas. Je t'en prie... Je n'en sais rien.

Ils regardèrent le mouvement puissant et infini des vagues, puis, sans un mot, firent demi-tour. Les enfants avaient pratiquement fini de ramasser les paquets, mais ils n'avaient pas encore choisi le lieu de leur dîner.

— Mac Donald !

— Jack-a-box !

— Burger King ! *Burger King* !

Les enfants étaient rassasiés mais toujours pleins de vie quand George rangea la voiture devant chez eux. Les hamburgers lui avaient laissé un goût âcre dans la bouche, mais c'était ce que les enfants avaient choisi. Et ce n'était pas cher.

Il avait réfléchi à ses difficultés professionnelles sur le chemin du retour. A présent, alors que le soleil était couché et que les dernières lueurs du jour s'éteignaient

Sa voix indiquait une panique réelle, maintenant. George l'appela, lui ordonna de garder son calme et s'aperçut que sa propre voix avait également des accents effrayés.

Ses jambes restaient paralysées, seuls ses bras pouvaient remuer. George tordit son torse et chercha à tâtons dans le noir la table près de la fenêtre. Une petite lampe s'y trouvait, dotée d'un interrupteur indépendant.

— Ça va, Kathy. Encore quelques secondes. J'ai trouvé une lampe juste ici, sur la table. Détends-toi...

Il se mit à bégayer sans pouvoir s'en empêcher. Ses doigts rencontrèrent la surface de la table, le fil de la lampe et l'interrupteur cylindrique.

— Regarde, Kathy, regarde ! hurla-t-il en appuyant sur le bouton et la lumière s'alluma.

Pourtant, il y avait encore quelque chose de bizarre. Il vit Kathy au bout de la pièce, toujours immobile dans sa posture étrange. Il surprit même un soupçon de lumière dans la cuisine. Mais la scène restait vague, incolore comme s'il était en train de regarder un vieux film en noir et blanc sur un écran tout sale.

Kathy eut l'air soulagée, malgré sa paralysie.

— Merci mon Dieu, merci mon Dieu, répéta-t-elle.

Puis la lumière diminua.

George regarda la lampe, l'ampoule elle-même, et il eut l'impression qu'elle se rapetissait à mesure qu'il l'observait. Tout s'assombrit et, finalement, au bout de trois secondes, l'obscurité les envahit à nouveau.

Il entendit Kathy pleurer doucement à l'autre bout de la pièce.

— George ! Oh, George, il y a quelque chose ici, avec nous. Je le sens, je peux le *sentir* !

— Ne t'en fais pas, Kathy. Ne pleure pas, je t'en prie.

Elle laissa échapper un sanglot et gémit :

— George, allume la lumière, s'il te plaît... allume la lumière.

George essaya d'ordonner à ses jambes de se mouvoir mais sans aucun résultat. On aurait dit qu'elles ne lui appartenaient plus, qu'elles appartenaient à un corps qui n'était pas le sien.

Kathy s'arrêta brusquement de pleurer. Il tourna la tête et prêta l'oreille. Il crut entendre un petit soupir.

— Kathy?

— Oh, George, merci.

— Qu'y a-t-il? Qu'y a-t-il?

— Ta main sur mon épaule me rassure. Je vais aller bien maintenant.

— Ma... main?

Il devait bouger. Il le comprit à cet instant et de façon indiscutable. Il devait bouger à tout prix.

George utilisa sa conscience comme une force physique, comme un gourdin ou une sonde. Il se força à baisser les bras vers sa poitrine, son estomac, ses cuisses et ses jambes.

— Ne t'en fais pas, Kathy. Ça va être fini dans une minute.

— Je regrette de me conduire de manière aussi hystérique, George, mais je me suis sentie si seule. Je sais que c'est idiot mais rien que de sentir ta main sur mon épaule me fait du bien. Reste comme ça et j'irai bien.

Il imagina sa jambe... son mollet, sa cheville...

Son pied. Il devait le bouger. Il ferait un pas à la fois. Il devait rejoindre Kathy; il le fallait.

George sentit ses poings se serrer. Une migraine plus violente que jamais lui enserra le crâne et la puanteur s'éleva à nouveau tout près. Battements de cœur précipités. Mâchoire douloureuse. Et... son pied bougea. Il fit un pas. Cela se produisit brusquement et si doucement qu'il en fut surpris.

Ce simple mouvement brisa le charme. La lumière revint dans la salle de séjour; l'odeur disparut; la lampe près de lui se ralluma. Il sourit et poussa un long soupir; ses jambes avancèrent normalement. Il se dirigea vers sa femme et la regarda.

Kathy se trouvait à l'autre extrémité de la pièce, la main droite serrée sur l'épaule gauche. Elle eut l'air stupéfaite, confuse... et soudain, absolument horrifiée. Elle fixa George comme s'il était le démon en personne. Bien qu'éloigné, il put voir dans ses yeux une seule et terrible question.

Si George se trouvait à l'autre bout de la pièce, *qui avait alors touché son épaule?*

Elle laissa échapper un bruit d'animal apeuré.

— Oh, oh, George...

Elle se mit à sangloter, le visage décomposé, et il se précipita vers elle. Il l'attrapa avant qu'elle ne tombe.

Kathy commença à hurler et George la serra contre lui. Elle s'accrocha à lui et il lui murmura quelques mots de réconfort en la tenant étroitement serrée.

— C'est passé, Kathy. Tout va bien. Ça y est, c'est fini.

Elle se raidit brusquement.

— Mon Dieu! Les enfants!

— Quoi?

— Les enfants!

Elle se dégagea et courut à l'étage au-dessus. George la suivit. Ils coururent dans le couloir jusqu'à la chambre des garçons et s'arrêtèrent net derrière la porte fermée.

— Non, disait une voix effrayée d'enfant à l'intérieur. Non!

George ouvrit la porte, prêt au pire, et trouva les trois enfants assis par terre en train de jouer au Monopoly.

Greg taquinait sa sœur. Il essayait de lui voler son jeton et elle lui donnait des tapes sur la main en disant : « Non! non! » George avait pris son exaspération pour de la peur.

Les enfants regardèrent George et Kathy, tout étonnés. Greg, l'aîné, comprit plus vite que ses frère et sœur.

— Qu'y a-t-il, papa? Ça va?

George déglutit.

— Ça va, répondit-il en se sentant plutôt faible. Ici aussi?

Rassuré, Greg eut un sourire lumineux.

— Bien sûr! Je vais gagner!

Son frère et sa sœur grommelèrent et ils reprirent leur jeu.

George se tourna lentement et regarda sa femme,

toute tremblante. Il se demanda si elle tremblait de peur ou de soulagement.

George avait mal à la tête. Cela le prenait sans crier gare. Constamment la même douleur lancinante lui martelait les tempes.

Il reposa le brouillon de la lettre qu'il essayait d'écrire depuis plus d'une heure. A quoi cela servait-il d'envoyer une autre lettre au Bureau des Contrôleurs Aériens de San Diego? Ils avaient déjà annulé tous ses rendez-vous et n'avaient répondu à aucune de ses lettres précédentes. Il n'aurait pas le poste. Ni maintenant ni jamais.

Il se prit la tête à deux mains et erra dans la cuisine en quête d'un comprimé d'aspirine. Cela n'agissait généralement pas, mais peut-être qu'aujourd'hui...

Il arriva juste à temps pour voir Kathy admonester Greg et Matt et les renvoyer dans le jardin.

— Sortez! cria-t-elle. Foutez-moi la paix et allez jouer!

Il fut stupéfait. Il se contenta de fixer sa femme et, après un instant, elle se détendit. Elle s'effondra sur l'une des chaises de cuisine si vite que George se dit qu'elle serait certainement tombée par terre si la chaise ne s'était trouvée précisément là.

— Oh, George! dit-elle en rejetant en arrière des mèches de cheveux qui lui tombaient sur le visage, je crois que je craque.

George s'assit près d'elle et l'examina attentivement pour la première fois depuis des semaines. La situation avait été très pénible ici depuis leur dernière sortie à la plage quinze jours auparavant. Ils s'évitaient et évitaient toute conversation, exactement comme autrefois à Amityville.

Kathy semblait lasse et abattue, le regard assombri et triste. Elle avait maigri. Ses cheveux pendaient en mèches molles sur son visage et une rougeur due à la tension et à la chaleur enlaidissait en partie sa nuque.

— Que se passe-t-il, chérie?

— Je ne sais pas. Les gosses me rendent dingue, je

166

veux dire vraiment dingue. Ils se conduisent sans doute comme des enfants normaux, mais je jure que s'ils m'ennuient encore aujourd'hui, je vais les frapper, même si je ne le souhaite pas. Tu connais mon opinion sur la question.

La migraine de George empira. Il refusa de discuter. Pas quand il se sentait si mal.

— Raconte-moi tout, dit-il en s'efforçant d'éloigner la douleur mais sans y parvenir.

Elle se passa une main sale sur le front.

— C'est surtout Amy.

— Amy?

Il aurait cru que c'étaient les garçons. La petite fille se conduisait généralement bien.

— Elle critique tout ce que je dis. Et elle me harcèle sans cesse à propos des jouets que nous avons laissés à New York. J'ai beau lui répéter que nous ne pouvons lui en acheter d'autres, elle continue à me demander : « Pourquoi?, pourquoi? »

Elle mima la voix méchante de sa fille.

George savait qu'il ne devait pas y prêter beaucoup d'attention. Kathy était à bout et Amy en profitait. Dans un jour ou deux, ce serait fini mais cette sacrée migraine l'empêchait de réfléchir. Il ne voulait pas avoir encore plus d'ennuis à cause d'une fillette de cinq ans.

Il se leva et dit :

— Je vais lui parler.

Kathy essaya de l'en dissuader.

— Oh, George, ce n'est rien. Elle est...

— J'ai dit que je voulais lui parler! Maintenant! (Il alla dans le couloir et cria dans l'escalier :) Amy!

La voix timide et faible de la fillette lui parvint.

— Oui, papa?

— Descends immédiatement!

Elle sortit de sa chambre le plus vite possible et s'arrêta en voyant son père au pied de l'escalier, appuyé à la rampe et les yeux fixés sur elle.

— Qu'est-ce qu'il y a, papa?

— Viens... ici... dit-il, les dents serrées.

Il montra du doigt un point juste en face de lui.

Elle s'approcha prudemment et descendit une marche à la fois sans le quitter des yeux.

Lorsqu'elle se trouva à quelques centimètres de lui, George se mit à parler d'une voix très calme et inquiétante :

— Alors, qu'est-ce que j'apprends ? Tu ennuies maman à propos de tes jouets ?

Amy ne répondit rien. Elle détourna les yeux et se mordit la lèvre.

George la secoua rudement.

— Amy, réponds-moi.

— Je... j'ai pas de jouets, papa. On a laissé tous mes jouets préférés.

Elle se dégagea très doucement en prenant soin de ne pas l'irriter davantage.

— Nous avons tous laissé des affaires derrière nous, Amy. Tu le sais ?

— Oui.

— Est-ce que tu nous as entendus nous plaindre ?

Elle ne répondit pas immédiatement. George se pencha vers Amy jusqu'à être tout près d'elle.

— Est-ce que tu nous as entendus le faire ?

Elle haussa les épaules.

— Non, mais...

— Il n'y a pas de « mais », ma petite. Si jamais ta mère me reparle de ça, tu auras de mes nouvelles. C'est clair ?

Amy se mit à pleurnicher.

— Mais papa...

Il la secoua des deux mains, sans se rendre compte de sa rudesse.

— *C'est clair ?*

— Oui, oui. Lâche-moi.

Elle se dégagea et grimpa les marches en sanglotant, les joues toutes rouges. Elle s'agrippait à la rampe d'une main tremblante.

La colère de George tomba brusquement. Il ne ressentit plus que cette douleur qui lui vrillait les tempes à

laquelle s'ajouta un sentiment de culpabilité et de désespoir.

— Amy, appela-t-il doucement, Amy!

Il commença à prononcer son nom, mais les mots se
bloquèrent dans sa gorge.

Une ombre d'un blanc laiteux aussi immatérielle que
le brouillard suintait du corps de la fillette. Elle s'éleva
et se condensa au-dessus de la tête d'Amy.

— Amy!

Kathy, qui avait rejoint son mari, vit la forme; au
moment où elle appela sa fille, le spectre disparut.

Amy ne sembla pas les avoir entendus. Elle se faufila
dans sa chambre à coucher sans regarder en arrière.

George resta au pied de l'escalier, les yeux fixés sur le
mur blanc. Il avait essayé d'ignorer les faits depuis des
semaines. Il les avait refusés, avait trouvé de bonnes
raisons ou de bonnes excuses aussi longtemps qu'il
l'avait pu. Mais maintenant, il n'y avait plus d'excuses
possibles, pas d'endroit où se cacher.

Ils n'avaient pas échappé à la puissance d'Amityville.

Ils s'étaient seulement enfuis. Mais ils n'avaient pas
fui assez loin.

18

— Il va falloir déménager, tu sais. Trouver un autre
endroit.

Kathy sourit faiblement et regarda l'océan.

— Je sais.

— Ce ne sera pas facile. Cela signifie une autre école
pour les gosses et encore deux semaines de préparatifs.

— Ne t'en fais pas, George. Puisqu'il le faut, nous le
ferons. C'est tout.

Les Lutz passaient l'après-midi au parc du Mont Soledad, situé au sommet de la montagne Soledad, près de
San Diego. Sous leurs yeux s'étendaient, d'un côté, le
littoral depuis Mission Bay jusqu'à l'Institut Océanogra-

phique Scripps et même plus au nord, et, de l'autre, la baie de San Diego.

George avait découvert ce parc une fin d'après-midi alors qu'il rentrait de l'un de ses rendez-vous infructueux à La Jolla. Il en était revenu apaisé, ragaillardi, et le lendemain, il avait décidé d'emmener toute la famille là-bas.

Kathy se tenait au bord de la falaise qui limitait le parc, et regardait le Pacifique. Si j'étends la main, je vise l'Antarctique, se dit-elle. C'était une longue ligne droite qui s'étendait au delà de l'océan sur des milliers et des milliers de kilomètres. Elle imagina l'eau qui devenait glacée et bleue comme l'acier, qui se solidifiait sous l'effet du froid intense en une nappe brillante. La neige la recouvrirait ensuite, de plus en plus épaisse, et finalement, le pôle Sud serait là, puissant, invisible et pourtant réel.

Elle se détourna et regarda George. Il n'était pas loin et, derrière lui, s'étalait dans une immobilité silencieuse la baie de San Diego, puzzle de toits et de verdure. C'était une journée claire et lumineuse et, très loin, presque estompée par un léger brouillard, Kathy aperçut une pierre effritée en forme de doigt : le Mexique.

Autre pays. Autre monde. Est-ce que ce serait assez éloigné ? Seraient-ils à l'abri s'ils allaient là-bas ?

Elle se tourna encore et regarda la sculpture de quatre mètres cinquante qui se trouvait derrière eux. C'était une croix blanche en béton — la Croix Pascale du Mont Soledad — et le fait de rester dans son ombre rendit à Kathy la paix et la tranquillité qu'elle n'avait pas eues depuis longtemps. Il n'y avait ni plaque commémorative ni inscription au pied de la croix — elle ignorait même qui l'avait érigée là — mais si on avait dû mettre une inscription sur son socle, cela aurait été un simple mot, un mot plusieurs fois entendu, à la belle sonorité rassurante, un mot qu'elle n'avait apprécié que tout récemment : sanctuaire.

Elle entendit un ronronnement léger et lointain vers sa droite et leva la tête pour voir la silhouette fine d'un avion qui traversait les petits nuages au-dessus de Mission Bay. Au moment où elle regardait, l'avion vira vers la mer et remonta en direction du Sud. Kathy souhaita se trouver dans l'avion avec George et les enfants, voler et ne jamais s'arrêter. Pourtant, une autre partie d'elle-même ne souhaitait pas quitter la chaude présence de la croix au-dessus d'elle.

George lui toucha le bras et un frisson agréable la parcourut.

— C'est beau, hein?

Elle approuva et regarda l'avion jusqu'à ce qu'il ait disparu dans le ciel bleu clair.

— J'ai téléphoné ce matin à Bud, à New York, dit-il. Il m'a annoncé que le dépôt de garantie se terminait. Je dois donc aller à New York pour signer tous les papiers. De plus, notre écrivain pense qu'il a pas mal avancé dans son travail.

Kathy réfléchit brièvement aux complications nées de la vente de leur maison et de leurs meubles ainsi qu'à celles consécutives à leurs bandes enregistrées. Cela n'avait pas semblé très important à l'époque.

— Je serais plus tranquille si tu restais dans un motel avec les enfants pendant les huit ou quinze jours que durera mon absence. Qu'en penses-tu?

Kathy sourit.

— Ça me plairait bien. Je ne peux plus supporter cette maison, surtout si tu n'es pas là.

George passa un bras autour de la taille de sa femme et ils longèrent la bordure de la falaise, à l'écart des enfants.

— Chérie, je sais que nous n'avons pas beaucoup parlé de ce qui se passe. Mais nous devons tenir bon ensemble, c'est l'essentiel. Si nous tenons bon, nous nous en sortirons.

Parfois Kathy en doutait. Parfois, tard dans la nuit, après les rêves, les odeurs horribles et les ténèbres, rien ne semblait avoir de sens. Mais ici, en plein soleil et en plein air, elle croyait George et ce qu'il disait.

— Tu as raison, chéri. Ne te fais pas de souci pour nous, tout ira bien. Je vais sûrement trouver quelque chose pendant que tu seras à New York.

George sourit.

— J'en suis persuadé.

Il la fit pivoter doucement et l'embrassa rapidement mais passionnément.

— Alors, qu'en dis-tu ? Si nous rentrions faire nos bagages ?

Elle sourit en secouant la tête. Ils descendirent les marches et rejoignirent les enfants et la voiture. Derrière eux, l'immense croix blanche murmurait dans le vent, ses grands bras puissants écartés dans le ciel.

Assis dans la salle de séjour, George examinait l'acte de propriété d'Amityville, quand Kathy descendit l'escalier sur la pointe des pieds.

— Ils sont endormis ? demanda-t-il.

— Enfin. Je ne pensais pas qu'ils seraient si excités à l'idée de déménager, mais ne me demande pas pourquoi.

Il sourit et finit son thé.

— Rien ne peut les abattre, ces gosses. Ils sont plus forts que nous deux réunis.

Elle se laissa tomber dans un fauteuil, rompue d'une fatigue agréable et saine.

— C'est bien vrai, approuva-t-elle, et elle se servit une tasse de thé.

George allait ranger les papiers dans leur serviette en imitation cuir, lorsqu'une feuille de papier brillant s'en échappa. Il la ramassa, la parcourut et une ombre envahit brièvement son visage.

— Qu'est-ce que c'est ?

— Rien de neuf, dit-il en lui tendant la feuille.

C'était une demi-feuille de papier mal photocopiée, décorée de triangles couronnés d'yeux humains et des signes du zodiaque. Au centre de la feuille, le texte dactylographié était à peine lisible, et irrégulier comme s'il avait été tapé très lentement sur une vieille machine. Kathy lut les premières lignes :

« Et Satan a le pouvoir de prendre une FORME AGRÉABLE et !! DIEU n'a PAS besoin de tel truquage.

172

En vérité, en vérité, je VOUS le dis, le POUVOIR DU !
CHRIST !! triomphera de vos *sombres infirmités* !! »

Kathy eut l'air aussi contrarié que George.

— D'où cela peut-il bien venir ?

— Qui le sait ? Cela a dû se glisser accidentellement
au milieu des papiers.

Il déchira la demi-feuille en quatre parties égales,
puis chacune de ces parties encore en quatre.

— Je ne sais pas ce que ces cinglés pensent de nous,
mais je peux te dire que je commence à en avoir marre.

Kathy acquiesça.

— Je croyais qu'en nous installant en Californie, ils
perdraient notre trace, mais...

Elle s'arrêta et tendit l'oreille. George lui jeta un
coup d'œil bizarre en reconnaissant son expression.
Son radar maternel l'avait avertie. Elle écouta un bruit
venu d'en haut et que, seule, une mère pouvait percevoir.

Elle se leva et alla silencieusement jusqu'au pied de
l'escalier. Elle écouta encore un instant puis appela
doucement :

— Amy ? Tu es réveillée, ma chérie ?

Pas de réponse. George rejoignit Kathy et ils montèrent ensemble au premier.

La porte de la chambre d'Amy était fermée, mais de
la lumière filtrait sous la porte. Ils avancèrent sans
bruit sur l'épaisse moquette. Ils entendirent un bruit de
voix à l'intérieur.

Kathy colla sa bouche contre l'oreille de George :

— La lumière était éteinte quand je suis allée la voir
il y a une heure.

George hocha la tête et toucha le bouton de la porte.
Mais il s'arrêta avant d'ouvrir.

Amy disait :

— Tu es si stupide ! Comment est-ce que je peux faire
ça ?

George ouvrit la porte et cligna des yeux à cause de la
lumière. Amy était assise sur le lit, les couvertures
remontées jusqu'à la taille. Elle leva les yeux vers eux,

étonnée, et il y eut un mouvement étrange et inquiétant au pied de son lit.

George mit un moment à comprendre ce qu'il voyait. Il y avait une empreinte sur le matelas, un creux dans les draps comme si une masse très lourde, de la taille d'un homme, s'était assise sur le lit. A l'instant même où George la reconnut, l'empreinte s'estompa et disparut comme si la chose de taille humaine avait décidé de se lever.

George dévisagea Amy, stupéfait.

— Amy, dit-il surpris de la rudesse de sa voix, Amy, était-ce Jodie?

Amy resta figée dans son lit. George vit ses yeux apeurés et coupables. Il se précipita vers elle et la saisit aux épaules.

— Dis-le moi, Amy. Etait-ce Jodie?

La petite fille essaya de se dégager.

— Papa! Tu me fais mal!

George se contraignit à relâcher son étreinte. Il ne souhaitait pas voir se reproduire l'épisode de la semaine dernière. Il voulait garder tout son sang-froid. Il le devait.

Kathy se rapprocha de lui.

— Amy, dit-elle en se voulant raisonnable mais d'une voix absolument terrifiée, tu m'avais dit que tu avais renvoyé Jodie.

Amy regarda les draps et retroussa la lèvre inférieure.

— Est-il parti, Amy? Ou est-il encore ici? Etais-tu en train de lui parler?

George donna une claque sur les draps et le bruit fit sursauter Amy.

— *Dis-le moi!*

— Oui! lâcha-t-elle, effrayée par la colère de George. Oui, j'étais en train de lui parler. (Elle se tortilla, gênée par le regard de George.) Jodie est mon *ami*, papa! Nous jouons ensemble!

— Depuis quand est-il là? demanda Kathy d'une voix tremblante.

— Il est venu avec nous, répondit Amy d'un ton rai-

174

sonnable et fier. Il s'est assis sur l'aile de l'avion quand nous nous sommes envolés pour la Californie. Mais c'était un secret. Il m'a demandé de n'en parler à personne.

George arracha les draps d'un mouvement brusque. Amy hurla quand il la prit sous les aisselles et la souleva, mais son cri s'arrêta net quand il la reposa sur le bord du lit.

Il la menaça du doigt.

— Ecoute-moi, petite fille, écoute-moi bien. La prochaine fois que tu verras Jodie, dis-lui de partir et de *ne jamais revenir*. Compris ?

— Mais Jodie est mon...

— Compris, Amy ?

— Oui, papa, dit Amy en faisant la moue.

— Et si jamais, si jamais, il revient encore une fois, tu dois venir nous le dire à ta maman et à moi. Immédiatement. Immédiatement, Amy. D'accord ?

Sa lèvre inférieure s'avança encore, mais elle hocha la tête.

— Réponds !

— Oui, papa ! *Oui,* papa !

George se redressa. Il avait l'estomac noué, prêt à éclater. Il comprit qu'une autre provocation, même mineure, le ferait s'effondrer complètement.

Il ne pouvait le tolérer. Il tourna les talons et quitta la chambre sans un mot. Amy regarda sa mère.

— Maman, c'est pas juste ! Jodie n'a rien fait de mal. C'est mon ami ! dit-elle, les yeux brillants de larmes et de colère rentrée.

Kathy n'était pas fâchée contre sa fille. Elle était simplement terrifiée.

— Tu nous as menti, Amy, expliqua-t-elle en essayant de garder son calme. Tu ne réalises pas à quel point c'est important, mais tu ne dois jamais nous mentir à propos de Jodie. Il peut nous faire du mal.

Amy croisa les bras et affirma d'un air entêté :

— Il ne fera rien de mal.

Kathy soupira et prit le menton de la fillette dans ses mains.

— Je ne peux pas arriver à te le faire comprendre. Je suis désolée, mais Jodie doit partir pour de bon. C'est vraiment, vraiment important.

Amy se mit à pleurer et Kathy la prit dans ses bras un instant.

— Viens, dit-elle doucement, viens, recouche-toi.

Amy renifla et s'essuya le nez du revers de la main. Puis elle se faufila sous les couvertures. Kathy la couvrit et l'embrassa tendrement sur le front.

— Bonne nuit, princesse. Quand tu seras un peu plus grande, je te promets que j'essaierai de t'expliquer.

Kathy éteignit la lumière et sortit en laissant la porte légèrement ouverte derrière elle.

Elle entendit Amy pleurer doucement, tandis qu'elle marchait dans le couloir.

Exactement une semaine plus tard, Kathy se trouvait dans la salle de bains de sa chambre d'Holiday Inn : elle se regardait dans la glace et pleurait.

George était retourné à New York pour discuter avec les comptables, les hommes de loi et l'écrivain. Les enfants dormaient, à nouveau installés dans le confort médiocre que pouvaient leur offrir coussins et édredons.

Et Kathy pleurait. J'allais si bien, se dit-elle en essayant de s'arrêter de pleurer. Les choses évoluaient si tranquillement. Elle était simplement entrée dans la salle de bains avant de se coucher, s'était regardée dans la glace, et c'est alors que tout avait reflué pêle-mêle : le voyage en Californie, les horreurs de La Jolla, les difficultés avec les enfants, sa propre peur.

Elle était contente de savoir les enfants couchés. Elle était même contente de l'absence de George. C'est bien moi, se dit-elle amèrement. Je tiens le coup quand ça va mal et quand tout s'arrange, je craque.

Elle enfouit son visage dans une serviette de toilette et sanglota comme une gamine qui pleure sur son premier amour. Elle n'arrivait pas à s'arrêter.

Sentant une petite main sur son poignet, elle se

retourna brusquement et vit sa fille qui la regardait, les yeux grands ouverts.

— Ça fait du bien, maman, dit Amy d'un ton très sérieux.

Kathy sentit chez elle une inquiétude et une compréhension d'adulte.

Elle s'agenouilla près d'Amy et l'enlaça. Elle pleura longuement pendant qu'Amy lui caressait les cheveux et répétait : « Ça fait du bien, maman, ça fait du bien » et Kathy s'aperçut qu'en effet ça faisait du bien. Cela l'avait soulagée de se laisser aller, de se libérer des tensions et des peurs emmagasinées depuis des semaines.

Elle se sentit mieux, beaucoup mieux.

George bâilla et regarda sa montre. L'après-midi touchait à sa fin mais il avait l'impression que c'était le début de la matinée. Il appuya sur l'accélérateur de la Thunderbird marron, modèle 73, et dépassa un panneau indiquant SAN DIEGO 60 MILES. Après bien des hésitations, il avait décidé de ramener la voiture en Californie et maintenant que le voyage se terminait, il se dit qu'il avait eu raison. Cela lui avait permis de réfléchir, de revoir calmement tout ce qui s'était passé.

Il jeta un coup d'œil inquiet sur la centrale nucléaire de San Onofre, dépourvue de fenêtres qui se dessinait, menaçante, à sa droite. Il n'aimait pas cet endroit. Il ne l'avait jamais aimé.

Le dépôt de garantie avait finalement pris fin. La signature des papiers n'avait, en définitive, pas posé de problème important. Il avait passé la plupart du temps avec Jay Anson, l'écrivain qui se proposait de raconter l'histoire d'Amityville et qui avait déjà traité avec un éditeur. Ils étaient tous très excités à propos de ce projet.

Mais au cours de ces rencontres et de ces conversations, l'écrivain lui avait posé peu de questions sur leurs expériences dans la maison. La plupart du temps, la conversation s'était bornée à des questions d'argent, de droits subsidiaires et de film. Pour une raison obscure, cela l'ennuyait.

Il dépassa une réclame vantant le développement immobilier de San Diego et repensa à sa conversation téléphonique avec Kathy quelques heures plus tôt. Elle avait trouvé quelque chose d'intéressant : une maison dans un quartier récemment construit appelé Tierra-santa.

La traduction de ce nom signifiait « terre sacrée ». Cela semblait de bon augure pour une fois.

Il sourit et se décontracta en voyant les premières traînées du brouillard de San Diego apparaître à l'horizon. La maison est enfin vendue, se dit-il. Tous les liens avec New York et la puissance qui s'y trouvait sont rompus. Nous avons un nouveau foyer, une nouvelle vie à édifier.

Peut-être — qui sait ? — pourrons-nous vivre en paix à présent.

19

Pendant plusieurs mois d'affilée, les Lutz connurent la paix et une vie normale dont ils avaient presque oublié l'existence. Plus d'apparitions, d'odeurs nauséabondes, de cauchemars en dehors de ceux auxquels sont enclins les adultes, plus de choses ou de sentiments sinistres venus d'ailleurs.

George finit par trouver du travail — pas ce que ses compétences lui permettaient d'espérer, mais du travail quand même. Kathy, George et les enfants firent de la voile à Mission Bay, du camping dans les montagnes et, peu à peu, ils connurent du monde. Ils se lièrent particulièrement d'amitié avec Terri Sullivan, une jeune femme brillante et séduisante que Kathy rencontra à des cours du soir. Terri gardait souvent les enfants quand Kathy et George sortaient le soir ou partaient en week-end en amoureux.

Les garçons grandirent, devinrent de plus en plus indépendants, et Amy se transforma en une belle enfant sensible, ce qui ne surprit personne. Durant une longue période salutaire et heureuse, il sembla que les Lutz avaient enfin laissé le monde surnaturel derrière eux.

Cependant, au cours de cette période, ils se trouvèrent inexorablement plongés dans un monde nouveau tout aussi étrange. Ils devinrent célèbres.

« Chers Monsieur et Madame Lutz,

Lorsque je vous ai vus la semaine dernière à l'émission SPEAK OUT, sur la 13ᵉ chaîne, j'ai pensé que M. Jones s'était montré dur envers vous. Personnellement, j'ai subi la même expérience que vous et plusieurs personnes m'ont dit que l'entraînement spirituel auquel j'étais constamment soumis avait aidé plusieurs personnes dans des cas identiques au vôtre. Veuillez m'envoyer cinquante (50) dollars et votre adresse pour que je puisse vous aider, vous et les vôtres... »

George jeta cette lettre à la poubelle où elle rejoignit les autres. Nous finirons peut-être par nous y habituer, se dit-il. Cela fait près de deux ans que cela dure et l'on reçoit encore des âneries de ce genre.

Des fous. S'il avait pu se le permettre, il aurait refusé tous les shows télévisés, les interviews radiophoniques et le reste, mais ils avaient vraiment besoin d'argent. De plus, cela pouvait favoriser la vente du livre, s'il sortait un jour.

George soupira et mit de l'ordre sur le bureau avant d'aller se coucher. Au moment où il terminait, Kathy entra, deux tasses de café à la main.

— Les mioches dorment ?

— Comme des pierres. Tu es encore debout ?

Il soupira à nouveau.

— Maintenant que le calme règne, je me suis dit que je pourrais me mettre à lire ceci.

Il sortit d'une enveloppe arrivée quelques heures auparavant une grosse liasse de feuillets. En première page, le titre :

AMITYVILLE, LA MAISON DU DIABLE

Une histoire vraie

JAY ANSON

PREMIER JEU D'ÉPREUVES

— On dirait qu'il va te falloir quelques heures pour le lire, remarqua Kathy.

— Oh oui !

Il s'installa dans son fauteuil et tourna la première page.

— Dans ce cas, je vais me coucher, annonça Kathy sans prendre le temps de boire son café.

Elle l'embrassa sur la joue et monta dans leur chambre.

Peu après 3 heures du matin, George réveilla sa femme profondément endormie. C'était la première fois depuis des mois qu'on la réveillait à cette heure et, quand elle sentit son mari lui secouer l'épaule, un frisson glacial et sinistre la parcourut.

Elle se réveilla d'un coup :

— Qu'y a-t-il ? Que se passe-t-il ?

George semblait très sérieux.

— Kathy, je voudrais que tu lises ceci.

Il tenait à la main le premier jeu d'épreuves.

— Maintenant ?

— Maintenant.

— Pourquoi diable...

— C'est à propos du père Mancusso. (Il l'aida à s'asseoir et alluma la lampe de chevet.) Je pense que tu dois lire ça.

Jusqu'au moment où les Lutz lurent la version donnée par Jay Anson des horreurs d'Amityville, ils n'avaient pas soupçonné jusqu'à quel point le père Mancusso s'était trouvé impliqué dans l'histoire ni l'ampleur de son courage. Dans les semaines qui suivirent, ils rétablirent le contact avec leur ami.

Mancusso avait quitté New York depuis longtemps et s'était installé à Portland, Oregon. Sa paroisse était plus petite et moins passionnante, mais comme le prêtre le leur avoua dans un moment de candeur inhabituelle :

— Je me suis dit que j'avais eu assez d'émotions fortes dans ma vie. Franchement, j'aspire à devenir vieux, gros et borné.

Par une journée venteuse, George et Kathy reçurent le livre — c'est ainsi qu'ils l'appelaient entre eux : Le Livre — par la poste. C'était un exemplaire de lancement sans couverture, mais correctement imprimé. George se mit aussitôt à le lire.

— George, as-tu vu ceci ? demanda Kathy qui triait le reste du courrier pendant qu'il lisait.

Une lettre de l'éditeur accompagnait cet exemplaire.

— Quoi ?

— Les agents de publicité de New York sont d'avis que tu fasses une tournée.

— Une tournée ?

— Pour promouvoir le livre. Tu sais bien, prestations télévisées, séances de signature, interviews dans les journaux régionaux...

— Encore ? Je croyais en avoir fini avec ça.

Elle eut un sourire las :

— On dirait que cela ne fait que commencer.

Le présentateur était bronzé, pourvu d'un nez petit et de dents proéminentes. George en avait vu des centaines comme lui durant sa tournée, tous soignés et expérimentés, froids, égoïstes et virtuellement interchangeables.

Il feuilletait un exemplaire, qu'il n'avait manifestement pas lu, du livre Amityville.

— Je crois que vous avez des enfants ? demanda-t-il.

181

— Oui, trois, répondit George (et vous l'auriez su si vous vous étiez donné la peine de lire le livre, poursuivit-il in petto).

— Vous accompagnent-ils dans tous vos shows?

Le présentateur cligna des yeux et fouilla la salle du regard comme s'il cherchait à les localiser.

— Non, ma femme et moi pensons qu'ils doivent garder une vie aussi normale que possible et nous nous efforçons de les tenir à l'écart de toute publicité ou interview.

— Ah, ah! Alors vous devez aimer les voyages puisqu'il est évident que vous n'avez pas besoin d'argent?

— Je n'en ai pas besoin?

— Je veux dire que votre livre se vend plutôt bien. De plus, maintenant que l'édition de poche va sortir...

George sourit et s'efforça de ne pas avoir l'air trop condescendant. Pourquoi tout le monde pense-t-il que nous nous sommes enrichis avec ce livre?

— Nous ne touchons pas grand-chose sur le livre, Frank, dit-il. (Il s'appelait bien Frank, au moins? Tous ces présentateurs se ressemblaient au bout d'un certain temps. Tous les prénoms semblaient identiques.) Il ne faut pas oublier les agents de publicité et l'auteur ainsi qu'une série d'agents...

— Bien sûr. Et je parie qu'il va y avoir une suite, hein?

Le présentateur lui adressa un clin d'œil appuyé qui fit rire l'assistance. George fut sur le point de lui répondre mais l'orchestre entama : *That old black magic* (1) et le présentateur se détourna.

— Nous reprendrons notre conversation avec George Lutz *et* un invité spécial juste après ce message.

La musique s'amplifia et la voix métallique du réalisateur bourdonna dans la cabine au fond de la salle : « Soixante secondes! »

Un technicien bondit sur la scène et voulut repoudrer George malgré lui. Le présentateur se leva, le dos à la scène, et la jeune femme aux yeux fous qui s'était pré-

_____

(1) « Cette vieille magie noire ». (*N. du T.*)

182

sentée comme la productrice introduisit en pleine
lumière un homme d'âge moyen, élégamment vêtu. Il
cilla sous l'éclat des projecteurs et se protégea les yeux.

— Frank...

Dieu merci, se dit George, je ne me suis pas trompé
sur son prénom.

— Frank, je vous présente Olson Player, le télépathe
bien connu. Il est déjà passé dans l'émission.

Frank serra la main de l'homme.

— Heureux de vous voir. (Il rit de bon cœur devant
l'expression hébétée de l'homme.) Il faut un peu de
temps pour s'habituer aux lumières, pas vrai ?

— Dix secondes ! annonça la voix du réalisateur.

Il y eut une bousculade de techniciens et de journalistes. La musique beugla dans les haut-parleurs à leur
droite; Frank fit signe à Olson de s'asseoir près de lui et
arrangea sa cravate; de grandes feuilles blanches portant des lettres de dix centimètres de haut approchèrent
de la caméra juste au moment où la lumière rouge
s'éteignit.

— Re-bonjour. Nous étions en train de parler avec
George Lutz des événements étranges qui lui sont arrivés à lui et à sa famille, et dont vous pouvez lire le récit
dans *Amityville, la maison du diable*. Maintenant, nous
aimerions poursuivre la discussion en compagnie d'un
expert en occultisme, notre vieil ami Olson Player, le
célèbre télépathe que vous connaissez bien.

Des applaudissements épars se firent entendre dans
la salle obscure.

— Olson, la dernière fois que vous avez participé à
l'émission, vous avez dressé quelques observations
remarquablement précises sur le *caractère et le style de
vie* de spectateurs choisis au hasard parmi notre auditoire, *en tenant* simplement un *objet* qui *leur* appartenait dans la *main*. Vous avez parlé alors d'une aura.
Pouvez-vous nous expliquer ce qu'est exactement une
aura ?

Olson Player ébaucha un sourire forcé et George eut
la nette impression que sa précédente participation à
cette émission lui avait laissé un souvenir désagréable.

— Eh bien, Frank, l'aura est un champ d'énergie qui entoure tout être humain. Je ferais mieux de dire *chaque* être humain. Chacun de nous a une aura, aussi unique et identifiable qu'une empreinte digitale.

— A ce point ?

— Oh oui. Ses couleurs ou ses formes changeantes peuvent refléter les modifications des états physiques ou mentaux de l'esprit, du corps et de la conscience.

— Bon. Dites-moi, Olson, comment se fait-il qu'*aucun de nous* ne puisse voir les *auras* ?

Olson haussa les épaules.

— Peut-être les avons-nous vues, antérieurement. Même aujourd'hui, le nombre de personnes qui les voient sous une forme ou une autre est étonnamment grand. Et des tests récents montrent que beaucoup, beaucoup d'enfants peuvent les voir lorsqu'ils sont très jeunes, mais pour des raisons non encore élucidées, ils perdent cette faculté en grandissant.

— C'est très intéressant, dit le présentateur qui semblait s'ennuyer prodigieusement. (Il se pencha en avant et saisit l'édition reliée du livre, posée sur la table en imitation noyer.) A présent, voici *Amityville, la maison du diable*, Olson. Vous en avez entendu parler ?

Player eut l'air sur ses gardes.

— Oui, j'en ai entendu parler, mais...

— L'avez-vous lu ?

— Non. J'ai lu, bien sûr, quelques critiques dans les journaux, mais...

— Très bien. Dites-moi, Olson, que pensez-vous de cette histoire de... maison hantée, comme vous pourriez l'appeler ? A défaut d'un terme plus exact ?

Olson Player prit son temps pour répondre et George Lutz se surprit à aimer l'homme malgré tout. Il manifestait un souci de prudence et d'intégrité, très rare dans ce genre d'émission.

— Eh bien, d'après ce que j'en sais — ce qui n'est pas grand-chose — on a l'impression que cela entre dans le domaine du possible. Cela est arrivé à d'autres, y compris à des médiums que je connais et que je respecte.

184

Le présentateur ouvrit comiquement la bouche et feignit d'être terrorisé.

— Vous voulez dire que ce genre de phénomènes *arrive tous les jours* ?

— Pas tous les jours, Frank, répondit Olson également sarcastique. Mais vous ne pouvez pas affirmer qu'il s'agit d'un cas isolé. On a répertorié de multiples incidents analogues tout aussi étranges que celui-là. Moi-même, il m'est arrivé plus d'une fois certaines choses du même genre.

Le présentateur le regarda d'un air franchement rusé.

— Voyez-vous, j'ai envie de me livrer à une petite expérience ici, si vous le voulez bien, dit-il, et il poursuivit sans attendre l'autorisation : j'aimerais savoir quels sont les sentiments que vous, un télépathe, éprouvez devant ce livre ou devant M. Lutz ici présent.

Oh non, se dit George, ça ne va pas recommencer !

Olson Player sembla gêné.

— Eh bien, je ne sais pas...

— Qu'en dites-vous dans la salle ? Devons-nous faire l'expérience ?

Les applaudissements et les huées placèrent Player dans une position délicate. Il finit par accepter. Il prit le livre d'un air plutôt ennuyé.

L'orchestre joua le thème de *The twilight zone* (1) et Olson resta immobile, le livre à la main, pendant trente secondes. Il fixa d'abord l'ouvrage... puis George.

Enfin, il reposa le livre sur la table basse.

— Ces personnes ont connu l'enfer, prononça-t-il d'un ton solennel. Un enfer tel que peu de gens, Dieu merci, ont l'occasion d'en rencontrer. (Il regarda intensément George.) Je suis désolé pour vous de tout ce qui s'est passé, monsieur Lutz, et je suis désolé de vous annoncer que cela va continuer.

Le présentateur leva les sourcils et, pour la première fois, il devint sérieux. Après tout, cela ne faisait pas partie du scénario. Quelque chose d'important allait peut-être se produire sur scène. Qu'il crût ou non à

---

(1) La zone crépusculaire. (*N. du T.*)

l'histoire importait peu; le livre se vendait par millions d'exemplaires, les gens en parlaient, l'achetaient. Il pouvait faire un scoop.

George fut stupéfait. Tant de télépathes, vrais ou faux, s'étaient présentés au cours de sa tournée actuelle et de la précédente. Mais Player était le premier à avoir mentionné le passé récent et les problèmes rencontrés depuis leur départ d'Amityville. Comment diable pouvait-il être au courant? Kathy et lui avaient gardé un silence total à ce sujet et, à présent...

— Alors, monsieur Lutz, vous est-il arrivé d'autres choses depuis votre installation en Californie?

George déglutit et répondit très lentement :

— Nous... apprécions la confirmation apportée par M. Player de notre histoire. Ce qu'il a dit à propos de *ça* est vrai. Nous avons vécu une sorte d'enfer. Mais nous préférons ne pas parler de ce qui a pu ou non nous arriver depuis que nous avons quitté la maison.

L'orchestre attaqua une improvisation lente de *Bewitched, Bothered and Bewildered* (1), et un homme à gauche de la caméra se mit à faire des moulinets frénétiques.

— Eh bien, nous poursuivrons cette fascinante histoire de fantômes et de maisons hantées... juste après ceci.

Au moment où la lumière rouge de la caméra s'éteignit, George se leva et posa la main sur le bras de Frank.

— Merci de m'avoir reçu, dit-il rapidement, mais je dois partir car j'ai un avion à prendre.

Le présentateur roula des yeux ronds et regarda la productrice.

— Je pense... que c'est... je...

— J'aurais sincèrement aimé rester, mais vous savez ce que sont ces tournées promotionnelles...

Il tendit la main à Olson Player. Le télépathe hésita un instant puis la prit avec précaution comme s'il n'était pas sûr de ce à quoi il pouvait s'attendre.

(1) Ensorcelé, Harcelé, Déconcerté. (*N. du T.*)

Une petite décharge d'énergie — plus intrinsèque qu'électrique — parcourut le bras de George, lorsque leurs mains se touchèrent.

Olson Player eut un petit sourire secret et hocha la tête.

— Bonne chance, monsieur Lutz. Très bonne chance.

George quitta le studio le plus vite possible. Il rentra à son motel et dormit dix-huit heures d'affilée.

George se tenait d'un air gêné au milieu de la salle d'accueil de la station radio et s'efforçait de poursuivre une conversation téléphonique privée avec l'un des agents publicitaires de New York.

— D'accord, d'accord, Maury, je vois le problème. Dès que j'aurai fini ici, je devrai aller à la télévision et ensuite dîner avec ce journaliste, c'est ça ? (Il attendit la réponse en jetant un regard embarrassé à l'employée de la réception.) Très bien, Maury. Donnez-moi l'adresse de la Télé.

La réceptionniste l'observait. Il nicha le téléphone entre son épaule et son oreille et fit le geste d'écrire. Elle lui passa un stylo et une feuille de papier et il sourit pour la remercier. Il écrivit un nom et une adresse.

— Parfait, Maury. Bien sûr, vous me le devez. Je vous rappellerai... Quel jour sommes-nous ? Déjà mercredi ? Très bien, je vous rappellerai vendredi.

Il raccrocha et faillit céder à une impulsion incontrôlable en se couchant sur le comptoir pour faire un somme. Il se réjouit que Kathy et les enfants ne soient pas venus. Il n'aurait pas cru possible de passer en dix jours tant de temps en parlotes et si peu à dormir.

— Une rude journée ? demanda la réceptionniste d'un ton compatissant.

— Rude semaine, répondit-il, rude mois et rude année. (Il la regarda d'un air sombre et s'efforça de se détendre.) Vous savez, cela peut paraître stupide, mais pourriez-vous me dire dans quelle station de radio je me trouve ?

Elle le lui dit sans cesser de sourire.

187

— C'est bien Richmond ? demanda-t-il.

Elle acquiesça.

— Dans l'Etat de Virginie, précisa-t-elle.

— Merci, mon Dieu.

Un instant il s'était demandé où il se trouvait.

Il entendit une porte claquer derrière lui et la réceptionniste se leva aussitôt. George se retourna et vit un homme, carré d'épaules et rond comme un tonneau, faire irruption dans la pièce, vêtu d'un costume crème.

— Monsieur Lutz ? Je m'appelle Doc Landau. Puis-je vous offrir une tasse de café chaud ?

George lui serra la main et répondit :

— Non, merci.

Il était dégoûté du café et des voyages.

Doc Landau avait deux centimètres de moins que George et cinquante kilos de plus, mais son costume bien coupé donnait l'impression qu'il était tout en muscles. Ses cheveux argentés soigneusement coiffés en crinière de lion rejoignaient harmonieusement sa barbe. Il semblait entouré d'un halo, se dit George, et sa démarche assurée de célébrité locale laissait supposer qu'il en était tout à fait conscient.

Ils franchirent la porte battante en verre et empruntèrent un long couloir décoré de plaques de la Chambre de Commerce et de l'Association des Commerçants. George aperçut des salles emplies de matériel radio et de piles de disques, fréquentées par des journalistes, une tasse de café à la main.

— Nous avons un petit studio réservé à ce genre d'interviews, dit Landau d'un ton jovial en s'arrêtant devant une porte épaisse munie d'une lucarne. Vous êtes prêt ?

George sourit d'un air hésitant.

— Bien sûr, répondit-il sans être sûr de rien.

Landau l'introduisit dans la plus étrange salle d'enregistrement que George ait jamais vue et il en avait vu pas mal ces temps-ci. Il y avait une longue table d'environ dix mètres cinquante sur sept avec deux micros vieux de dix ans à chaque bout. Les murs capitonnés d'un blanc impeccable et la pièce elle-même, à l'exception de deux fauteuils, des deux micros et d'une fenêtre, étaient absolument anonymes. Et même pas de machine à café, remarqua George, alors qu'il y en a *toujours*.

Ce n'était pas un studio d'enregistrement. C'était une salle d'interrogatoire.

Landau indiqua un fauteuil de la main et s'enfonça dans l'autre. Puis il poussa le bouton de son micro et dit :

— Prêt, Charlie ?

Une voix sortit d'un haut-parleur caché.

— Prêt, Doc.

George chercha des yeux le haut-parleur, mais ne le vit pas.

— Vas-y pour le compte à rebours.

— Trois... deux... un. C'est parti.

— Salut, Richmond, ici Doc Landau avec « Pleins Feux », le programme qui va directement au cœur du sujet. Aujourd'hui, nous allons parler un peu de matraquage commercial et d'hystérie collective avec un homme qui connaît les deux... M. George Lutz, l'auteur de l'histoire prétendue vraie d'*Amityville, la maison du diable.*

George sursauta. Cette erreur-là avait été trop souvent commise.

— Je n'en suis pas l'auteur, dit-il rapidement. Un homme appelé Jay Anson a écrit le livre. Ma famille et moi-même sommes les héros de son best-seller et j'essaye uniquement d'apporter quelques précisions à l'histoire.

Landau lui fit signe de se taire.

— Bien sûr, bien sûr. Maintenant, je vais dévoiler mes batteries, monsieur Lutz. Je veux que vous sachiez que je ne crois pas aux OVNI et que je ne crois pas aux fantômes, et le jour où un gars m'apportera une preuve *réelle* de ces blagues, j'aimerais bien *l*'interviewer. Mais je ne lis pas d'habitude de livres comme le vôtre. C'est pas du tout mon rayon.

George s'efforça de prendre l'air innocent.

— Alors, pourquoi cette interview ?

189

— Parce qu'il y a pas mal de gens crédules par ici qui croient à l'occultisme et je veux juste les empêcher de dépenser leurs dollars si péniblement gagnés, au lieu de les laisser acheter le genre de salade que vous et les vôtres vous vendez.

Formidable, se dit George. Une interview vraiment objective.

— Je pense que c'est tout pareil. Le triangle des Bermudes, votre maison hantée, c'est tout pareil. C'est comme le truc des OVNI.

Le truc des OVNI ? se demanda George. *Qu'est-ce* que c'était ?

— Alors, dites-moi, que pensez-vous des OVNI ?

Landau se tut et regarda George d'un air indigné. Il attendait une réponse. Immédiatement.

— Eh bien, euh... je sais qu'il existe des tas de déclarations qui ont été enregistrées et... des gens fiables qui ont dit avoir vu... des choses. Aussi, je pense que c'est peut-être vrai. Mais écoutez, monsieur Landau, quel rapport avec ce qui nous est arrivé ? Je suis venu ici pour parler des choses de *ce* monde que nous n'avons pas encore comprises et non de choses d'un *autre* monde.

— Appelez-moi Doc, comme tout le monde, dit Landau en guise d'explication.

Il ouvrit un tiroir que George n'avait pas encore remarqué et en sortit une édition de poche toute cornée du livre. Il l'ouvrit à une page marquée et commença.

— Et maintenant, monsieur Lutz, à la page quatorze de votre ouvrage de *fiction*, vous dites...

Il lut un long passage, continua par une question qui sembla sans aucun intérêt à George. Mais ce n'était que le commencement. L'interrogatoire, page par page, dura plus de trois heures sans la moindre interruption.

George finit par réclamer une pause. Il n'arrivait à rien, parlait peu et se sentait au supplice. A la fin, il se leva et dit :

— Ça suffit.

Il sortit du studio sans un mot. Un instant plus tard,

il avait traversé le couloir, la réception, et se retrouvait dehors. Il respira profondément l'air frais de la nuit.

Il fronça les sourcils lorsqu'il entendit la sonnerie cinq fois sans que personne décroche. Kathy et lui avaient convenu d'une heure spéciale pour appeler et, d'habitude, elle répondait immédiatement. Pourtant, leurs dernières conversations téléphoniques s'étaient déroulées bizarrement et, aujourd'hui, il semblait que Kathy était sortie.

Finalement, quelqu'un décrocha, mais il attendit un long moment avant d'entendre, à peine audible, à l'autre bout de la ligne :

— Allô ?

— Kathy ?

— George, c'est toi ?

— Kathy ! Ouais. C'est moi, bien sûr. Je suis à Atlanta entre deux avions. J'ai voulu t'appeler.

Une autre longue pause.

— C'est gentil, dit-elle doucement. C'est bon de t'entendre.

George ne sut que dire. Elle avait une voix si lasse et si faible.

— Hé, tu te rappelles ce gars à Richmond, Doc Landau ? J'ai reçu une lettre de son patron aujourd'hui. Il m'annonce qu'il l'a renvoyé, car il lui a fait le coup trop souvent. Il y a des années qu'il traite les gens ainsi et...

— George, rentre à la maison !

Comme ça. Il reçut cela brutalement, comme si Kathy avait soudain hurlé un avertissement.

— Quoi ? Qu'as-tu dit, chérie ?

— Annule le reste de ta tournée. Rentre à la maison. *Je t'en prie*, George.

— Il y a quelque chose qui ne va pas avec les enfants ?

— Non, non. Ils vont bien. J'ai juste...

George sentit un étau froid lui nouer l'estomac, la vieille peur familière. Il essaya de l'ignorer.

— Tu n'es pas malade, au moins, chérie ?

— Non, je ne suis pas malade. Mais, George, je t'en prie, rentre à la maison !

— Pourquoi, Kathy ?

Elle mit un bon moment à répondre et quand elle le fit, ce fut pour dire ce que George ne souhaitait vraiment pas entendre.

— Ça recommence. Exactement comme avant.

20

Beaucoup plus tard, George s'aperçut que cela avait débuté bien plus tôt — des semaines auparavant — par un incident qui avait semblé effrayant et même effroyable, mais absolument normal.

Il se reposait à la maison entre deux tournées après plusieurs jours exténuants et s'efforçait de régler ses affaires; de plus, il avait des obligations envers le public. *Amityville, la maison du diable*, se vendait très bien en édition de poche et on lui téléphonait presque chaque jour pour des interviews.

Il était en train de terminer une interview, quand cela commença.

— Très bien, merci. Quel est déjà l'indicatif ? Euh... Très bien, mademoiselle Lawicki, bonne chance. D'accord. Au revoir,

George raccrocha et se frotta le bas de la nuque.

— Ça avait l'air très bien, commenta Kathy.

Appuyée nonchalamment contre la porte de la cuisine, elle avait écouté la conversation.

— Avec la pratique, on finit par s'améliorer, dit George en bâillant. Au moins, cette femme a posé des questions intelligentes. D'habitude, c'est toujours la même rengaine. Comme si le fait d'en parler intelligemment rendait la chose plus réelle, et Dieu sait qu'ils ne le souhaitent pas.

George se tourna pour ajouter un mot, mais s'aperçut que Kathy n'écoutait plus. Elle s'appuyait encore plus lourdement contre l'embrasure de la porte, les sourcils froncés et les doigts pressés contre ses tempes.

— Ça va, chérie ? demanda-t-il, légèrement inquiet.

Le regard de Kathy avait une expression curieusement familière.

Elle leva la tête, surprise et un peu coupable.

— Quoi ? Oh, ça va, chéri. Je me sens juste un peu paresseuse aujourd'hui. (Elle se força à sourire et demanda :) Veux-tu une tasse de café ?

— Bien sûr, mais...

La porte de derrière claqua et Greg entra en courant, le visage rouge et en sueur. Sa chemise était encore trouée et ses cheveux pendaient tout emmêlés à cause du vent.

— Viens vite ! hurla-t-il. Un serpent a mordu Matt !

George se leva d'un bond.

— Où ?

— Dans le ravin.

Il sortit de la maison, traversa la pelouse et se retrouva en quelques secondes au bord du ravin, derrière la maison. Il s'arrêta au bord et regarda en bas pour essayer d'apercevoir Matt.

Rien. L'herbe brune, desséchée, bruissait et remuait. Quelque chose passa très vite le long du lit de la rivière tarie, en contrebas. Mais il ne vit pas Matt.

Greg le rattrapa, essoufflé :

— Il est à l'endroit le plus profond, dit-il en pointant le doigt vers la droite.

Au nord, le ravin sortait de leur terrain et ses versants caillouteux étaient plus abrupts.

George se remit à courir sans cesser de fixer le fond du canyon.

— Ici ! cria Greg. En bas !

Il passa devant lui et descendit un sentier battu qui menait au fond du ravin. Il vit Matt — anorak rouge contre le granit brun. Il se tenait à genoux, sans bouger, le dos raide, les mains écartées, les yeux posés sur quelque chose que George ne pouvait voir.

George contourna un gros buisson et s'arrêta brusquement.

A quelques mètres de lui et à environ un mètre cinquante de son fils, un serpent à sonnettes était enroulé sur lui-même, prêt à mordre. Son sifflement troublait l'après-midi tranquille. Sa peau froide et squameuse brillait au soleil.

Il avait la gueule ouverte. Sa tête se balançait loin en avant.

Elle était pointée sur Matt.

George resta immobile.

— Décontracte-toi, fiston, dit-il calmement, à voix basse. Ne bouge surtout pas.

Matt se tourna lentement vers la voix et le sifflement de la bête reprit de plus belle.

— Non, dit George en s'efforçant de parler doucement. Reste calme. Décontracté. Et je t'en prie, Matt, ne bouge pas.

Matt regarda le serpent et chuchota :

— Papa ?

— Tiens bon, fiston. Je vais te sortir de là.

George se trouvait à droite du serpent, dans son champ de vision mais suffisamment éloigné pour ne pas constituer un danger immédiat. Il avança, pas à pas, jusqu'à être à trois mètres de Matt. Une grosse pierre plate se trouvait près de son pied et, avec beaucoup de précautions et le plus lentement possible, il fléchit les genoux et posa la main sur la pierre.

Il était tellement tendu qu'il en tremblait. La sueur mouillait sa chemise et le bruit de la brise lui parut anormalement fort et douloureux. Dans quel état doit être Matt ? se demanda-t-il au moment où ses doigts se refermaient sur la pierre.

Il avait projeté d'écraser le serpent avec la pierre mais comprit qu'il ne serait pas assez rapide. Il envisagea de lui sauter dessus pour servir de cible à la place de Matt, mais c'était trop risqué. Le garçon se tenait beaucoup trop près.

Il finit par arrêter un plan, pas très bon, mais il n'en avait pas d'autre.

— Matt, écoute-moi très attentivement. Dans quelques secondes, je te dirai : « vas-y »; je veux alors que tu te lèves et que tu coures vers moi le plus vite possible. D'accord ?

Matt commença à secouer la tête et le serpent à sonnettes se contracta.

— Non, fiston. Ne bouge pas. Je sais que tu as compris.

George se redressa très lentement, la pierre chaude et rugueuse dans la main.

— O.K., Matt. Un... deux... trois... vas-y !

Il cria et lança la pierre simultanément. Elle rata la bête de quelques centimètres mais l'obligea à se tourner vers lui.

Pendant un instant, la situation resta confuse. Le serpent, dressé, prêt à mordre, hésita entre la pierre et le garçon. Cela dura une fraction de seconde et brusquement, le serpent se raidit et frappa tandis que Matt hurlait.

Le venin atteignit la pierre par deux fois. George avait fait un mouvement brusque en avant au moment où il criait et le gosse effrayé et hurlant se retrouva dans ses bras. Il le souleva et courut au moment où le serpent frappait la pierre pour la troisième fois. Ils s'éloignèrent précipitamment, hors d'atteinte.

Kathy et Greg attendaient au bord du ravin.

— Tout va bien ? s'écria Kathy, anxieuse.

— Ouais, ça va, répondit Matt tout essoufflé.

Greg bondit, tout excité.

— Tu as été épatant, papa ! Comment as-tu fait ?

George enlaça les deux garçons et les serra très fort.

— Je ne sais pas, fiston, je ne sais vraiment pas.

Pour Kathy, les vrais tracas commencèrent pendant que George se trouvait dans le Sud — Floride, Georgie, Virginie et les deux Caroline. Durant la première semaine de son absence, les migraines revinrent, incessantes, inévitables, aussi pénibles que les précédentes.

Elle essaya de se convaincre qu'elles étaient différentes. Elle changea son régime. Elle abandonna l'un de ses cours du soir pour dormir davantage.

Mais cela ne fit qu'empirer, car son sommeil s'accompagna de cauchemars.

Les créatures et les forces d'Amityville peuplèrent ses rêves. Formes encapuchonnées, nuages démoniaques, images de ses enfants, les doigts écrasés, avalés par des mouches monstrueuses. Mais même aux pires moments, elle lutta pour oublier, pour laisser Amityville derrière elle, pour refouler sa douleur. Elle ne voulait pas — ne pouvait pas — admettre que la puissance les avait retrouvés à nouveau.

Quand George lui téléphona du Sud, elle fit de son mieux pour prétendre que tout allait bien. Cela marcha au début, mais, à mesure que les migraines s'aggravaient et que les cauchemars se multipliaient et devenaient plus horribles, il lui fut de plus en plus difficile de maintenir le mythe d'une vie normale et heureuse.

Finalement, par un bel après-midi, cela lui tomba dessus.

Elle avait fait de son mieux pour nettoyer la maison, mais une atroce migraine la rendait maladroite et stupide. En essuyant les meubles de la cuisine, elle renversa une jarre en porcelaine pleine de petits couteaux et de cuillères. Au moment où son contenu se répandait par terre, Kathy sentit qu'elle allait éclater en sanglots.

C'en était trop, beaucoup trop.

Elle laissa les ustensiles de cuisine là où ils étaient tombés et voulut traverser la salle de séjour pour aller chercher de l'aspirine dans la salle de bains, près de l'entrée. Peut-être que cela la soulagerait cette fois-ci. Ses tempes battaient tellement que des taches dansaient devant ses yeux. Elle avait l'estomac douloureux et la peau brûlante.

Mais elle s'arrêta juste devant la salle de séjour en haletant. Le contenu de son estomac remonta brusquement et elle dut porter la main à la bouche pour s'empêcher de vomir.

L'odeur était revenue, la même puanteur horrible qui les avait suivis d'un bout à l'autre du pays et qui avait fini par les retrouver à Tierrasanta.

Kathy poussa un cri, la main toujours sur la bouche,

196

et retourna dans la cuisine. Elle eut l'impression de marcher à travers un rideau ou un mur. Il n'y avait plus du tout d'odeur. L'air frais et pur entrait par la fenêtre ouverte. Mais elle savait qu'à quelques mètres de là, dans la pénombre de la salle de séjour, l'odeur l'attendait, prête à fondre sur elle et à la rendre malade.

Elle pénétra en titubant dans un cagibi et chercha de l'encens. Cela les avait aidés à La Jolla et même au motel. Le père Mancusso avait dit que c'était un encens spécial qui pouvait gêner considérablement le... le...

Où est-il donc ? se demanda-t-elle en fouillant frénétiquement dans les tiroirs. Où est-il donc ?

Une boîte posée sur l'étagère supérieure oscilla et tomba brutalement. Le bruit explosa dans la tête de Kathy comme une bombe et des petits moules à gâteaux en aluminium s'éparpillèrent par terre.

Ça suffit, supplia-t-elle. Elle s'accroupit et essaya de circonvenir la douleur en se tenant la tête à deux mains. Ça suffit.

La porte de la cuisine s'ouvrit très doucement et la tête de Greg apparut. Ses yeux fouillèrent la cuisine et il vit sa mère à genoux devant le placard à balais.

— Salut, m'man, dit-il prudemment.

Malgré la douleur qui lui vrillait les tempes, Kathy comprit que quelque chose n'allait pas.

— Qu'y a-t-il ?

Greg entra dans la cuisine et elle aperçut l'ombre de son autre fils qui se profilait derrière lui, à demi caché par la porte.

— Rien, répondit Greg, d'un air sombre.

Elle se contraignit à se lever. Les couteaux et cuillères, le bric-à-brac tombé de la boîte étaient répandus par terre. On aurait dit qu'une tempête avait parsemé la cuisine de déchets.

— Matt ? interrogea-t-elle. Entre une seconde. Je veux te voir.

Matt entra en traînant les pieds. Il avait les deux coudes égratignés et un œil au beurre noir, les cheveux en désordre, la chemise déchirée et son jean neuf était taché aux genoux.

— Tu t'es battu, dit-elle.

C'était plus une constatation qu'une question.

Matt eut l'air embarrassé et Kathy ne put l'en blâmer. George avait passé beaucoup de temps à apprendre aux garçons à se défendre et surtout à éviter les bagarres.

— C'était pas ma faute, murmura Matt.

— C'est vrai, m'man, c'est pas lui qui a commencé, ajouta Greg.

— Où étiez-vous?

Les yeux de Greg s'élargirent. *Lui* aussi était gêné à présent.

— Ils... ils étaient trois, dit-il en détournant le regard. C'était fini avant que j'arrive.

— Il ne m'a pas aidé, le défendit Matt.

Greg haussa les épaules.

— Il n'en a pas eu besoin.

Kathy fit un effort pour oublier sa douleur étourdissante.

— Que s'est-il passé, les enfants? demanda-t-elle d'un ton las en se massant la tête. (Elle ne pensait presque plus à la puanteur de la salle de séjour.) Racontez-moi tout depuis le début.

— C'est eux qui ont commencé! dit Matt.

— Pourquoi ont-ils fait ça?

Matt refusa de répondre. Il regarda la cuisine comme s'il s'attendait à ce que quelque chose survienne pour lui éviter de parler.

— Ils... ils... — brusquement, il déballa tout très vite — ils ont dit que notre histoire n'était pas vraie et que nous étions tous des menteurs! Ils ont dit que nous n'avons jamais vécu à Amityville, que les fantômes n'existent pas et que papa est un menteur!

Mon Dieu, pensa Kathy, pendant tout ce temps, avec toute cette publicité, il ne m'était jamais venu à l'idée que les gosses pouvaient être soumis aux mêmes pressions que nous.

— Il devait se battre avec eux, m'man. Qu'aurait-il pu faire d'autre?

Ses tempes battaient plus fort que jamais.

198

— Je ne sais pas, dit Kathy, honnêtement, je ne sais pas.

Le téléphone sonna, et Greg et Matt y virent une chance de salut. Au moment où elle se tournait pour répondre, ils se glissèrent vers la salle de séjour et Kathy se rappela tout à coup la puanteur.

— Attendez! s'écria-t-elle.

Les garçons s'arrêtèrent net.

— Attendez! Je ne vais pas vous gronder. Mais je... je viens juste de faire la salle de séjour et je ne veux pas que vous la salissiez.

Le téléphone sonnait toujours. Elle se mit à hurler :

— Allez dehors! (Elle détesta la dureté de sa voix.) Allez m'attendre dehors!

Greg et Matt se hâtèrent d'aller dans le jardin et Kathy se dirigea vers le téléphone. Elle se fichait pas mal de la personne qui l'appelait. Elle voulait seulement que la sonnerie s'arrête. C'était comme une aiguille qui perçait ses tempes.

Elle prit l'écouteur et resta un instant sans rien dire. Puis elle inspira profondément et, quand la pièce cessa de tourner, elle dit d'une voix faible :

— Allô?

Elle entendit son mari, très loin. Il prononçait son nom.

— George, c'est toi?

— Kathy? Oui, bien sûr que c'est moi.

Il lui expliqua qu'il se trouvait à Atlanta entre deux rendez-vous. Elle marmonna quelque chose mais sa douleur et sa nausée s'aggravaient. Elle l'entendait à peine.

C'en était trop, beaucoup trop. Elle serra le téléphone et se força à dire :

— George! Rentre à la maison. Ça recommence. Exactement comme avant.

George était malade, malade à mourir. Deux semaines s'étaient écoulées depuis que Kathy lui avait demandé de rentrer, ce qu'il avait fait. Il n'avait pratiquement pas quitté la maison depuis son retour et qu'est-ce que sa présence avait apporté ? L'odeur persistait. Toutes les nuits, il faisait des rêves horribles. Et les migraines, ces migraines torturantes accompagnées de nausées, empiraient de jour en jour.

Hors de la maison ou même à Tierrasanta, ce n'était pas mieux. Le monde extérieur semblait le harceler sans cesse.

— Eric, je ne veux pas de ça. Et ne faites rien avec ces salauds d'Hollywood. C'est pourtant simple, bon sang. Je refuse que les noms véritables de mes enfants soient utilisés dans le film, un point c'est tout.

Eric Hill, son avocat californien, prononça quelques paroles apaisantes à propos de contrats et d'honoraires, mais George l'interrompit brutalement.

— Je me fous de tout ça, en ce moment. Je vous demande de veiller à ce que les enfants restent en dehors de cette histoire, d'accord ? Et aucune photo de la maison. *Aucune*. Je ne veux pas avoir d'ennuis avec les nouveaux propriétaires.

Eric murmura encore quelques mots, mais George était trop las pour les entendre :

— Très bien, dit-il, parfait. Je vous appellerai plus tard, et il raccrocha.

Sa tête le faisait souffrir, il avait l'impression qu'une énorme main l'écrasait. Chaque fois que nous croyons nous être suffisamment éloignés, cela revient, se dit-il. Chaque fois que tout s'améliore, il nous arrive quelque chose. Il y a des *années* que nous avons vu pour la première fois cette maudite maison, mais nous en traînons toujours le boulet.

George se leva péniblement de son fauteuil et entra dans la cuisine. Kathy s'y trouvait et préparait le dîner sans hâte. Il s'en fichait. Il se fichait de tout.

— Je vais m'occuper de ma moto, déclara-t-il, et il sortit de la maison en claquant la porte.

Kathy allait dire quelque chose, mais il n'attendit pas.

Il ouvrit la porte latérale du garage et alluma. Il ne s'était pas occupé de sa moto depuis des semaines, depuis qu'il avait commencé ses tournées, les interviews et tous ces bavardages...

200

Il ôta la housse de toile d'un grand geste haineux et une clé à mollette posée là par mégarde vola en l'air et lui heurta l'épaule. George envoya la clé à travers la pièce et elle atterrit bruyamment contre un mur.

Une toute petite parcelle sereine de son esprit lui adressa des reproches. Que faisait-il là ? Pourquoi être si énervé ?

D'accord, d'accord, se dit-il. Calme-toi. Tu es en train de te laisser entraîner. Tu ne dois pas le tolérer.

Il s'accroupit et regarda la Harley en essayant de respirer lentement et profondément.

C'était une moto magnifique. Propre, polie, lourde au repos mais légère et nerveuse comme un pur-sang sur la route.

Il passa la main sur la carapace noire et se rappela les courses. Le vent froid. L'autoroute déserte. Des après-midi entiers passés sur les petites routes dans l'Etat de New York.

Il se releva et saisit les poignées. Il éprouvait une sensation agréable et saine. Il pesa dessus de tout son poids et dégagea la moto. Il voulait la faire pivoter doucement et...

George s'immobilisa, la moto à quinze centimètres du sol. Ses muscles se tendirent douloureusement sous le poids. Son front se couvrit de sueur et ses dents se serrèrent tellement qu'elles grincèrent.

Mais il ne bougea pas. Il n'osait pas. Parce que sur une étagère, à moins d'un mètre cinquante de lui et à hauteur de son épaule, un serpent à sonnettes sifflait et se balançait, agitant violemment la queue. *Comment diable pouvait-il se trouver là ?*

La lourde moto pesait, mais George ne voulut pas la lâcher. Un seul mouvement, un souffle, et le serpent serait sur lui. Sous la lumière crue du plafonnier, il vit, à quelques centimètres de son bras tremblant, les crochets de la bête.

Il essaya d'évaluer ses chances de s'en sortir, mais il tremblait sans pouvoir se maîtriser. Dans dix secondes, il lâcherait la moto et le serpent le mordrait.

Il y avait une pelle par terre, tout près de la roue

avant de la moto. Elle a dû tomber, se dit George. J'aurais dû mieux accrocher ces panneaux...

Arrête. Il était en train de paniquer. Il savait que la pelle était hors de sa portée.

Il sentit la moto lui échapper des mains. Son tremblement était maintenant totalement incontrôlable. Un doigt glissa... un autre... et dans un sursaut rapide et désespéré, il bougea.

Tout arriva en même temps. La moto heurta bruyamment le ciment. Le serpent bondit et frappa George au moment où celui-ci se baissait, ramassait la pelle et la mettait devant lui comme un bouclier.

Il reçut le coup en pleine poitrine, tomba sur la moto qui s'était renversée sur le flanc. Il glissa sur le sol en ciment, et s'aperçut avec horreur que le serpent était pris au piège sous son corps.

Dès qu'il toucha le sol, il se dressa sur les coudes et roula. Le serpent remuait sur le ciment, la tête écrasée par la pelle. George sentit des élancements dans sa poitrine.

Il se remit péniblement sur pied et sortit du garage. Il appela Kathy dès qu'il atteignit la cuisine et elle se précipita vers lui :

— George ? Qu'y a-t-il ?

— Appelle le service des urgences. J'ai été mordu par un serpent.

Il s'écroula sur une chaise et se renversa en arrière, haletant. Les élancements dans sa poitrine se mêlèrent à ceux qui lui vrillaient le crâne et il s'efforça de se calmer. Il n'avait été touché qu'une fois, mais près du cœur. Il devait faire attention et garder son calme s'il voulait s'en tirer.

Il entendit Kathy téléphoner d'une voix inquiète. George déboutonna sa chemise et examina sa poitrine, cherchant à évaluer la gravité de sa blessure.

Il fronça les sourcils et ouvrit davantage sa chemise. Il s'était attendu au pire : une enflure pourpre entourant une coupure qui saignait, un bout de peau arrachée ou, à la rigueur, un bleu.

Il n'y avait rien. Il sentit que la douleur violente se

dissipait mais il ne vit ni morsure ni bleu. Aucune blessure.

Il enleva la chaîne et la médaille de Saint-Michel qu'il portait et s'inspecta à nouveau. Comment se faisait-il qu'il n'arrivait pas à voir sa blessure? Le serpent l'avait-il plutôt touché au côté?

Non, il n'y avait rien. Enfin, d'après lui.

Kathy raccrocha brusquement et courut près de lui. Il avait ôté sa chemise et essayait de voir le haut de son dos.

— Qu'y a-t-il, chéri? Ça va?

— Je n'arrive pas à trouver l'endroit où j'ai été mordu. Je sais qu'il l'a fait, il était tout près de moi, mais... (Il se palpa le dos à l'aveuglette.) Tu vois quelque chose, Kathy?

— Je devrais?

Ils vérifièrent encore et George s'assit doucement pour localiser la douleur. Elle était étrangement diffuse à présent. C'était plutôt une douleur généralisée qu'une blessure à un endroit précis. Cinq minutes après le coup de fil de Kathy, on entendit les sirènes dans l'allée et une équipe du service d'urgence fit irruption dans la cuisine.

L'un des médecins ressemblait à un ancien combattant : un barbu costaud, aux yeux gris fatigués. Après un examen rapide du dos et de la poitrine de George, il fronça les sourcils. Il vérifia les yeux de George et lui prit le pouls.

— Je ne sais pas, monsieur Lutz, dit-il lentement. Je pense que le serpent vous a raté.

— Mais il était tout près de moi, dit George.

Il se sentit un peu dans le brouillard comme s'il était en train de rêver.

— Eh bien, généralement, ils ne manquent pas leur cible, c'est vrai, mais j'ai l'impression que vous allez parfaitement bien.

Il fit signe à son adjoint de ramasser tout le matériel et donna à George une petite carte blanche.

— Ecoutez, si vous ressentez quelque chose de

bizarre dans les prochaines quarante-huit heures — la poitrine oppressée ou une certaine léthargie — ne manquez pas de nous rappeler. On dirait que vous avez subi un drôle de choc; vous allez vous sentir un peu nauséeux, mais si *cet* état nauséeux se prolonge, n'hésitez pas. Appelez le 911. D'accord ?

— D'accord.

George regarda la carte d'un air sombre. Elle portait les noms des médecins et les numéros de téléphone à appeler en cas d'urgence.

Le médecin prit sa sacoche en cuir, dit : « faites attention » et partit. George le suivit des yeux et, au bout d'un instant, se demanda s'ils étaient réellement venus.

Kathy s'assit sur l'autre chaise de la cuisine et regarda attentivement un objet dans sa main :

— George, dit-elle lentement. George, répéta-t-elle en voyant qu'il ne répondait pas.

Il se tourna et la regarda :

— Hein ?

— Crois-tu que le serpent ait pu frapper *ceci* à ta place ?

Elle montra un petit disque en or. C'était la médaille de Saint-Michel qu'il portait depuis des mois.

Il la regarda et, sans savoir pourquoi, pensa au père Mancusso... et à cet être de lumière, sans visage, qu'il avait vu dans un rêve il y avait si longtemps. Celui qui l'avait sauvé et qui avait chassé les démons de ses rêves.

Il prit la médaille et l'examina soigneusement.

— Je ne le pense pas. Elle est trop petite et elle ne porte aucune marque de dents ou de crochets.

Le père Mancusso lui avait expliqué que saint Michel était considéré comme le patron de tous ceux qui combattaient le diable. « C'est le Grand Protecteur », avait-il dit.

George ne quitta pas la médaille du regard. Elle était chaude et solide dans sa main.

Peut-être l'avait-elle protégé, et peut-être n'était-ce pas la première fois.

204

De la taille d'une maison et noir comme la nuit, il faisait un bruit analogue au cri d'un cochon qu'on égorge.

Ses pattes étaient épaisses et brunes comme les souches d'un arbre mort et sa poitrine aux poils hirsutes était sale.

Il avait la tête d'un sanglier : un groin énorme, des yeux qui louchaient, des bajoues grasses. Il était couvert de graisse et de sueur.

Une odeur de mort.

Les pattes griffues du cochon frappèrent George. Il tenta d'esquiver le coup instinctivement mais il se sentit agrippé. Il se lança en avant pour échapper à cette emprise et heurta le ciment, ce qui l'étourdit.

Il s'accroupit et se dit : non, ce n'est pas du ciment. Le sol semblait fait de rocher bleu, rugueux, informe.

Il se redressa et recula mais le cochon continua de s'approcher. Où suis-je ? se demanda-t-il. Comment suis-je arrivé ici ?

La bête hurla encore plus fort, se jeta sur lui, et George fit demi-tour et courut. Bats-toi, se dit-il. Reste là et bats-toi. Une fois qu'il eut gagné du terrain, il se retourna, écarta les jambes et lança les mains en avant. Le cochon se trouvait là, à quelques mètres. Un mot résonna dans sa tête.

Jodie ! entendit-il comme en écho.

Il reçut un coup d'une force incroyable et il tomba sur le sol. Il ouvrit les yeux, s'attendant à voir du sang, mais il n'y en avait pas. Il était sain et sauf.

Le cochon approcha et George tituba. Un autre choc brutal le renversa ; il comprit avant même d'avoir ouvert les yeux que, blessé ou non, il ne pourrait survivre à un nouvel assaut.

Un autre mot parvint à son cerveau. Immense et chaleureux, plus affirmé que le nom du cochon répété à l'infini.

Protecteur, protecteur.

Quand George se releva, il comprit qu'il ne tomberait plus. La lumière se déversa sur lui et le cochon recula en hurlant. George lui donna un coup de pied, enregistra avec satisfaction le bruit du coup sur la bête et un jet de lumière inonda le sol.

— Tu ne peux pas me frapper! s'écria George (et le cochon se détourna et s'enfuit). Je suis protégé! Protégé!

Il regarda la lumière et sourit. C'était une forme en blanc, nuage brillant de puissance, quelque chose de trop grand et de trop bon pour être redouté. Et lentement, la lumière éclatante augmenta et l'enveloppa.

George sortit doucement de son rêve. La brutalité du cochon l'accompagnait toujours. La sueur avait taché son pyjama et les draps, mais sa peur se dissipait.

Cependant, une idée se faisait jour. Un espoir. Une possibilité.

Kathy se réveilla et sans qu'ils aient besoin de parler, elle comprit qu'il avait fait un autre cauchemar. Il l'embrassa et dit :

— Kathy, nous devons partir d'ici.

Et elle répondit :

— Je le savais.

— Peut-être que la prochaine fois, ce sera différent. Peut-être que la prochaine fois, on nous aidera.

21

George hurla et s'assit sur son lit, la tête douloureuse, les mains moites de sueur. Son cœur battait à tout rompre.

Il reprit sa respiration et attendit le bruit suivant, le désastre. Rien ne se produisit. Il cligna des yeux, inspira à nouveau profondément et passa en revue les innombrables êtres horribles et informes qui hantaient ses cauchemars.

Il était seul.

Une semaine s'était écoulée depuis le rêve du cochon

et le retour de la lumière salvatrice. Mais, à présent, les ténèbres l'envahissaient à nouveau. Nuit après nuit, les bêtes apparaissaient et le déchiraient dans son sommeil.

Il se tourna pour regarder Kathy et s'aperçut qu'elle était également assise, près de lui, les yeux grands ouverts, les lèvres retroussées. Elle semblait inhumaine dans le clair de lune et quand George lui toucha le bras, celui-ci était froid et dur comme un membre artificiel.

— Jamais plus! dit-elle en se mettant à trembler. George! George! Jamais plus!

Elle paraissait au bord de l'effondrement. Le tremblement semblait ne pas émaner d'elle mais la secouer et l'écraser. Des sanglots saccadés et brefs s'échappèrent de sa gorge.

— Jamais plus! murmura-t-elle en s'accrochant à George. Jamais plus!

Il la serra contre lui jusqu'à ce qu'elle cesse de trembler et qu'elle se rendorme. Mais lui resta éveillé jusqu'au lever du soleil.

— Nous ne pouvons continuer ainsi, chérie, lui dit-il au matin.

Sa tasse de café, bordée d'une sorte de matière fibreuse brune, lui donna la nausée.

— Nous devons faire quelque chose, ajouta-t-il.

— Quoi, par exemple?

Sa faiblesse de la nuit précédente avait fait place à une vivacité fragile. George comprit qu'un seul mot pouvait tout détruire.

— Je vais aller à Saint-Patrick voir si je peux me procurer de l'eau bénite.

— Non, tu as essayé la dernière fois et la situation n'a fait qu'empirer.

— Je sais, Kathy, mais nous avons *besoin* d'aide, en ce moment.

Kathy lança bruyamment son torchon dans l'évier en faïence.

— Où se trouvait ta protection la nuit dernière, George?

207

Et les nuits précédentes quand les migraines, les cauchemars et les mouches le harcelaient ?

Il secoua la tête et regarda sa tasse sale.

— Je ne sais pas, Kathy. Parfois, elle est là, parfois, non. Je pense que nous devons y croire...

— J'aimerais y croire ! Sincèrement, murmura-t-elle.

George s'approcha d'elle mais elle se détourna. Elle s'appuya au meuble de la cuisine et laissa ses cheveux retomber sur son visage. Elle parla d'une voix calme et distante.

— Je regrette, mais je suis si fatiguée. Si tu crois que cela peut nous aider, vas-y. De toute façon, ça ne peut être pire, ajouta-t-elle d'une voix à peine audible.

Debout sur le pas de la porte d'entrée, il écouta attentivement, le flacon en verre dans la main.

Il ouvrit la petite bouteille, la leva au-dessus de sa tête et la retourna d'un geste rapide et précis. Les gouttes s'échappèrent du bouchon perforé et se répandirent sur la moquette.

— Au nom du Père, du Fils et du Saint-Esprit, bénissez cette maison et tous ses occupants.

Rien ne se produisit. Ni bruits, ni grognements, ni odeurs nauséabondes.

Il se plaça dans l'espace séparant la cuisine de la salle de séjour et versa quelques gouttes d'eau bénite qui formèrent un dessin là où le mur rencontrait le linoléum.

— Au nom du Père, du Fils et du Saint-Esprit, bénissez cette maison et tous ses occupants.

Toujours rien. Il alla dans le couloir, l'office, l'escalier et au premier étage. Dans chaque chambre, dans chaque endroit où il avait senti l'odeur, vu une mouche et éprouvé une sensation de froid, il versa quelques gouttes d'eau bénite.

— Au nom du Père, du Fils et du Saint-Esprit, bénissez cette maison et tous ses occupants.

George termina par le pied de leur lit. Il regarda les couvertures défaites, les oreillers entortillés, les draps tachés de sueur. Il fit un geste de haut en bas puis de gauche à droite. L'eau traça une énorme croix en pointillé sur le lit.

— Au nom du Père, du Fils et du Saint-Esprit, bénissez cette maison et tous ses occupants.

Il n'y avait plus d'eau. Il referma la bouteille vide et rejoignit Kathy dans la voiture où elle attendait avec les enfants. Il était épuisé et déprimé. Mais il gardait au fond de lui un peu d'espoir.

Il se réveilla à 3 h 15 cette nuit-là et s'aperçut qu'il était en train de hurler. Une chose noire comme de l'encre, aux yeux rouges exorbités, l'avait poursuivi à travers les chambres vides de la maison d'Amityville. George crut voir sur ses poignets de petites taches d'eau bénite, ce qui l'irrita violemment.

Kathy dormait d'un sommeil presque comateux. George jura et se leva, en proie à un sentiment de frustration. Ce n'était peut-être pas la force d'Amityville. Il était peut-être seulement épuisé d'avoir trop voyagé ces derniers temps.

Mais il savait que c'était faux. Il le savait.

Les bénédictions n'y avaient rien fait. La puissance d'Amityville les accompagnait toujours.

Kathy prit le téléphone et forma le 503, indicatif de l'Etat de l'Oregon. Elle fit un signe à George, assis près d'elle, pour indiquer que le téléphone sonnait. Son visage se tendit lorsque quelqu'un décrocha à plus de quinze cents kilomètres de distance, et elle sourit en reconnaissant la voix. George l'entendit dire :

— Père Mancusso? Ici, Kathy Lutz. Mon père nous avons besoin de vous.

Le père Mancusso disposa les hosties sur un simple plateau d'argent. Vêtu d'une soutane bien ajustée, il se concentrait sur les préparatifs de la messe et attendait *quelque chose.*

Il sourit d'un air mécontent. Qu'est-ce que j'attends donc? se demanda-t-il. Un roulement de tonnerre? Une explosion de lumière noire venue du plafond de la cuisine? Ou peut-être se préparait-il à quelque chose de moins spectaculaire mais tout aussi horrible, par exemple, à une nouvelle attaque de cette maladie débilitante et odieuse qui l'avait atteint à New York.

Au cours des mois qui avaient suivi son installation dans le nord-ouest du pays, au bord du Pacifique, le prêtre avait fait de son mieux pour respecter ses propres conseils. Il avait essayé d'oublier Amityville, de l'isoler dans une partie spécialement protégée de son esprit. La maladie ne l'avait pas suivi. Les rêves et les peurs s'étaient dissipés. Même les coups de téléphone amicaux et fréquents de Kathy et George Lutz n'avaient pas rallumé la vieille horreur et il en était heureux. Ils étaient ses amis et il ne souhaitait pas les abandonner.

C'est pourquoi l'appel de Kathy le surprit autant. Ces dernières semaines, il éprouvait une sorte de légèreté, d'aisance de mouvement et de pensée, bien plus grande que durant ces mois où George et Kathy ignoraient où il vivait. Au début, il n'avait pas compris la cause de sa nouvelle énergie jusqu'à ce qu'une lettre joyeuse des Lutz l'entraînât à se demander si la force d'Amityville n'avait pas fini par se lasser d'eux tous.

Il passa ses vêtements sacerdotaux et les arrangea méticuleusement en se concentrant sur les détails de ses préparatifs. Il ne souhaitait pas s'immiscer dans les problèmes du couple qui se tenait à quelques mètres de là. Il ne pouvait se le permettre.

Mais qu'est-ce qui me prend ? se demanda-t-il. Ses amis George et Kathy n'avaient pas l'air aussi mal en point qu'au moment des épreuves d'Amityville, mais il y avait une... une influence maléfique qui s'accrochait à eux comme un épais brouillard. Ils étaient plus forts maintenant, cela se voyait au regard calme de Kathy, à la façon dont George lui avait serré la main. Ils étaient ses alliés, non ses victimes. Ils lui faisaient confiance, mais ils ne croyaient pas à un prodige et cet état d'esprit calme et résolu pouvait expliquer toute la différence.

Parce que le père Mancusso se trouvait dans la maison de Tierrasanta depuis près d'une heure et que rien ne se passait. Ni odeurs, ni voix, ni... Dieu merci! malaise.

George Lutz prit la main de sa femme et dit :

— Pourquoi la messe, mon père ? Et pas une bénédiction ?

— La messe agit avec plus d'efficacité. C'est le rituel essentiel et le miracle de l'Eglise catholique. Ce qui est suffisant en soi.

Il avait longuement réfléchi sur sa décision de venir en aide aux Lutz. Cela n'avait pas été aisé. Ils cherchaient une autre maison. Kathy lui annonça qu'elle en avait trouvé une à Rancho Santa Fe et que les pourparlers étaient engagés. Ils ne vivraient à Tierrasanta que quelques semaines encore, aussi pourquoi courir le risque de purifier la place ?

Mancusso envisageait avec une horreur non déguisée une nouvelle bataille avec les démons de New York. Je ne sais franchement pas si j'arriverais à endurer une maladie aussi horrible que la précédente. Mais l'idée de laisser un innocent se trouver piégé — des innocents comme les futurs propriétaires de Tierrasanta ou un autre prêtre — était encore plus horrible que la récurrence de ses troubles personnels.

Alors, il était venu. Il avait pris ses vêtements sacerdotaux et ses phylactères, et il s'était envolé pour San Diego.

On avait mis les enfants à l'abri chez la jeune amie des Lutz, Terri. Les volets étaient fermés à cause du chaud soleil de l'après-midi, et le chien attaché dans le jardin, derrière, gémissait, fasciné par l'agitation qui régnait dans la maison.

— Mettez-vous devant moi, George et Kathy, dit doucement le père Mancusso. Quand je vous dirai de vous agenouiller, faites-le.

La jeune femme opina de la tête et il lui sourit :

— Vous connaissez le rituel, n'est-ce pas Kathy ? J'avais oublié.

Elle répondit par un large sourire. Le prêtre se tourna, leva les bras vers la croix sacrée qu'il avait fixée sur le mur de la salle de séjour.

— Au nom du Père, du Fils et du Saint-Esprit...

La messe commença.

Mancusso évoluait au milieu du rituel familier avec grâce, attentif à ses plus légères sensations. Rien ne vint. Rien ne se produisit. Il s'était attendu à un grondement lorsqu'il mentionnerait le nom de Dieu, à une nausée ou à un froid subit au moment de poser l'hostie sur la langue de George et de Kathy, à un coup de tonnerre ou à un bruit fracassant au moment de la bénédiction. Mais la maison resta tranquille, chaude et intacte.

Il fit un dernier signe de croix et dit :

— Que Dieu soit avec vous.

C'était fini. George et Kathy le regardèrent, les yeux écarquillés et, pendant une seconde, ils retinrent tous leur respiration, s'attendant au pire.

Le visage de George se dérida. C'était l'expression la plus joyeuse et la plus franche que le prêtre ait jamais vue chez son ami.

— Merci, mon père, dit-il presque en riant. *Merci !*

Le père Mancusso eut l'air un peu étonné et haussa les épaules.

— Ce n'est rien, répondit-il, et ils éclatèrent de rire.

En fin de soirée, les adieux, à l'aéroport, furent très émouvants. Les enfants se pendirent au cou du père Mancusso comme s'il s'agissait d'un parent qu'ils n'avaient pas vu depuis longtemps. Kathy ne le laissa partir qu'à regret et George insista beaucoup pour qu'il reste un jour de plus ou même une semaine, s'il le pouvait.

— C'est malheureusement impossible, dit-il en secouant la tête. J'ai une petite paroisse à Portland, mais elle me donne beaucoup de travail. (Il ébouriffa les cheveux de Greg qui lui sourit.) Je vous promets de revenir quand je pourrai prendre mes vacances.

Amy poussa un « hourra ! » et les garçons en firent autant. Il y eut de dernières effusions rapides au moment où sur le panneau d'affichage les clignotants annoncèrent « embarquement immédiat ».

— Que Dieu vous bénisse, dit le prêtre.

212

— Merci encore, mon père, dit George pour la centième fois. Je pense que tout ira bien à présent.

Le père Mancusso monta dans l'avion plein d'espoir et de joie.

Cette nuit-là, cela recommença.

George hurla et s'assit sur le lit, la tête douloureuse et les mains moites de sueur. Son cœur battait comme une machine emballée.

Kathy s'assit aussi et sanglota. Il sentit les larmes couler sur ses joues également, et il lui demanda pardon à plusieurs reprises.

— Je suis désolé, Kathy, je suis vraiment désolé. Je pense, je pense que nous devons quand même partir.

— Je le regrette.

22

— Très bien, je pense que vous avez tout ce qu'il vous faut, maintenant, dit Kathy en vérifiant la pile de boîtes et de valises avec un mélange de satisfaction et de lassitude. Voici les vêtements, les jouets, les affaires de bain si vous allez à la plage... voici (elle sortit une feuille de sa poche) la liste des numéros de téléphone, des adresses et des endroits où nous serons pendant notre tournée européenne.

Terri Sullivan prit la feuille de papier, la lut soigneusement et la rangea en souriant dans la poche de sa blouse.

— Je la garderai près de mon cœur.

George entra, un garçon sous chaque bras. Ils crièrent de joie quand il les déposa à terre :

— La dernière distribution, m'dame, dit-il avec un coup d'œil à l'horloge de la salle de séjour. Je crois que nous ferions bien de partir.

— Premier arrêt à Amsterdam ?

— Le pays des petits garçons hollandais et du chocolat, dit George qui se tourna vers sa femme : Tu es prête, chérie ?

Elle regarda tendrement ses enfants. George et Kathy étaient contents de partir en tournée, particulièrement en ce moment. Quitter Tierrasanta les soulageait. Mais George la sentait réticente et il ne voulait pas qu'elle parte à regret. L'Europe était très loin. Elle n'avait jamais voyagé si loin sans ses enfants accrochés à ses basques.

Terri s'aperçut du changement d'humeur et essaya d'alléger l'atmosphère.

— J'aimerais partir; je n'ai jamais dépassé Las Vegas, alors que vous allez tremper vos doigts de pied dans les « dams ».

— C'est quoi un dam ? demanda Amy.

— C'est une sorte de canal, lui expliqua George.

Les adieux furent longs et pénibles, mais Kathy et George finirent pas se retrouver dans la voiture, le moteur en marche.

— C'est long quinze jours, dit Kathy à Terri, penchée à la vitre.

— Prenez le bon côté des choses, Kathy. Vous vous installerez probablement dans votre nouvelle maison de Rancho Santa Fe en rentrant.

— Ce sera chouette, approuva George de bonne humeur.

Terri sourit :

— Et pensez au moment où nous nous occuperons de la décoration de la maison une fois que vous aurez reçu les meubles commandés.

Kathy sourit aussi :

— C'est vrai. Prenez soin des enfants !

— Je ferai de mon mieux, je vous le promets.

— Je le sais bien, Terri. C'est seulement que...

George ne voulut pas laisser se prolonger ces adieux. Il passa les vitesses et dit :

— Au revoir, Terri ! Et encore merci !

Les enfants agitèrent la main en signe d'adieu et Kathy se pencha pour leur dire un dernier au revoir. Un instant, George crut qu'elle allait bondir de la voiture et

214

les rejoindre. Puis Terri, Greg, Matt et Amy devinrent juste des points dans son rétroviseur et disparurent.

— Quinze jours seulement, dit-il.

Il détestait voir Kathy aussi triste.

— Quinze jours seulement, répéta-t-elle en insistant sur les mots.

On dirait qu'il s'agit d'un siècle quand elle dit ça, pensa George.

L'avion de la KLM amorça sa descente et vira sur la droite au moment où ils approchèrent d'Amsterdam et de l'aéroport Schipol. George regarda par le hublot et vit une série de petits lacs argentés qui embellissaient la ville grise et verte. Les lacs étaient reliés entre eux par une infinité complexe de canaux qui couraient dans tous les sens. On avait l'impression qu'il y avait plus de canaux que de routes et que les voies navigables étaient aussi encombrées que les autoroutes.

— Etonnant!

— C'est beau, dit Kathy.

Ils se tinrent la main lors de l'atterrissage.

Un homme distingué, d'âge moyen, aux cheveux argentés, les attendait à la douane.

— Monsieur et madame Lutz? (Il leur tendit la main et se présenta :) Hans Vander du Dutch Book Publishing. Je m'occuperai de vous durant votre séjour à Amsterdam.

George lui serra la main et le complimenta pour son anglais très correct que l'accent rendait plus plaisant.

— C'est très gentil, répondit Vander, tout content. Voulez-vous qu'on récupère vos bagages?

Le temps passé dans les aéroports, se dit George plus tard, est toujours une période confuse. Même dans le petit aéroport propre et moderne de Schipol, le bruit et les problèmes de correspondance et de douane émoussèrent ses sens.

L'importance des canaux les impressionna. Il semblait impossible d'avancer sans en croiser ou en traverser un.

— Amsterdam a été construite entre des canaux ?
demanda Kathy.

— Oh, oui. Voilà, d'ailleurs, le plus connu, le canal
qui a donné son nom à la ville.

Ils roulaient sur une route de ceinture menant à leur
hôtel et Vander leur faisait un bref exposé sur sa ville
tout en conduisant.

— Amsterdam se trouve encore à plusieurs mètres
au-dessous du niveau de la mer. Chaque semaine, chaque mois, nous avons besoin de davantage de terre.
Vous avez peut-être vu d'avion comment nous com-
blons la mer pour édifier de nouvelles constructions ?

Ils hochèrent la tête au souvenir des excavations cir-
culaires dans les basses eaux près de l'aéroport.

Même ainsi, nous sommes quatre là où nous devrions
être trois, ce qui signifie que nous sommes en surpopu-
lation. Mais vous serez très à votre aise.

Ils s'arrêtèrent à l'hôtel Sonesta, non loin du canal
originel.

— Un bel hôtel, leur dit Vander, bien calme. Je pense
que vous le trouverez pittoresque.

George et Kathy sourirent en même temps. Un beau
petit pays bien propre, décida George. Exactement ce
que le médecin nous a ordonné.

Leur première apparition en public aux Pays-Bas
devait avoir pour cadre un vénérable club hollandais au
centre de la vieille ville. Mais quand Hans Vander les
introduisit dans le hall, le lendemain de leur arrivée à
Amsterdam, Kathy ne pensa pas à la Hollande. Il lui
revint immédiatement à l'esprit les vieux celliers à bière
de l'ancienne Allemagne qu'elle avait vus dans différents films.

Le bois sombre et robuste régnait partout et les mer-
veilleuses poutres semblaient pouvoir supporter des
tonnes de neige. Une cheminée occupait un mur entier,
des armes à feu anciennes et des têtes d'animaux couvraient un autre mur au-dessus de plusieurs grandes
étagères pleines de livres.

Ce jour-là, le public se composait de reporters, de

journalistes de radio et de deux ou trois équipes de la télévision.

— L'interview sera retransmise dans toute la Hollande, leur dit Vander. Et sans doute dans d'autres nations d'Europe, ce qui explique la présence de reporters venus de plusieurs pays.

Il les conduisit à une vaste estrade équipée d'un podium et d'un micro et les invita à s'asseoir sur les deux chaises situées au fond de la scène.

— Je vais vous annoncer, dit-il fièrement.

» Mesdames et messieurs, déclara Vander dans un anglais soigné, en brossant une poussière inexistante sur le revers de son costume gris. Je suis Hans Vander de...

Des cris se firent entendre dans la salle. Vander regarda la foule des journalistes qui agitaient des notes vers lui. Il haussa les épaules et recommença :

— Aujourd'hui, nous allons parler de... Qu'y a-t-il ?

Un homme nerveux à lunettes monta sur l'estrade et lui murmura quelque chose à l'oreille. Vander lui répondit en hollandais à voix basse et George se demanda si c'était vraiment poli. Puis leur hôte se tourna vers eux et sourit pour s'excuser.

— Il y a un problème avec le public. Nous allons le régler en une minute.

Cela dura en fait vingt minutes. Finalement, Vander s'excusa auprès des journalistes en colère :

— Tout est au point, dit-il, et la conférence commença.

Il fit un bref résumé des épreuves subies par les Lutz dans la maison d'Amityville et vanta sans vergogne l'édition du livre que sa maison d'édition publiait. Après cinq minutes d'éloges chaleureux et d'un récit destiné à captiver l'auditoire et à lui faire passer des frissons dans le dos, il finit par se tourner vers eux et par présenter « les personnes à qui cela est arrivé : monsieur et madame George Lutz ».

— George et Kathy Lutz, rectifia George avec un regard coupable vers sa femme.

Elle eut un sourire tolérant. Ils étaient quelque peu démodés ici, mais ce n'était pas trop mal, pensa-t-elle.

— Viens, chérie, dit George en se levant.

Kathy repoussa son bras et répondit :

— Non, vas-y seul. Tu m'appelleras si tu as besoin de moi.

Elle resta assise, les bras croisés.

George ne s'attendait pas à des applaudissements et quand ceux-ci éclatèrent, çà et là, il se sentit vaguement embarrassé. Qu'avait-il fait pour les mériter ? Etait-ce seulement parce qu'il se tenait devant le micro ? Il sourit, haussa les épaules, un peu intimidé et dit :

— Je suis prêt à vous répondre.

La première question fut posée par un journaliste à l'accent anglais très marqué :

— Monsieur, toute cette *expérience* que vous préten-dez avoir vécue, ne pensez-vous pas que cela ait pu être une hallucination collective ou un désordre purement aberrant ?

Il y eut quelques murmures dans la salle quand des journalistes s'efforcèrent de traduire « hallucination collective » et « aberrant ». La plupart d'entre eux par-laient parfaitement l'anglais, mais ils n'entendaient pas tous les jours ce genre d'expression.

George secoua la tête :

— Non, monsieur. C'est simplement...

Les haut-parleurs furent brusquement coupés. George se tut lorsqu'il s'aperçut que personne ne pou-vait l'entendre et jeta un regard impuissant à Vander qui haussa les épaules et lui fit signe de continuer.

George tapota le micro qui se remit à fonctionner.

— Hum, j'ai dit que trop de choses nous étaient arri-vées pour qu'une explication aussi simple puisse être exacte. D'autres questions ?

Une femme leva la main; George lui sourit et fit un signe de tête.

— Monsieur, nous aimerions savoir combien d'ar-gent vous ont rapporté toutes vos prétendues histoires de maison hantée.

George soupira :

— Pas vraiment autant que vous...

Le micro tomba à nouveau en panne et il le tapota pour rétablir le contact. Au moment où il allait répondre, un autre journaliste se leva et l'interrompit :

— Monsieur Lutz! Ne pensez-vous pas que tous ces événements sont incroyables? Dites-nous pourquoi vous pensez qu'ils ont pu vous arriver à vous, un Américain moyen, et pas à d'autres?

Ça recommençait, se dit Kathy énervée. Ces insinuations finement voilées. Elle s'aperçut qu'elle haïssait les questions, et les réponses qu'ils étaient obligés de donner. Pourquoi tant de gens les traitaient-ils de menteurs? Oh, ils étaient très gentils, ils ne les accusaient jamais directement, mais ils disaient exactement la même chose et très clairement. Que croyaient-ils donc, pour l'amour du ciel, qu'ils aient à gagner en inventant une histoire pareille? Croyaient-ils qu'il s'agissait d'une sorte de jeu?

George s'efforça de répondre à la question sans colère et une fois encore le micro tomba en panne. Cette fois, il fallut plus de temps pour le réparer.

Un autre homme se leva et dit :

— Je ne pense pas que vous ayez bien répondu à la dernière question, monsieur Lutz. Plus précisément, qu'avez-vous gagné en devenant célèbre? Et pourquoi devrions-nous vous croire?

Personne n'est obligé de nous croire, grommela Kathy in petto.

George fit un effort pour ne pas paraître agacé.

— Je... sais... que... si... Merde! dit-il en repoussant le micro du revers de la main.

On entendit une sorte de vrombissement qui augmenta d'intensité et, quand l'assistance se boucha les oreilles, George s'approcha du micro et tira sur le fil. Le bruit s'arrêta net.

Les journalistes continuèrent à poser leurs questions mais George ne put y répondre à cause du brouhaha.

— Je vous en prie! Je vous en prie! Un par un! cria-t-il.

Mais ils se mirent à parler tous à la fois. Il finit par

hausser les épaules et poser le micro inutile sur le podium.

Kathy était écœurée. Ils avaient fait tout ce voyage, dépensé tant d'argent, perdu tant de temps afin d'expliquer leur histoire, pour se retrouver finalement devant une meute de gens hostiles à priori qui les bombardaient de questions sans qu'ils puissent y répondre.

George se tourna vers elle, les bras tendus en signe de frustration et d'impuissance. Elle se leva et avança.

— Kathy ? dit-il étonné. Où vas-tu ?

Elle s'approcha du bord de la scène et hurla aux journalistes.

— Du calme ! Du calme, je vous prie !

Peu à peu, mais plus vite que George ne le pensait, le brouhaha diminua.

— Nous ne savons absolument pas pourquoi ces choses nous sont arrivées, s'écria Kathy, suffisamment fort pour qu'on puisse l'entendre jusqu'au fond de la salle. Mais elles nous sont arrivées. Mon mari et moi savons, sans aucun doute, que le diable *existe* et les discussions sur la réalité de cette existence sont pour nous tout à fait académiques. Nous l'avons vécu. Nous l'avons enduré. Nous savons qu'il existe. Si vous ne nous croyez pas, nous ne pouvons rien ajouter qui puisse vous faire changer d'avis et si vous ne *pouvez* y croire, si vous refusez d'admettre que le petit monde sain dans lequel vous croyez vivre, que ce monde où toutes les questions trouvent une réponse dans un cadre adéquat n'est pas aussi sûr ni aussi simple que ce que l'on pense, qu'il y a des mystères et des dangers incompréhensibles et imprévisibles, alors, c'est *vous* qui aurez des problèmes et pas nous.

» Aussi, croyez ce que vous voulez. Cela ne nous empêchera pas de continuer à raconter ce qui nous est arrivé, ce qui nous est *vraiment* arrivé.

Sans un regard en arrière, Kathy descendit de la scène et sortit de la salle. Elle reçut avec plaisir et surprise des sourires approbateurs et des signes de tête encourageants de certains auditeurs. Après la diplomatie et la tolérance, se dit-elle, ce n'était pas une mauvaise idée d'employer la fermeté.

Elle s'arrêta devant la sortie et se tourna pour regarder son époux. George se trouvait sur la scène, un peu étonné, mais quand il s'aperçut qu'elle le regardait, il sourit, murmura quelque chose à Vander et se précipita pour la rejoindre.

— Viens, dit-elle en lui prenant la main. Allons visiter Amsterdam.

Il se mit à rire et ils partirent bras dessus, bras dessous.

George et Kathy passèrent le reste de la journée en touristes et visitèrent les merveilles de la capitale de la Hollande. Ils marchèrent main dans la main dans les rues étroites et les allées; ils traversèrent des ponts, prirent le tram; esquivèrent les cyclistes qui se faufilaient dans les rues pavées à une allure terrifiante et, à trois reprises, s'assirent dans des cafés pittoresques et parlèrent de choses et d'autres en dégustant du fromage arrosé d'« expresso ».

Kathy fut surprise par la quantité de gens qui déambulaient dans les rues. Après toutes les voitures de New York et de Californie, la volonté délibérée des Hollandais de se servir de leurs pieds paraissait plutôt agréable et c'était, se dit-elle, la seule manière de visiter une ville, surtout une ville aussi belle qu'Amsterdam.

Ils flânèrent le long d'une voie navigable importante en croquant du chocolat quand elle vit un bateau d'excursion — une longue vedette basse, de style futuriste, avec des hublots de la proue à la poupe — qui glissait silencieusement sur le canal. Il était rempli de touristes, les yeux écarquillés.

— George, s'écria-t-elle tout excitée. Faisons un tour !

Il fut heureux de lui faire plaisir. George n'avait pas vu sa femme aussi heureuse et détendue depuis des années et il aurait donné n'importe quoi pour que cela dure. Après quelques rapides questions et des réponses cordiales, ils atteignirent l'un de ces docks pittoresques où ils embarquèrent à bord d'une vedette sur le point de partir. Ils naviguèrent sur les eaux infinies des canaux et absorbèrent l'histoire d'Amsterdam distillée gratuitement par un guide invisible dont les explications en quatre langues sortaient de minuscules haut-parleurs placés au centre de la vedette.

Au coucher du soleil, ils s'arrêtèrent à un petit stand au Centrum, le centre du vieil Amsterdam, et achetèrent des frites dans un cornet en papier.

— Comment appelez-vous ça ? demanda Kathy au vendeur.

Il lui répondit que c'étaient des « patat frittes ». Elle posa des questions sur les mets inhabituels qu'il était en train de préparer et le bonhomme grassouillet qui se tenait derrière le comptoir fut si content qu'il lui fit goûter à tout gratuitement. Il ne parlait pas bien l'anglais, mais il connaissait au moins un mot : « régalez-vous ».

— Régalez-vous, dit-il à George, en refusant d'être payé.

Et ils se régalèrent effectivement. Ils se promenèrent dans les rues étroites une partie de la soirée, émerveillés par la propreté minutieuse de la ville et contents d'arriver à se diriger sans trop de mal. Ils parlèrent de leur tournée, des conférences et, surtout, de ce qu'ils allaient faire le soir même.

Ils passèrent devant un cinéma qui donnait un film américain et Kathy fit un petit commentaire sur l'usage de l'anglais dans la ville. La plupart des films dont ils avaient vu les affiches étaient présentés sans sous-titres ni doublage.

— Tu veux qu'on entre ?

Kathy réfléchit un peu et dit :

— Oui, je veux bien. Je crois que cela fait des années que nous ne sommes pas allés au cinéma ensemble.

George acheta les billets et sortit chercher des friandises. Kathy entra dans la salle et s'installa.

C'était une petite salle coquette d'une centaine de places et Kathy repensa à la grâce et à la mesure de l'architecture d'Amsterdam. Ils ne pouvaient se permettre de gaspiller un pouce de terrain.

222

Un couple d'Anglais, derrière elle, main dans la main, parlait de ce qu'il avait vu dans la journée.

— Oh, Teddy, dit la jeune femme — assez jeune pour être ma fille, remarqua Kathy — quelle merveilleuse lune de miel!

Lune de miel? Oh, comme c'est bien, songea Kathy. George et elle étaient mariés depuis quelques années et, plus ou moins, ce voyage serait un peu comme leur lune de miel. Avec ce même sentiment de détente, de simplicité, de... d'espoir? Oui : d'espoir.

Elle se renversa sur son siège confortable et pensa à leur mariage.

Cela n'avait pas été une décision facile à prendre. Après tout, George et elle s'étaient déjà mariés une fois, avaient tous les deux divorcé et l'Eglise ne leur avait pas facilité les choses. Finalement, pour éviter tout problème avec ses amis et le clergé qu'elle respectait, George et Kathy s'étaient mariés dans une église presbytérienne et puisqu'ils avaient déjà connu tous les deux la traditionnelle cérémonie du mariage, ils avaient décidé d'agir exactement comme bon leur semblait sans se soucier des autres.

Une semaine avant leur union, ils avaient rédigé leurs vœux. Ils avaient énoncé tout ce qu'ils voulaient dire, ce qu'ils éprouvaient l'un pour l'autre, ce qu'ils attendaient du mariage et pourquoi celui-ci, à l'inverse du précédent, durerait. Ils avaient dû exprimer très bien ce qu'ils ressentaient, se rappela Kathy. La moitié des personnes présentes avait demandé des copies de leurs vœux ainsi que le ministre du culte.

Elle se souvint qu'elle avait cuisiné plusieurs jours durant pour préparer la réception. On avait servi des poulets et des jambons, des salades et de la crème glacée faite à la maison, et d'innombrables amuse-gueules. La réception avait été une belle et bizarre expérience. Ils avaient invité tous ceux qu'ils connaissaient l'un et l'autre et c'était étrange et merveilleux de voir leurs collègues de bureau en costume strict trois-pièces frayer avec les vieux copains de moto de George en veste de cuir et jean. En jean propre, bien sûr : il s'agissait d'un mariage.

George avait coupé par le milieu deux énormes tambours pour en faire des barbecues géants. Tout, depuis le porc et le bœuf jusqu'à la mélasse, fut grillé là-dessus. Ils avaient même loué les services d'un homme-orchestre. Le bal se termina très tard dans la nuit et le grand-père de George — ce vieil homme caustique si séduisant — était arrivé de bonne heure et n'était reparti que parmi les derniers. Il avait dansé, bu et profité de la soirée plus que les autres. A l'âge de quatre-vingt-treize ans !

Le grand-père de George s'était éteint maintenant. Ils avaient assisté à son enterrement, il y avait un peu plus d'un an. Mais des souvenirs comme celui-ci l'empêchaient de mourir pour de bon et persuadaient Kathy que rien ne mourait complètement, surtout ce qu'il y avait de bon chez les gens.

George la rejoignit juste au moment où les lumières commencèrent à s'éteindre.

— Impossible de trouver du pop-corn.
— Quels païens ! plaisanta Kathy.
— Mais ils ont beaucoup de chocolat.
— Je dois penser à ma ligne, dit Kathy.

Elle prit un gros bonbon, mordit dedans à belles dents, passa son bras sous celui de George et se serra étroitement contre lui en regardant le générique.

C'était ainsi que cela devait se passer, se dit-elle, toujours.

Ils rentrèrent à leur hôtel vers 1 heure du matin, tout guillerets, et décidèrent de dormir un peu. Un message les attendait. M. Vander les avait appelés à maintes reprises, très embarrassé. Ils furent d'accord pour laisser le pauvre homme dormir tranquillement. Ils régleraient tout le lendemain matin. Il était gentil et les habitants d'Amsterdam semblaient épatants. Mais les journalistes et la publicité les mettaient hors d'eux.

George s'affala sur le lit, les yeux fixés au plafond

tandis que Kathy traînait dans la salle de bains et se déshabillait.

— Pourquoi suis-je si bien réveillée? cria-t-elle. J'aurais dû être morte de fatigue à cause du décalage horaire.

— Huit tasses d'expresso y sont peut-être pour quelque chose, répondit George en riant.

— De toute façon, je suis ravie. J'aimerais me sentir comme ça tout le temps.

Elle se démaquilla, enfila une vieille robe de chambre molletonnée et rejoignit George. Elle se sentait détendue et en paix avec elle-même pour la première fois depuis des années.

— George, dit-elle en lui caressant la poitrine, je...

Cela lui tomba dessus comme une douche glacée. Une intuition, une certitude, le sentiment que quelque chose n'allait pas.

La tiédeur de cette longue journée heureuse disparut instantanément. Elle sentit ses muscles se raidir, son estomac se tordre en proie à la vieille peur familière, et, près d'elle, George s'assit aussitôt, tremblant sous l'impact invisible.

— Qu'y a-t-il? demanda-t-il en se frottant les bras pour se réchauffer.

— Je ne... je ne sais pas, dit-elle, en explorant timidement ses sensations, comme si elle tâtait une vieille blessure.

Elle avait l'impression d'avoir ressenti la même chose auparavant. Pas exactement la même chose. Mais presque.

— La Jolla. La fois où nous nous sommes trouvés paralysés dans la salle de séjour.

George hocha la tête.

— Oui, c'est ça. Mais avec une légère différence. C'est... plus faible, on dirait. Comme si nous n'étions pas au cœur de... comme si...

Il n'arrivait pas à préciser. Il avait le mot sur les lèvres mais sentait qu'il évitait instinctivement d'approfondir.

Kathy ressentit une nouvelle vague de peur, plus brutale que la précédente et, brusquement, elle comprit ce qui se passait. Elle s'assit toute droite sur le lit et prit le bras de George.

— George! s'écria-t-elle. *Cela concerne les enfants* !

Il se tourna vers elle, abasourdi :

— Les enfants? Mais comment...

Il s'arrêta. C'était une question stupide. Ils avaient enduré tant de choses ces dernières années, tous ensemble. Ils ne formaient qu'une seule famille, ils formaient une unité, comme un organisme, et si l'un d'eux était concerné, si deux d'entre eux se trouvaient en danger, si trois d'entre eux étaient terrifiés, cela les touchait tous.

Il comprit qu'elle avait raison. Le lien puissant qui existait entre les parents et les enfants leur soufflait qu'il se passait quelque chose, à des milliers de kilomètres de là.

Les enfants couraient un danger.

Il leur fallut quinze minutes pour obtenir la communication avec San Diego et cela grâce à George qui insista en disant que c'était un cas d'urgence. Après tout, c'était au milieu de la nuit. Abigaïl, la mère de Terri, répondit à la deuxième sonnerie.

— Abby? George Lutz à l'appareil.

Elle eut l'air ravie.

— George! Vous rentrez bientôt?

— Non, non. Nous appelons d'Amsterdam, en Hollande.

— Seigneur, mais cela doit coûter une fortune.

— Abby, comment vont les enfants?

Il y eut un bref silence et George retint son souffle.

— Comment vont-ils? Ils vont bien. Amy est près de moi, elle joue avec ses poupées et les garçons sont allés à la plage avec Terri. Votre Greg aime tant la mer !

— Alors, ils vont bien? Pas de problèmes?

— Non, George. Aucun. Et vous, tout va bien?

George se mit à rire sans gaieté.

— Oui, bien sûr. Je voudrais parler à Amy.

Quatre heures plus tard, une heure avant le lever du soleil en Hollande, le téléphone sonna dans leur chambre d'hôtel. Ils répondirent avant même la fin de la première sonnerie. Ni l'un ni l'autre n'avait pu dormir car la peur ne les quitta pas de la nuit. Ainsi, ce fut en Europe, à l'aube, qu'ils entendirent le récit de ce qui s'était passé et qui expliquait leur froid et la singulière certitude d'un danger menaçant.

Une heure avant le retour des Lutz à leur hôtel, à dix fuseaux horaires de là, Terri Sullivan avait finalement cédé. Elle pouvait imposer sa volonté aux garçons séparément, même s'ils se montraient têtus, mais elle n'était pas de taille quand ils s'y mettaient à deux.

— D'accord, d'accord, finit-elle par dire. Puisque vous voulez aller à la plage, allons-y.

Amy dormait à l'étage au-dessus, enfouie sous ses couvertures et ses poupées. Terri n'eut pas le cœur de la réveiller. Elle demanda à sa mère si elle voulait rester à la maison avec la fillette et Abby accepta, ravie de jouer à nouveau à la maman.

— Oui, je sais, la taquina Terri, je suis trop vieille, heureusement pour moi.

— On ne saurait mieux dire, acquiesça sa mère. Maintenant, tu ferais mieux d'emmener ces garçons à la plage avant qu'ils ne démolissent la maison.

Ils préparèrent des sandwiches et de la limonade, et s'entassèrent dans la Volkswagen de Terri pour se rendre à La Jolla toute proche.

Le coin de plage qu'ils choisirent était une bande étroite de sable fin, bordée par une rangée de gazon dru, de palmiers-dattiers et de tables à pique-nique grises. L'eau y était peu profonde. Il faisait plus chaud que prévu et Terri fut secrètement heureuse que les garçons lui aient demandé — avec tant d'insistance! — de faire la balade, car elle n'aurait jamais pensé à le leur proposer.

La plage était pratiquement déserte en ce début d'après-midi et le trio disposait de toute la place désirable pour étaler ses serviettes. Ils décidèrent de s'éloigner du parking et des tables de pique-nique. Terri arrangea les couvertures, sortit le thermos pendant que les garçons jouaient à qui se déshabillerait le plus vite. Greg gagna d'un cheveu et ils allaient tous les deux se préparer à plonger quand Terri les appela.

— Eh, les gars! Attendez que je vous mette de l'huile.

Matt fit « pouah! », Greg ajouta « laisse tomber », mais Terri insista. Elle leur passa l'huile solaire dans le dos pendant qu'ils s'en mettaient sur les bras, les jambes, la poitrine et le visage.

— Si vos parents rentrent et vous trouvent avec des coups de soleil, nous serons tous écorchés vifs, leur dit Terri.

Sa main accrocha la chaîne que Greg portait autour du cou et il se tortilla en poussant un « ouille! » maussade.

— Qu'est-ce que c'est, Greg?

— C'est ma médaille de Saint-Michel.

Terri fronça les sourcils.

— Tu ferais peut-être mieux de l'enlever. Tu peux la perdre ou l'abîmer.

Greg recommença à se tortiller.

— Non, mon papa m'a dit de toujours la porter. (Il bondit sur ses pieds et montra l'océan.) J'peux y aller?

Terri éclata de rire.

— Oui, allez-y.

Les deux garçons disparurent en un clin d'œil. Elle rit à nouveau et les regarda s'éclabousser et plonger.

— N'allez pas trop loin! cria-t-elle sans être sûre qu'ils l'aient entendue.

Cela n'avait vraiment pas d'importance. C'étaient des garçons intelligents et de bons nageurs. Elle n'avait pas à se tracasser pour eux.

Elle se passa de l'huile sur les bras et fronça les sourcils en voyant sa peau toute blanche. Je devrais aller plus souvent à la plage, se dit-elle. Je suis pâle comme un navet. Elle étala la serviette avec l'intention de s'allonger et jeta un dernier regard sur les garçons. Ils sautaient sur les petites vagues au bord de l'eau et ressemblaient davantage à des phoques qu'à des enfants.

Au moment où elle s'allongeait, le bleu du ciel et de la mer l'écrasèrent et semblèrent lui faire signe. Elle s'assit et regarda la mer d'un bleu cobalt, parsemée de moutons blancs, le vert ondoyant des vagues, le gris perlé des ailes d'une mouette qui survolait les vagues.

Terri mit les bras autour de ses genoux et fixa la mer, fascinée.

Pendant ce temps, les garçons nageaient dans les vagues et s'éloignaient du bord en barbotant joyeusement dans le courant léger.

— Terri, regarde-moi !

Matt fit le poirier et resta tout droit dans l'eau, les jambes seules émergeant. C'était un nouveau truc qu'il venait d'apprendre et dont il était fier.

Il se trouva plus près du bord que prévu et s'aperçut que Terri regardait droit devant elle.

Assise, recroquevillée, elle fixait la mer.

— Terri ! Hé, Terri ! appela-t-il.

Elle ne bougea pas.

Matt retourna dans l'eau et chercha son frère au delà des vagues. Greg était, à son avis, le meilleur des nageurs. Il pouvait nager sans jamais être fatigué.

Mais il ne le voyait plus. Il se dressa sur la pointe des pieds, le plus haut qu'il put et, brusquement, il l'aperçut.

Il s'était trop éloigné. Si leur papa avait été là, se dit Matt, Greg aurait eu des ennuis.

— Hé ! cria-t-il. Hé, Greg, tu ferais bien de retourner !

Greg sortit un bras et sa tête s'enfonça sous l'eau. Il mit longtemps à ressortir — *très* longtemps — et quand il le fit, il s'était encore éloigné davantage.

— Hé, Greg, ça va ?

Il entendit son frère lancer un cri étranglé — pas un mot, juste un cri — et sa tête s'enfonça à nouveau.

— Greg ! Greg ! Reviens !

La mer devenait agitée et Greg continuait à s'écarter du bord.

Matt avait entendu parler des contre-courants. Son papa leur avait expliqué ce que c'était et comment ils pouvaient vous entraîner au large. Il fallait nager parallèlement à la côte et une fois hors du courant, il fallait nager vers la plage.

— Greg ! hurla-t-il. Nage de ce côté ! De *ce* côté !

Il entendit Greg crier. Il s'éloignait de plus en plus.

La distance était maintenant trop grande pour qu'il puisse lui venir en aide. Il savait qu'il n'était pas assez bon nageur.

Matt nagea à toute vitesse jusqu'à ce qu'il ait de nouveau pied. Il se tourna ensuite vers l'amie de sa mère et s'écria :

— Terri ! Terri ! Viens vite, Greg a des problèmes.

Terri était toujours assise, les bras autour des genoux, et elle fixait la mer. Elle ne faisait que fixer la mer.

— Terri ! *Viens* ! Au secours.

Terri ne bougea pas.

Le petit garçon lutta pour atteindre le bord et une vague inattendue le renversa. Il sentit l'eau le recouvrir, s'infiltrer dans ses narines et pendant une seconde, il crut que c'était *lui* qui se trouvait en difficulté.

Il revint à la surface et s'aperçut qu'il était entouré de mousse et d'algues, mais à présent, l'eau ne lui arrivait plus qu'aux genoux.

Il ne voyait plus du tout son frère.

Il n'y avait personne sur la plage à l'exception de Terri et de lui-même. Il regarda à droite et à gauche, mais les seules autres personnes se trouvaient plus loin, près du parking.

— Terri ! Au secours ! Viens, tu dois nous aider !

Il sortit de l'eau et courut vers elle, mais Terri continuait à regarder la mer comme s'il n'était pas là.

— Viens nous aider ! hurla-t-il. Au secours ! Au secours !

Quand Terri repensa à tout cela un peu plus tard — et il lui arriva d'y penser souvent — elle se rappela parfaitement bien l'océan, le ciel et le cri de la mouette. Cela semblait éternel et il n'y avait rien d'autre que la mer bleue, le ciel bleu et les ailes grises de la mouette et — très loin et très doux — un petit cri dans le vent.

Matt dut lui prendre le bras et la tirer très fort avant de réussir à la faire bouger.

— Terri ! Aide-moi ! Greg est en danger ! Il est en danger !

Elle le regarda d'un air confus et rêveur.

— Quoi ?

— Greg est en danger, Terri !

Elle se redressa aussitôt, très consciente, et dit :

— Quoi ? Qu'y a-t-il ?

Il se tourna et montra du doigt l'eau au delà des brisants. Ils aperçurent Greg : il nageait de toutes ses forces dans un jaillissement d'écume, luttant contre le contre-courant qui l'entraînait vers le large.

— Tu pouvais pas m'entendre ? Je t'ai appelée sans arrêt !

— Je suis désolée, Matt. Je... (Elle sauta sur ses pieds et regarda le garçon qui risquait de se noyer.) J'ai dû m'endormir...

Ils entendirent un cri très faible et éloigné, un hurlement à moitié étouffé par l'eau. Terri courut jusqu'au bord et appela Greg sans se soucier des vaguelettes glacées qui lui battaient les chevilles.

Elle savait nager mais pas assez bien. Le garçon était beaucoup trop loin pour elle.

Elle se retourna et regarda alentour en quête de secours, mais elle ne vit personne. Elle revint vers l'océan et appela :

— Greg ! Greg ! Sois calme ! Je vais te sortir de là ! Reste calme !

Le cri éloigné et ténu se répéta.

— Puis-je vous aider ?

La voix grave et amicale venait de sa droite. Terri sursauta et vit juste derrière elle un grand jeune homme blond en maillot de bain et sweat-shirt.

— Mais...

Elle était sûre que la plage était déserte.

— Avez-vous besoin d'aide ? demanda-t-il avec un sourire.

On entendit encore le cri et elle regarda la mer :

— Il y a un enfant en difficulté là-bas. Je ne peux pas, je ne suis pas sûre de nager assez bien pour...

— Je m'en occupe, dit le jeune homme blond.

Il ôta son sweat-shirt en courant vers l'eau. L'écume gicla autour de lui comme deux ailes blanches et, un instant plus tard, il plongeait dans une vague d'un mètre cinquante.

— On vient t'aider, Greg! cria Terri. On arrive!

Les mouvements de l'homme étaient puissants et réguliers. Il atteignit le garçon en quelques secondes et passa son bras musclé et bronzé autour de lui. La houle gênait Terri et elle ne les voyait que par intermittence. Mais elle était sûre qu'ils allaient revenir au bord directement, sans se soucier du contre-courant.

— Matt, va chercher de l'aide. Un docteur ou un maître nageur, quelqu'un.

Le garçon hocha la tête et courut sur la plage en hurlant à qui voulait l'entendre. L'homme blond sortait juste de l'eau, quand Matt réapparut suivi d'une petite foule de gens.

L'homme blond portait Greg sur son épaule à la manière d'un pompier. Greg était presque inconscient et, pendant une horrible seconde, Terri crut qu'il était mort.

— Est-ce qu'il va bien? s'écria-t-elle quand ils arrivèrent près d'elle. Est-il vivant?

L'homme ne répondit pas. Il se concentrait sur Greg. Il l'étendit sur le sable sec.

— L'équipe d'urgence arrive, dit une femme dans la foule, et le jeune homme approuva de la tête.

— Eh, vous l'avez sauvé. Vous l'avez *sauvé*! s'écria Matt tout excité.

L'homme blond ne répondit pas. Un instant plus tard, une jeep blanche roula sur le sable mouillé et deux maîtres nageurs en descendirent. La foule recula tandis qu'ils se penchaient sur le garçon et lui faisaient du bouche-à-bouche.

— Oh, mon Dieu, pourvu qu'il n'ait rien. Pourvu qu'il n'ait rien!

Terri s'efforçait à tout prix de ne pas pleurer pour ne pas effrayer Matt. Mais que dirait-elle à Amy et à sa mère? Que dirait Kathy? Comment *pourrait-elle* le dire à Kathy?

Une main ferme lui toucha l'épaule.

— Ne vous en faites pas. Il s'en tirera.

C'était l'homme blond. Il avait remis son sweat-shirt gris sans attendre d'être sec.

— Vous en êtes sûr ?

— Absolument, répondit-il en souriant.

Terri se sentit soulagée. Elle ne savait pas pourquoi, cet homme lui était totalement étranger, il n'était manifestement ni médecin ni secouriste, mais elle savait qu'il disait la vérité et que tout irait bien.

— Je... je ne sais comment vous remercier, dit-elle, en luttant contre les larmes. Je devais surveiller les enfants et si quelque chose leur était arrivé, je...

— Vous n'avez pas besoin de me remercier.

— Oh, mais si ! Et... j'ignore votre nom.

Elle jeta un regard inquiet vers Greg toujours entre les mains des maîtres nageurs. Comment allait-il ? Pouvait-il respirer tout seul ?

— Je m'appelle Michel, dit l'homme doucement.

Greg toussa et recracha un quart de litre d'eau salée. Terri se retourna, l'appela et s'agenouilla près de lui.

L'un des maîtres nageurs se releva et la foule l'applaudit.

— Oh, ça va, dit-il en rougissant comme un gamin.

Terri leva les yeux vers lui et dit :

— Merci, merci.

Il hocha la tête.

— Il va aller bien, à présent. Il a seulement avalé trop d'eau.

L'autre maître nageur regardait l'océan :

— C'est un drôle d'endroit pour les contre-courants, remarqua-t-il sans s'adresser à quelqu'un en particulier. Il n'y a jamais eu d'accident par ici.

Greg toussa à nouveau, s'assit et essuya ses yeux pleins de sable et d'eau.

— Ça alors ! Ça alors !

Terri l'enlaça et le serra très fort.

Le premier maître nageur demanda :

— Que s'est-il passé exactement ?

Terri se leva et lui parla du contre-courant, de Greg et de l'homme blond qui avait sauvé la vie du garçon.

Elle se tourna pour présenter l'homme aux maîtres nageurs... mais il n'était plus derrière elle. Elle regarda partout et ne le vit pas.

Il avait disparu.

— Il était ici il y a à peine une seconde, dit-elle, ébahie.

Elle mit la main en écran devant les yeux et chercha partout sur la plage, mais en vain.

— J'aurais vraiment aimé vous le présenter.

Le maître nageur haussa les épaules.

— Il est peut-être timide. De toute façon, vous avez eu de la chance qu'il se soit trouvé là au bon moment.

— Oui, répondit-elle lentement. Nous avons eu beaucoup de chance.

Une vague pensée — en rapport avec la plage déserte — l'effleura. Puis Greg se leva et dit d'une voix très faible :

— On rentre ?

La foule se mit à rire et les aida à regagner leur voiture.

23

Il y avait une fissure au plafond.

George était étendu sur le dos, trop épuisé pour dormir, les yeux fixés sur les murs à peine éclairés de leur nouvelle chambre à coucher. L'unique lumière provenait de la petite lampe de chevet à sa gauche. A sa droite, Kathy dormait, pelotonnée, et ronflait très doucement.

Une fissure au plafond. Dans une maison neuve. C'était fréquent; cela ne signifiait sans doute pas grand-chose. Mais cette fissure, ce défaut imprévu qui n'aurait pas dû exister symbolisait de manière pathétique les derniers épisodes de sa vie.

Ils étaient rentrés de Hollande en pleine forme et remplis d'espoir. Une magnifique maison les attendait à Rancho Santa Fe; ils n'avaient plus qu'à signer l'acte de vente et les papiers concernant l'emprunt à la banque. Mais en leur absence, pour des raisons non élucidées, la banque avait décidé de refuser le prêt. Pas d'argent, pas de maison. Pas de maison... retour à Tierrasanta.

Une fissure imprévue dans sa vie qui n'aurait pas dû arriver. Une parmi tant d'autres.

Ils avaient dû décommander les meubles, ce qui n'avait pas été sans mal, et perdre les arrhes déjà versées pour la moquette et les rideaux. Pendant quelque temps, le moral de George avait été au plus bas, mais ils avaient fini par découvrir, non loin de San Diego, à La Costa, une maison presque aussi belle que celle qui leur avait échappé.

« Nous avons eu de la chance », avait dit George en signant le bail avec option d'achat.

Il s'en souvint alors qu'il regardait la fissure en forme de toile d'araignée au-dessus de sa tête et grimaçait à cause d'une migraine tenace. Nous avons eu de la chance. C'est ce que nous avons cru à l'époque : une maison à deux niveaux sur une colline dominant le fameux Country Club de La Costa; une vue magnifique, un prix très bas; que pouvaient-ils souhaiter de plus ?

Puis Amy avait été accidentée inopinément, pas sérieusement mais assez pour leur flanquer une belle frousse à tous. Cette peur et cette surprise entraînèrent la rupture de la digue apparemment mal colmatée et marquèrent le retour de leur guigne.

Tout recommença. Les cauchemars. Le froid insupportable. Les malaises. George se mit à fumer deux paquets de cigarettes par jour, à boire des litres de café et devint si irritable qu'il engueulait tout le monde. Pour un rien. Et toujours, toujours les migraines. Plusieurs fois par jour, elles le torturaient et le harcelaient tellement qu'il devenait incapable de penser.

Il était sur le point de craquer. Au moment où il se dit cela, il sourit. Il craquait comme le plafond...

George flottait — du moins, il en avait l'impression. Il semblait ne rien peser, il éprouvait une sensation de légèreté étrange et délicieuse, de mobilité et de grâce qu'il n'avait jamais éprouvée auparavant.

Il se tourna dans... les airs ?... pour explorer cette sensation et, brusquement, en un clin d'œil, il fit nuit. A la seconde où cela arriva, il ne put se rappeler s'il y avait eu de la lumière avant. Il n'était pas question de lumière; il y avait eu *quelque chose*, et maintenant, il n'y avait plus ce *quelque chose*. C'était ce qu'il... voyait ?... à présent. Ni obscurité, ni ténèbres, ni même cécité. Une absence de couleur, une négation de toute chose.

Il essaya d'explorer l'endroit où il se trouvait et presque aussitôt son apesanteur lui posa un problème. Les signaux familiers qui se transmettaient de sa tête à son bras et de son bras à sa main avaient disparu. Pas la moindre sensation de toucher, pas la moindre réaction lui permettant de déterminer où il était et ce qu'il éprouvait. Pas de température. Pas de bruit. Rien.

Je ne suis plus dans mon corps. Je suis en dehors. Séparé de lui.

Au moment où il comprit cela, une voix puissante venue on ne sait d'où résonna autour de lui comme un coup de tonnerre qui éclaterait en deux endroits simultanément.

— *Tu n'es pas là où tu devrais être,* lui disait-elle.

Il fouilla l'obscurité du regard, mais il n'y avait rien à voir. Il était une tache grise indéfinie dans un océan d'uniformité. S'il entendait une voix, ce n'était pas avec ses oreilles.

— Que voulez-vous dire par « je ne suis pas où je devrais être » ?

Il pouvait entendre les mots dans son esprit mais se demanda si quelqu'un — ou quelque chose — d'autre le pouvait.

— *Tu n'es pas là où tu devrais être,* répéta la voix.

Il commença à s'énerver. Il voulait récupérer son

corps. Il regrettait l'absence de sensations, de pesanteur, d'appartenance.

— Où suis-je censé être? Comment en suis-je arrivé là?

— *Tu n'es pas là où tu devrais être,* insista la voix sans changer d'intonation.

Jusqu'à cet instant précis, le non-espace dans lequel George flottait paraissait aussi dépourvu d'émotion que de lumière. Puis, alors que la voix s'adressait à lui pour la troisième fois, il tressaillit. Il ressentait une peur subite, une peur physiquement matérielle qui le poursuivit comme le claquement d'un fouet.

— *Tu n'es pas là où...*

— Qui êtes-vous? hurla-t-il. Qu'est-ce que je fais ici?

C'est un rêve, se dit-il. Encore un cauchemar, c'est tout. Différent des autres, mais tout est dans ma tête. Je vais me réveiller d'une seconde à l'autre.

Mais il ne se réveilla pas. Il continua de flotter dans le non-espace, tandis que la peur l'envahissait par vagues successives qui augmentèrent d'intensité à chaque claquement de fouet.

Cours, se dit-il, mais il n'avait pas de jambes. Bouge, mais il était dans un endroit où l'on ne pouvait bouger : il n'était nulle part.

Des secours vont arriver, se dit-il en essayant de retrouver son calme antérieur. Il avait toujours été secouru; il était sûr que cela viendrait.

Une silhouette blanche apparut devant lui, se faufila dans le néant comme un acteur se faufile par la fente invisible d'un rideau noir. L'état solide le stupéfia. Il lui fallut un moment pour se souvenir de la pesanteur et de la densité d'un corps.

C'était Kathy, vêtue de blanc. Elle errait dans l'obscurité, marchant dans le vide, les bras tendus, aveugle et désolée.

— Où est mon George? dit-elle.

— Je suis ici, Kathy, appela-t-il soulagé.

Elle ne répondit pas. Elle se retourna simplement, s'éloigna de lui en répétant :

— Où est mon George?

— Je suis ici, Kathy, viens !

Elle devint de plus en plus petite, de plus en plus pâle.

Elle s'éloignait de lui et il ne pouvait la suivre. Elle errait, sans entendre, les bras tendus et criait d'un ton plaintif :

— Où est mon George ?

— Kathy ! Kathy !

Partie.

— Qu'est-ce que je fais ici ? s'écria-t-il, irrité et effrayé par la disparition de sa femme. Je ne m'en sortirai jamais tout seul. Je suis piégé hors de mon corps, perdu dans... le néant.

Où sont ces êtres qui sont censés nous aider ? Personne ne se soucie de nous. Rien ne compte. Je vais flotter ici à jamais et personne ne me regrettera. Au diable, tout cela. Qu'ils aillent tous au diable.

— Pourquoi ne voulez-vous pas m'aider ?

Il essaya de crier. Il essaya d'émettre un son, d'entendre un son.

— Vous savez que j'ai besoin de vous ! Pourquoi n'êtes-vous pas là ? *Immédiatement ?*

— *Tu n'es pas là où tu devrais être,* lui rappela la voix.

Plus fort. La puissance martelait chaque syllabe.

Un lambeau de gris s'enroula autour de lui. Des ondes de peur le secouèrent, des vibrations l'ébranlèrent.

Il y a quelque chose, comprit-il. Quelque chose va venir me prendre.

— Venez, venez. Je sais que vous pouvez m'entendre. Vous m'avez déjà aidé auparavant, vous m'avez protégé tout le temps. J'ai besoin de vous ! J'ai besoin de vous !

» Où est donc ma protection ?

» Pourquoi ne voulez-vous pas m'aider ?

Une étincelle de conscience jaillit dans son esprit. En lui, une parcelle lointaine s'éveilla et attira son attention. Elle vacilla puis s'illumina. Elle lui dit :

— *Tu ne l'as pas demandé.*

George s'indigna de ses propres pensées. Bien sûr

qu'il l'avait demandé. Je le demande depuis que je suis ici.

Non, tu ne l'as pas fait. Tu t'es plaint, tu t'es étonné et plaint. *Mais tu ne l'as pas demandé.*

La chose surgie du néant le traquait toujours. Il la sentit approcher, prête à l'atteindre. Il sentit la vibration immatérielle de puissance pure mugir autour de lui.

L'obscurité s'était infiltrée en lui, se dit-il. Tu es infecté de l'arrogance du diable. Tu attends, tu demandes, tu questionnes, tu t'irrites d'être déçu. Mais tu ne demandes toujours pas.

Mais elle va venir me prendre ! Elle arrive !

Tu sais ce qu'il faut faire.

George essaya de se calmer, d'éclaircir ses idées. Ce n'était pas facile. La malveillance qui l'entourait ne dépendait d'aucune loi physique.

Pourquoi personne ne m'a aidé ? Pourquoi...

Non ! Il écarta la peur et le sentiment de frustration. Pense à saint Michel, se dit-il. Le père Mancusso l'appelait le Protecteur. Il était le saint patron de ceux qui combattaient le Malin. Et quand il avait acheté les médailles de Saint Michel pour ses fils, la vendeuse du magasin d'articles religieux lui avait donné une carte en plastique sur laquelle se trouvait la prière de l'archange. Une prière. Une supplique.

Au diable tout cela, se dit-il amèrement. C'est stupide.

Personne ne se soucie de moi, de ce à quoi je pense. C'est...

— *Tu n'as qu'à demander.*

Désespéré et terrifié, George chassa de son esprit la tempête démoniaque qui sévissait. Il commença la prière de saint Michel.

— Sois notre protection contre la cruauté et les pièges du Malin.

Maintenant, se dit-il, frissonnant sous les forces qui le touchaient. Je vous en prie, maintenant.

— Puisse Dieu le repousser, nous prions humblement...

Il sentit quelque chose. Il sentit cela du bout de ses doigts : la surface froide et lisse d'un mur.

— Et toi, Prince de l'Hôte Céleste, grâce à la puissance de Dieu, repousse dans l'enfer Satan et les esprits malins...

Il y avait de la lumière maintenant : une lumière réelle, tangible, celle de la lampe de chevet.

— ... les esprits malins qui errent de par le monde pour la ruine des âmes.

La sensation de pesanteur revint, la chaleur aussi. Le sentiment *d'être* l'envahit à nouveau.

La ruine des âmes, se répéta-t-il. Amen. Amen.

Il y avait une fissure au plafond. Il la voyait à nouveau, aussi fine qu'un trait de crayon sur une feuille blanche, mise en relief par la clarté de la lampe de chevet. Il la voyait, sentait le lit, entendait la respiration lente et régulière de son épouse.

Rêve ? se demanda-t-il. Cauchemar ? Hallucination ? Ou vision ?

Il se tourna pour regarder Kathy. Il lui toucha l'épaule, heureux de sa chaleur et de tout ce qu'elle représentait. Il l'embrassa légèrement sur la joue et elle remua dans son sommeil. Un sourire parcourut son visage pendant qu'elle rêvait : un rêve qu'il souhaitait moins horrible que le sien.

Elle avait voulu l'aider même dans son cauchemar. C'était comme si le lien forgé dans l'amour et la dévotion était trop fort pour être un jour brisé.

Il posa sa tête sur l'oreiller et ferma les yeux. Kathy faisait partie de la réalité et la puissance de lumière qui contrebalançait la noirceur d'Amityville en faisait partie également.

Il ne considérerait plus ce qui l'entourait comme allant de soi, dorénavant. Il serait attentif à l'arrogance du Malin quand elle se manifesterait à nouveau et si la noirceur revenait, si la peur le reprenait comme cela s'était produit de si nombreuses fois, il saurait quoi faire.

Il demanderait.

Il récita une courte prière d'action de grâces et plongea dans un sommeil paisible et sans rêves.

24

— George, elle va plus mal.

George régla son rétroviseur pour voir sa fille. Blottie dans les bras de sa mère, très pâle, elle respirait vite en gémissant.

— Je crois que nous devons retourner à la maison.

Il la regarda :

— Kathy, nous avons des tas de rendez-vous en ville toute la journée. Il y a cette histoire de détecteur de mensonges demandé par le studio et le « Merv Griffin Show »...

— Elle se sentait bien à la maison, dit Kathy un peu agacée. Ce n'est que lorsque nous avons pris l'autoroute de Los Angeles qu'elle a commencé à se sentir mal.

Elle ne pouvait s'expliquer la maladie soudaine d'Amy. La fillette n'avait ni fièvre ni frissons; son cœur battait normalement et ses poumons ne semblaient pas encombrés. Mais elle se plaignait et disait qu'elle ne se sentait pas bien du tout.

— Maman, gémit-elle, la tête enfouie dans le giron de sa mère, maman, je suis malade.

Kathy soupira et regarda George dans le rétroviseur.

— Elle a peut-être uniquement besoin de sommeil. Ne pouvons-nous pas retourner ?

George ne prononça pas un mot. Il prit la file de droite et quitta l'autoroute à la première sortie. Quelques minutes plus tard, ils revenaient chez eux.

— Nous serons en retard, dit-il.

Kathy ne répondit pas.

Chris Gugas s'arrêta à l'angle de Hollywood Boulevard et de Vine Street et se regarda dans la vitre de Howard Jonhson's. Il put voir le pâle reflet de la rue derrière lui, la ruée des voitures, l'étrange amalgame des piétons — hommes d'affaires, escrocs et rats de bibliothèques — qui fréquentaient ce carrefour mal famé.

Cela avait peut-être été la croisée des chemins du monde, jadis, mais maintenant la rue semblait un peu plus sale, plus lasse et plus triste chaque fois qu'il la voyait.

Et Chris Gugas la voyait chaque jour. Les bureaux de sa compagnie de sécurité se trouvaient à quelques pas d'Hollywood Boulevard et de Vine Street, et passer devant le Howard Jonhson's pour vérifier sa tenue et arranger sa cravate était devenu un rite.

Il présentait bien. Il aplanit sa chevelure, redressa sa cravate bigarrée, acheta le *Los Angeles Times* à un distributeur automatique et lut les gros titres en allant à son bureau.

Chris Gugas exerçait le métier d'expert en détection de mensonges depuis trente ans. Il avait utilisé la machine et son propre flair pour démêler le vrai du faux dans plus de vingt mille cas. Cet après-midi, l'un de ces cas allait changer sa vie.

Au moment où il prenait l'ascenseur pour se rendre au troisième étage, il sortit une lettre de sa poche. Elle venait de l'agence de presse d'un important studio d'Hollywood qui s'adressait à lui comme elle l'avait déjà fait à plusieurs reprises dans le passé. Cette fois, cependant, c'était légèrement différent. Ils allaient sortir un nouveau film, adapté d'*Amityville, la maison du diable* et ils étaient inquiets. Ils voulaient une preuve supplémentaire, la caution d'un expert en détection de mensonges, pour la communiquer aux différents journaux. Et ils faisaient, tout naturellement, appel à lui.

En sortant de l'ascenseur, il vit Mike Brown, un collègue, qui ouvrait la porte de son bureau. Il lui tapota légèrement l'épaule de sa lettre pliée en deux et lui dit :

— Tu es prêt pour la séance d'aujourd'hui ?

Mike se retourna, le regarda sans comprendre, puis son visage s'éclaira :

— Oh, les Lutz. Je présume que tu veux que je m'occupe de l'un des deux ?

Il opina de la tête.

— Aucune discussion d'argent au détecteur de mensonges, dit-il, sarcastique.

Il n'aimait pas ce terme. Cela le faisait penser aux soupçons et aux superstitions qui se rapportaient toujours au détecteur de mensonges cinquante ans après son invention.

— De toute façon, ajouta-t-il en haussant les épaules, deux têtes valent mieux qu'une.

Mike l'approuva et dit :

— Je prendrai Kathy Lutz, si tu veux.

— Ça me convient.

Sur le point d'entrer dans son bureau, Mike demanda à Chris qui s'éloignait :

— Tu y crois, toi, à cette histoire ?

Gugas réfléchit un instant.

— Eh bien, j'ai déjà travaillé sur ce genre d'affaires, tu sais. Des gens qui vivaient dans des maisons hantées.

— Tu l'as déjà fait ? interrogea Mike, surpris.

Chris sourit. Il avait cinquante-cinq ans et était l'un des hommes les plus habiles et les plus respectés dans son domaine. Il avait passé au détecteur de mensonges Robert Vesco, accusé d'avoir détourné deux cent vingt-quatre millions de dollars, Terry Moore, qui prétendait être la femme de Howard Hughes, et même James Earl Ray, accusé du meurtre de Martin Luther King. Cependant, son collègue était étonné.

— Oui, quelques fois.

— Et tu les crois ?

— Les gens que j'ai interrogés disaient la vérité. C'est absolument certain, répondit-il en haussant les épaules.

Mike Brown le regarda comme s'il détenait la clé du mystère.

— Ouais, concéda-t-il, mais cette affaire est étrange.

Chris acquiesça. Elle l'était.

— Regarde, papa ! C'est la maison ! *Notre* maison !

George avança rapidement. Au-dessus d'eux, très haut, au sommet d'un immeuble de bureaux, un panneau publicitaire étincelait. Les mots — rouge sang — en lettres de près d'un mètre de haut, annonçaient AMITYVILLE, LA MAISON DU DIABLE. Derrière les lettres, apparaissait une maison semblable à celle d'Amityville.

George eut l'impression de recevoir un seau d'eau glacée sur la tête. Même ici, à Los Angeles, alors qu'il circulait dans les rues encombrées d'Hollywood, il ne pouvait échapper à cet horrible endroit.

— Bon sang ! s'écria-t-il.

Un instant, il regretta que le film ait été fait. Il ne comptait pas aller à la première prévue dans les toutes prochaines semaines. Si, au moins, ils l'avaient laissé assister au tournage, il aurait vu ce qui avait été filmé. Cela lui semblait ridicule d'avoir été payé en tant que conseiller technique sans avoir jamais pu approcher du plateau.

Il appuya sur l'accélérateur et réfléchit au moyen d'arriver à la maison de la baby-sitter. Ne t'en fais pas, se dit-il. Il sera bien temps de se faire du souci à propos du film.

Chris Gugas accueillit son client à la porte de son bureau. Il avait troqué son costume bleu contre une blouse et desserré sa cravate. Il arborait un sourire franc.

Règle numéro 1 de tout examen au détecteur de mensonges : mettre le sujet aussi à l'aise que possible.

George se montra réticent devant cet homme trapu au grand nez et au front dégarni. Il n'avait pas non plus confié de gaieté de cœur Kathy au jeune collègue de Gugas. En fait, cette affaire lui plaisait de moins en moins.

Chris lui indiqua un siège et prit place derrière le bureau, dans son fauteuil en cuir. George examina d'un air inquiet les étagères de livres qui couvraient tout un mur, la collection complète des Lois de Californie, les plaques et les certificats qui ornaient les murs et, enfin, dans un coin de la pièce, une table métallique couverte de fils mystérieux et de cadrans. Chris comprit qu'il aurait du mal à mettre son client à l'aise.

— Pourquoi nous avez-vous séparés ? demanda George.

Chris lui expliqua ses raisons. Il voulait que le test soit aussi précis et indiscutable que possible et cette séparation était l'une des façons d'y parvenir.

George observa à nouveau la machine.

— Ecoutez, est-ce que ça fonctionne toujours ? Je veux dire, ne peut-on pas tromper un détecteur de mensonges de nos jours ?

Chris sourit. La même bonne vieille question.

— George, cela fait trente ans que j'exerce et aucune des personnes interrogées n'a jamais réussi à tromper le détecteur.

— Jamais ?

Il tendit à George le test standard préliminaire.

— D'abord, nous leur donnons ce formulaire à remplir. Il contient des questions du genre de : « Avez-vous pris des médicaments aujourd'hui ? Avez-vous été sous hypnose ? Avez-vous des problèmes particuliers qui peuvent fausser les résultats ? » Vous seriez surpris d'apprendre combien de personnes ne dépassent pas ce stade préliminaire.

» Ensuite, nous leur faisons passer le test trois fois. La première fois pour que le sujet comprenne bien de quoi il s'agit; les deux autres fois, pour être sûr que les réactions concordent. Croyez-moi, même dans les cas vraiment difficiles que j'ai rencontrés, on ne peut s'obstiner chaque fois à mentir.

George n'était pas convaincu.

— Bien, mais ne pouvez-vous faire en sorte qu'on ait l'impression qu'ils mentent ? Je veux dire que c'est vous seul qui décidez. Vous pouvez truquer les réactions, d'une manière ou d'une autre.

Chris secoua la tête en signe de dénégation.

— D'abord, nous enregistrons toujours la séance, aussi je ne puis changer l'ordre des questions dans mon rapport et donner l'impression que vous mentez si vous dites la vérité. D'autre part, j'examine toutes les questions avec vous avant de commencer de façon à ce que vous sachiez exactement à quoi vous attendre. Je les pose dans le même ordre et de la même manière chaque fois. C'est régulier ?

George ne répondit pas. Il jeta un coup d'œil sur l'horloge derrière le bureau.

— Combien de temps cela doit-il durer ?

— Environ trois heures, si tout va bien.

George posa un tas d'autres questions auxquelles Chris répondit et ensuite, ils se penchèrent sur la liste de questions que Chris avait l'intention de poser à George pendant le test. Chris en avait dressé la liste après une lecture attentive d'*Amityville, la maison du diable.* Une fois qu'ils eurent complété la liste, Chris donna à George un double du test préliminaire à remplir.

— Vous voyez ? lui dit-il quand George eut fini de le remplir. Pas de surprises. Je ne changerai pas un mot, pas même l'inflexion de ma voix quand je vous poserai les questions. Je vais simplement les entrecouper de questions banales sur le temps ou sur ce que vous avez mangé à votre petit déjeuner, de manière à pouvoir enregistrer vos réactions au repos.

George ne put s'empêcher de jeter un coup d'œil sur la machine.

— D'accord, dit-il.

Il hésitait encore et paraissait tendu : cela se voyait à sa façon de s'asseoir. Chris avait été habitué à surveiller ce genre de tension. Il comprit que cela allait marcher.

— Aimeriez-vous examiner la machine ?

George haussa les épaules.

— Bien sûr, dit-il avec une feinte désinvolture.

Néanmoins, il s'approcha de la machine avec circonspection.

Le détecteur de mensonges était une épaisse plaque d'argent comprenant une série de cadrans et d'indicateurs encastrés dans une table en bois clair. Gugas s'assit sur une chaise pivotante à côté de la machine. Un fauteuil plus confortable en cuir noir comportant plusieurs attaches était placé parallèlement à l'appareil lui-même. Un large rouleau de papier sortait du centre du détecteur et se dévidait à la gauche de Gugas. Quand l'appareil fonctionnait, le sujet ne pouvait voir ni l'enregistrement ni les indications portées sur le rouleau de papier.

Gugas lui expliqua soigneusement et d'un ton naturel où se trouvaient les différents détecteurs et ce qu'ils allaient mesurer. Il indiqua d'abord deux gros tuyaux en caoutchouc plissé :

— L'un va entourer votre corps à hauteur de la poitrine, à peu près ici, dit-il en montrant le cœur. L'autre sera fixé plus bas, sur votre estomac. Ils mesureront votre respiration. Enfin, il y a ceci, c'est un manchon gonflable, bordé de velcro sur un côté, qui sert à mesurer votre pression sanguine. On le place sur votre biceps, comme lorsqu'on vous prend la tension. (Il montra deux fils épais terminés par des petits clips blancs.) On va mettre les clips à votre pouce et à votre majeur. Ils vont mesurer la réponse électrique de votre peau, c'est-à-dire la manière dont la surface de votre peau conduit l'électricité. Nous utilisons l'ensemble pour déterminer votre état physique pendant le test.

George décida qu'il se sentait aussi détendu que possible. Il inspira profondément et dit :

— D'accord, on peut commencer.

L'installation prit cinq minutes. Tout en s'affairant, Gugas raconta à George combien de fois il avait fait ces préparatifs. Il mentionna même quelques-uns des cas les plus importants et les plus extraordinaires qu'il avait eus. Mais George, lui, pensait à Kathy.

Subissait-elle les mêmes préparatifs que lui avec l'autre expert ? Etait-elle aussi nerveuse que lui ? Que se passerait-il si les résultats de leurs deux tests ne concordaient pas ?

— Très bien, dit Chris Gugas en reprenant sa place et en mettant en marche la bande d'enregistrement. On commence par le questionnaire.

Cela ne dura pas longtemps, vingt minutes au plus. Malgré les assurances de Gugas, George s'attendait quand même à ressentir de légères secousses électriques ou à voir des lumières clignoter — quelque chose qui indiquerait ce qui se passait. Mais l'appareil ne se manifesta que par un très faible ronronnement régulier et dévida un long rouleau de papier dont George ne put voir les résultats tant que dura l'interrogatoire. Gugas lui-même se montra aimable et impartial. Les questions se succédèrent dans une monotonie réconfortante. Il n'essayait pas de prouver quelque chose.

Après le premier test, Chris fit le tour du bureau et dit :

— Faisons une petite expérience. (Il sortit une poignée de monnaie de sa poche et la montra à George.) Vous voyez ? Un assortiment complet. Des pennies, des quarters, etc., deux de chaque. (Il remit les pièces de monnaie dans la poche de sa veste et lui tourna le dos.) Je veux que vous mettiez votre main dans ma poche et que vous me voliez une pièce.

— Voler ?

— Exactement. Prenez-en une et cachez-la dans votre main.

George hésita une seconde. Il se sentit un peu comme l'assistant d'un magicien, mais fit ce qu'on lui demandait. Rien dans la manche, se dit-il. Prends une carte, n'importe laquelle.

Une fois qu'il eut dérobé la pièce, Chris dit :

— Très bien. (Il retourna à sa place.) Maintenant nous allons faire une séquence spéciale. Je veux que vous mentiez.

— Que je mente ?

George commençait à avoir l'impression d'être un écho ; tout cela était si nouveau pour lui.

— Exactement. Répondez « non » à chaque question que je vous poserai, qu'il s'agisse ou non d'une réponse exacte.

George haussa les épaules.

— D'accord.

Gugas s'éclaircit la gorge et remit en marche l'enregistrement.

— Avez-vous volé un penny ?

— Non.

248

— Avez-vous volé un nickel ?
— Non.
— Avez-vous volé un dime ?
— Non.
— Avez-vous volé un quarter ?
— Non.
— Avez-vous volé un demi-dollar ?
— Non.

Il y eut une pause pendant laquelle Gugas jeta un coup d'œil sur l'enregistrement. D'habitude, il faisait subir un autre test aussi rapide, mais dans ce cas, ce n'était pas nécessaire. Il leva les yeux et dit à George en souriant :

— Vous avez pris le dime..

George fut ahuri. Il ouvrit la main et montra à Chris la pièce de monnaie.

C'était un joli dime tout brillant.

— Etonnant, dit-il.

— Pas du tout. C'est juste un test standard que nous faisons pour voir votre degré de susceptibilité par rapport au détecteur de mensonges. Cela nous donne une sorte de point de départ à partir duquel nous opérons.

George hocha la tête.

— Vous voulez me poser les autres questions ?

Il avait très envie de connaître les résultats, maintenant.

Chris se sourit à lui-même. Cette réaction se rencontrait fréquemment. Une fois que le sujet avait perdu toute réticence vis-à-vis du détecteur, il se montrait des plus coopératifs et devenait un chaud partisan de cette méthode.

— Très bien. Nous allons peut-être recommencer deux ou trois fois pour obtenir une série complète de réponses.

George s'installa de lui-même dans le fauteuil.

— Quand vous voulez.

Chris fit un signe de tête et regarda sa feuille de papier.

— Je vais vous poser les mêmes questions dans le

même ordre. Vous savez maintenant comment ça marche. La vérité va se faire jour.

Les résultats du second test corroborèrent ceux du premier avec une plus grande certitude encore. George était le meilleur sujet pour détecteur que Chris ait jamais eu. Il fut absolument convaincu que cet homme disait la vérité.

Et franchement, se dit-il, cela me flanque la frousse. Il ne s'agissait pas d'un cas de vol, d'escroquerie, de viol ou de meurtre. Cet homme parlait de quelque chose de bien pire, de l'invasion du monde confortable et moderne actuel par des forces qui dépassaient le domaine du compréhensible.

Chris Gugas n'aimait pas ça. Pas du tout.

— Très bien, George. Encore un test pour faire bonne mesure. Nous ne souhaitons pas encourir de reproches, pas vrai ?

— Bien sûr que non, acquiesça George. Allez-y.

Gugas essuya une goutte de sueur sur son front et la regarda, confus. Il était vraiment nerveux. Beaucoup plus que d'habitude. Il chassa ce sentiment étrange et revint à sa feuille.

— Pendant les vingt-huit jours passés à Amityville, dit-il de sa voix volontairement monotone, avez-vous vu des mouches dont la présence était inexplicable et senti des odeurs désagréables à plusieurs reprises ?

— Oui, répondit George sincèrement.

— A Amityville, avez-vous entendu une sorte d'orchestre ambulant qui jouait au milieu de la nuit ?

— Oui, répondit George sincèrement.

— Quand vous avez fui votre maison d'Amityville, aviez-vous peur pour votre vie et le bien-être de votre famille ?

— Oui, répondit George sincèrement.

— Les détails que vous m'avez donnés concernant votre effrayante expérience à la maison d'Amityville sont-ils vrais ?

— Oui, répondit George sincèrement.

— Et après avoir quitté Amityville, est-ce que Kathy

250

s'est trouvée deux fois en état de lévitation dans la maison de votre belle-mère ?

— Oui, répondit George sincèrement.

Pour la première fois de sa longue carrière, Chris Gugas accueillit avec plaisir la pause de quinze secondes qu'il faisait entre les questions. Normalement, c'était uniquement pour permettre aux nombreuses fonctions du corps de revenir à la normale, mais cette fois, il s'agissait de son propre cœur qui battait plus vite et de sa propre respiration qui s'accélérait. Il avait besoin de ces quinze secondes pour garder son calme.

Quelque chose de très étrange se passait ici. De très étrange.

Il continua de questionner George en détail, en y mêlant des questions sur sa vie quotidienne : « Avez-vous pris un petit déjeuner ce matin ? Votre nom est bien George Lutz ? » chaque fois que les explications de son client devenaient décousues ou peu claires. Mais il savait depuis le début que ces explications étaient exactes.

George disait la vérité. Tout s'était exactement passé comme il l'avait dit, comme il l'avait toujours dit.

— Alors, que t'a-t-il demandé ?

George et Kathy attendaient dans les coulisses du Hollywood Palace où le « Merv Griffin Show » devait être enregistré. Leur séance avait duré plus longtemps que prévu et dans leur précipitation à traverser Hollywood pour arriver sans retard, ils n'avaient pas eu le temps de parler des résultats.

— A moi ? dit Kathy. Oh, il m'a demandé si je m'étais vue en vieille femme dans la maison... et si un être invisible m'avait embrassée. Des choses de ce genre.

— Ça a marché ?

Elle sourit timidement.

— Je crois que oui. Mike Brown avait l'air bouleversé quand j'ai eu fini.

— Chris Gugas aussi.

L'un des régisseurs courut vers eux et leur tapa sur l'épaule :

— Il est en train de vous annoncer. Suivez-moi, chuchota-t-il.

Ils longèrent les appareils et se dirigèrent vers la scène.

— Souviens-toi, chérie, nous ne sommes pas censés parler de ces tests, d'accord ?

— D'accord. Le studio doit donner les résultats au moment de la première.

— Très bien, mais...

Ils entendirent une voix très connue annoncer :

— Et maintenant, mesdames et messieurs, voici George et Kathy Lutz.

— Nous en reparlerons plus tard, murmura George, et ils avancèrent sous les projecteurs.

Ce soir-là, Chris Gugas raconta la séance à sa femme. Il avait le vague espoir que son anxiété se dissiperait un peu s'il la partageait avec elle, mais cela ne se passa pas ainsi. Il ne dormit pas de la nuit.

La nuit suivante, il s'éveilla à 3 h 15 du matin. Il eut beau tout essayer, il n'arriva pas à se rendormir.

Il en fut de même la nuit suivante.

Et la nuit d'après.

Finalement, une semaine entière après cette séance avec George Lutz, il convoqua Mike Brown dans son bureau. Leurs emplois du temps avaient été tellement chargés ces derniers jours qu'en dehors d'une rapide entrevue, ils ne s'étaient pas vus du tout.

Mike ne semblait pas en meilleure forme. Il avait des poches sous les yeux et des rides nouvelles sur le visage.

— Mike, est-ce qu'il s'est passé quelque chose... d'inhabituel ces jours-ci ?

Mike grogna :

— D'inhabituel ? Euh, non. A moins de considérer comme inhabituel le fait de perdre des affaires, d'oublier des rendez-vous importants, de s'irriter contre sa femme.

Chris sentit une boule glacée au creux de l'estomac. Il lui était arrivé la même chose.

Mike se frotta les yeux.

— Je suis sans doute fatigué, soupira-t-il. Je ne sais pas pourquoi, je dors très mal. Chaque nuit, depuis une semaine, je me réveille vers 3 heures du matin.

— A 3 heures du matin ?

Mike fut étonné de l'intonation étrange de Chris.

— Oui, pourquoi ?

Chris lui raconta ce qui lui arrivait. Pendant qu'ils parlaient, sa main se glissa sous sa blouse et sa veste à la recherche de quelque chose.

— J'ai lu un peu la Bible, dit Chris en essayant de ne pas paraître gêné.

Il n'y avait pas de honte à ça.

— Mike, il existe pas mal de choses ici et dans le monde que nous ne comprenons pas. Un tas de questions auxquelles Dieu seul peut répondre.

Mike acquiesça. Il commençait à être d'accord avec son ami même s'il n'aimait pas les conclusions que cela entraînait.

— J'ai même... — Chris fronça les sourcils et baissa les yeux sur sa veste — j'ai même commencé à porter un... crucifix. (Il ouvrit sa blouse et chercha sous sa veste.) Je ne l'ai plus, dit-il, étonné.

— Quoi ? Le crucifix ?

Chris hocha la tête.

— Je l'avais ce matin, je l'avais aussi quand je suis arrivé. Je me souviens l'avoir vu en mettant ma blouse. Cela me réconforte, Mike. Je sais que ça peut paraître bizarre, mais...

— Chris, rien ne me paraît bizarre, ces jours-ci.

Chris était plus troublé par la disparition du crucifix qu'il n'aurait voulu l'admettre.

— Où a-t-il pu passer ? Où peut-il bien être ?

Mike se leva.

— Je vais t'aider à le retrouver.

Pour une raison inconnue, il était aussi anxieux que Chris.

Ils cherchèrent une grande partie de la journée et à chacun de leurs moments de liberté dans les jours qui suivirent.

Ils ne retrouvèrent jamais le crucifix. Et Chris Gugas

continua à lire la Bible et à croire aux événements étranges et inexplicables que George Lutz lui avait racontés ce jour-là.

25

« Arrivée en provenance de Los Angeles, Californie. Vol 544 de la TWA. Les personnes souhaitant accueillir les passagers sont priées de se rendre à la porte 6... »

Janie Carlton se couvrit une oreille d'une main pour essayer d'atténuer le bruit de l'aéroport d'Heathrow. C'était le vol qu'elle attendait, mais il lui restait quelques minutes — le temps que les passagers passent la douane — et elle n'avait pas fini de téléphoner à son bureau.

— Pour être parfaitement honnête, Bobby, j'ai *été* surprise. Pas toi ? Je veux dire, tout le monde souhaite les interviewer. Et uniquement parce qu'ils *disent* avoir vécu un mois dans une maison hantée.

Elle écouta, sourit légèrement tandis que son associé lui rappelait une fois de plus qu'il s'agissait de son boulot. Un boulot qu'elle avait choisi et qu'elle faisait très bien, ajouta-t-il gentiment.

— Je sais, je sais.

Elle ne put s'empêcher de sourire à nouveau. Bob et elle en parlaient régulièrement.

— Et tu me connais, Bob. Je ferai mon fabuleux travail d'attachée de presse. Mais si quelqu'un veut mon avis — ce qui ne semble pas être le cas — je pense que c'est un excellent moyen pour se faire de l'argent.

Bobby y alla de son couplet habituel et lui expliqua que cela ne faisait aucune différence et, comme toujours, elle le coupa.

— Je dois y aller, professeur, dit-elle de son habituel ton sarcastique. Garde ton rythme normal de gros bûcheur. Je te rappellerai plus tard.

Janie raccrocha et vérifia sa tenue. Elle était grande

et mince, s'habillait avec goût — et le savait —; elle aimait beaucoup son travail d'attachée de presse de l'une des plus grosses maisons d'édition européennes. On lui avait demandé de s'occuper de centaines d'auteurs et de célébrités du monde entier et la plupart du temps, c'était très excitant.

Mais certains jours, elle en doutait.

Elle arrangea ses cheveux et rejoignit en hâte la porte 6, en essayant de se rappeler l'allure des gens qu'elle devait accueillir. Elle avait vu des photos des Lutz au bureau; ils ne devaient pas être difficiles à reconnaître.

Elle les aperçut au moment où ils entraient dans la zone RIEN À DÉCLARER. Les douaniers leur firent signe de passer et elle s'approcha d'eux pendant qu'ils faisaient rouler leurs valises.

— Monsieur et madame Lutz? George et Kathy? Je m'appelle Janie Carlton des Editions Pan. Bienvenue en Angleterre.

Les Lutz sourirent à peine et lancèrent un vague « bonjour ». Janie fut un peu surprise de leur froideur. Peut-être suis-je davantage habituée aux fanfaronnades des écrivains, se dit-elle, mais eux n'ont pas à se montrer si hautains.

Il leur fallut très peu de temps pour reprendre leurs bagages et les charger dans le mini-taxi qu'elle avait réservé. Ils se faufilèrent rapidement dans les bouchons des environs de l'aéroport, passèrent sous un grand pont autoroutier et rejoignirent l'autoroute M4.

Pendant qu'ils roulaient dans la campagne, Janie leur décrivit la tournée qu'elle leur avait organisée.

— Voilà, leur dit-elle, la grande nouvelle est que vous allez participer à l'émission « BBC Tonight ». C'est l'émission télévisée la plus regardée en Angleterre et cela n'a pas été facile de vous y faire inviter. (Elle était très fière d'avoir réussi cette prouesse.) L'émission aura lieu après-demain soir et devrait suffire à tout mettre sur les rails. En plusieurs années, je n'ai réussi qu'une fois à faire inviter quelqu'un et c'était un meurtrier déclaré coupable. (Elle vit Kathy Lutz pâlir et se sentit gênée d'avoir dit cela.) Oh, ne vous en faites pas, précisa-t-elle, il était innocent. Il avait été accusé à tort.

Kathy ne sembla pas y prêter attention. Elle murmurait quelque chose à son époux.

Janie attendit qu'ils aient fini de parler, puis leur donna la liste des autres points forts de la tournée : séances de signature, interviews à « BBC radio 4 », apparitions à la télé à Leeds et à Manchester avec quelques prélats de la région.

— Je dois dire que j'ai été plutôt surprise de leur accord. Je croyais qu'un prélat n'aimerait pas être mêlé à toute cette controverse.

George Lutz répondit brièvement qu'il était sûr que tout irait bien et regarda à nouveau par la vitre les collines ondulées et les cottages. Quelques minutes plus tard, le paysage campagnard laissa la place aux banlieues de Londres puis aux longues rangées de maisons des deux côtés des rues.

Ils tombèrent sur un embouteillage et Kathy montra du doigt le trafic devant eux :

— Que se passe-t-il ?

Janie sourit :

— Vous n'avez pas ça aux Etats-Unis ? C'est un sens giratoire. Une sorte de carrefour circulaire pour pouvoir aller où vous voulez.

La mini jaune citron se faufila dans le flot des voitures qui tournaient en cercle étroit autour d'une zone de gazon bordée de béton. Janie sourit aux Américains qui regardaient les autos emprunter le carrefour circulaire de tous les côtés et rejoindre ensuite la route désirée tels des avions de combat quittant leur escadre. Kathy aussi sourit devant la pagaille. Janie se dit qu'elle avait un joli sourire, même s'il était plutôt rare. George regardait par la vitre d'un air vague comme s'il avait déjà vu tout ça.

Janie se sentit plus ou moins soulagée quand ils arrivèrent à Park Lane, près de Hyde Park. Le taxi s'arrêta devant le Hilton et un portier les aida à prendre les bagages, l'air éminemment ennuyé.

Moins d'une heure plus tard, les Lutz étaient installés dans leur suite.

— Dormez bien, leur souhaita Janie en leur remettant le double de leur programme. Nous partirons tôt demain matin. Je suis sûre que vous avez souvent entendu ce petit speech, hein ? ajouta-t-elle avec un sourire amical.

Ils hochèrent la tête et George répondit qu'ils avaient, effectivement, l'habitude et, qu'ils la remerciaient pour son aide; il raccompagna Janie à la porte plutôt cavalièrement.

Voilà comment on répond à l'hospitalité britannique, se dit Janie. Elle regagna la réception, légèrement déçue.

Enfin, ils étaient sans doute fatigués. Ils avaient fait un long voyage, elle le savait d'expérience. Une fois reposés, ils se montreraient mieux disposés le lendemain matin.

Dix heures après, Janie Carlton retourna au Hilton, très énervée. D'abord, sa voiture avait refusé de démarrer — vraiment *refusé*, irrévocablement et irréparablement. Ensuite, elle avait essuyé une averse le seul jour de l'année où elle n'avait pas pris son parapluie — il était resté dans la voiture en panne — et, à présent, au moment d'entrer au Hilton, elle venait de casser le talon de sa plus belle paire de chaussures.

Elle frappa à la porte des Lutz, furieuse contre elle-même. Pour couronner le tout, elle était en retard d'une demi-heure, ce qui n'était pas le meilleur moyen d'impressionner des clients difficiles. Elle essaya de se ressaisir, prit une expression détendue et remit de l'ordre dans ses cheveux.

Tout va bien, se dit-elle en frappant à la porte. Tout va bien.

Kathy lui ouvrit en peignoir de bain.

— George ne se sent pas bien ce matin, dit-elle, sans même dire bonjour. Nous ne sommes pas prêts.

Pas un mot d'excuse. Pas même une tasse de thé pour se faire pardonner. Elle dut attendre dans la pièce voisine un bon moment pendant que les Lutz s'agitaient et parlaient à voix basse dans leur chambre.

Janie commença à s'énerver. A quoi bon tous ces chuchotements ? Leur conversation était-elle si secrète ?

Après avoir consulté sa montre pour la dixième fois, elle frappa à la porte de la chambre.

— J'espère que tout va bien, dit-elle en s'efforçant de garder un ton amical malgré tout. Nous devons vraiment partir.

La porte s'ouvrit et les Lutz apparurent, prêts, mais l'air morose.

— Par quoi commence-t-on ? demanda George.

Elle leur rappela le programme de la matinée — ou ce qui en restait — et George haussa les épaules.

— Finissons-en.

Elle serra très fort les lèvres et les conduisit à la voiture en se disant : C'est merveilleux, absolument merveilleux. Ça va être une joie, je le sens.

Le soir de leur prestation à « The BBC Tonight », le surlendemain, Janie n'aimait pas davantage les Lutz qu'elle trouvait terriblement discrets et trop tranquilles. Même si elle se rendait compte de la tension à laquelle ils étaient soumis, cela n'arrangeait pas les choses. Pas du tout.

Mais Janie leur fit bonne figure lors de leur entrée dans la salle verte du studio où ils devraient attendre que leur participation au programme soit enregistrée. Ceci serait l'apothéose et lui permettrait d'ajouter cette réussite à son actif.

L'assistant de réalisation, chargé de les faire patienter, apporta du thé et du café et présenta les Lutz à une autre invitée de l'émission : le Dr Sarah Whitehouse, une psychologue connue, spécialiste de la parapsychologie.

Le Dr Whitehouse était une femme réservée, au visage fin, aux cheveux brillants et au sourire adorable.

— Très heureuse de vous rencontrer, dit-elle, rayonnante, aux Lutz qui, du coup, se montrèrent particulièrement chaleureux. J'ai, évidemment, beaucoup entendu parler de votre histoire.

— le Dr Whitehouse est une célébrité en Grande-Bretagne, expliqua spontanément Janie. Je crois que vous êtes déjà passée à « Tonight » plusieurs fois ?

— Oui, plusieurs fois, dit-elle avec son sourire adorable.

— Au fait, vous autres Américains avez aussi une White House (1).

Les Lutz la regardèrent sans comprendre et Janie précisa.

— La Maison Blanche. Là où vit le président des Etats-Unis.

George la gratifia d'un faible rictus et Kathy garda son air absent, ce qui agaça Janie.

Pourquoi moi ? se dit-elle en s'asseyant, tandis que les Lutz et le Dr Whitehouse discutaient entre eux. George se montra poli mais distant. Il semblait toujours être ailleurs, pensa Janie.

Au bout de dix minutes, l'assistant réalisateur revint et les accompagna dans les coulisses. Une voix annonça dans un haut-parleur au-dessus de leurs têtes :

— Très bien, les gars. On commence !

On les conduisit sur la scène et on les présenta à leur hôte. Celui-ci salua le Dr Whitehouse avec une cordialité particulière et, dès que Kathy et George furent assis, Janie sortit du champ de la caméra et s'installa à un petit poste d'observation.

L'un des techniciens, qui se baladait au moment où commençait la musique, l'examina :

— C'est quoi vot' boulot ?

Janie le regarda, ennuyée. Elle ne souhaitait vraiment pas qu'on lui parle maintenant.

— Pan, répondit-elle brièvement.

— Peter Pan ? Faites-nous donc un p'tit vol autour de la salle.

Elle soupira bruyamment et reporta son attention sur le show. Elle avait déjà manqué les présentations.

(1) Maison Blanche. (*N.d.T.*)

— Alors, dites-moi, docteur Whitehouse, vous avez eu l'occasion de lire le livre. Qu'en pensez-vous ?

La psychologue avait laissé son sourire béat au vestiaire et arborait, à la place, un regard sévère, presque méchant, les sourcils froncés.

— C'est du bidon. Complètement bidon.

Janie regarda George, interloquée. Le Dr Whitehouse poursuivit :

— Je suis particulièrement choquée par ce soi-disant prêtre. Le père Mancusso, je crois ?

George essaya de l'interrompre :

— Oui, il...

— Il a été complètement inventé. Aucun clergyman, ici ou à l'étranger, n'agirait ainsi. Franchement, le fait d'avoir inventé ce personnage et de lui faire jouer un rôle dans un livre qui se prétend véridique, jette le doute sur tout le reste.

George tenta à nouveau de l'interrompre.

— Docteur...

On entendit un bruit derrière la scène.

— Qu'est-ce que c'est donc ? demanda le technicien en s'éloignant à la hâte.

Le bruit persista et le spectacle du technicien complètement ahuri mit Janie en joie.

George s'arrêta et se tourna en direction du bruit, mais le présentateur lui dit :

— Je pense que vous voulez répondre ?

— Je ne...

A ce moment, un bruit de déchirure éclata dans les coulisses.

Le directeur du show, le casque sur les oreilles et un long fil noir accroché à ses basques, sauta sur l'estrade et prononça des sons bizarres.

— Coupez ! Coupez ! hurla-t-il. Nous allons tout recommencer depuis le début !

Le bruit s'arrêta et les caméras se remirent en route. Les présentations se déroulèrent normalement et, à nouveau, le présentateur s'adressa au Dr Whitehouse comme s'il s'agissait de la première prise :

— Et maintenant, docteur Whitehouse, vous avez eu l'occasion de...

— Excusez-moi, dit George.

Etonné, le présentateur le regarda.

— Le docteur Whitehouse semble être une femme intelligente, poursuivit George. Nous avons eu tous les deux une conversation agréable dans les coulisses juste avant le début de l'émission, n'est-ce pas, docteur ?

La femme se dérida un peu et fit un signe de tête hésitant.

— Oui, reprit George, nous avons bavardé. Mais pour une raison que j'ignore, elle a apparemment des problèmes avec l'Eglise catholique. J'ignore pourquoi elle lui en veut et si ce qu'elle pense a un rapport avec notre histoire, mais j'aimerais vraiment savoir pourquoi elle croit nécessaire de critiquer le clergé, quand il ne peut lui répondre.

Le présentateur sembla légèrement étonné. Après un moment de grande perplexité, il se tourna, telle une marionnette mal réglée, et dit :

— Docteur Whitehouse ?

La psychologue bafouilla et, brusquement, Janie comprit qu'*elle* se trouvait sur la défensive et que George et Kathy disaient la vérité.

Bravo, pensa-t-elle. George et moi pouvons avoir nos petites frictions, mais je reconnais qu'il sait comment traîter ces rapaces.

Le technicien méticuleux revint vers elle, avec la mine d'un chien battu.

— C'était pas d'ma faute, dit-il à contrecœur.

— Quoi ?

Quel bonhomme ennuyeux !

— J'ai entendu le bruit comme tout le monde et j'suis allé voir. J'ai rien trouvé. Ça d'vait être ces vieux tuyaux, même s'ils nous ont jamais causé d'ennuis. Comment j'aurais pu savoir qu'il y avait des trucs de scènes rangés derrière ? C'est tout noir là-bas !

— C'est *vous* qui avez fait ce boucan terrible ?

Il eut l'air indigné.

— Et alors ?

Janie rit si fort que le directeur du show lui lança un regard irrité. Elle étouffa un nouveau rire, mais le technicien était effondré. Elle n'en entendit plus parler.

Quelques jours plus tard, lors d'un autre show-débat dans un studio, Janie eut une autre surprise agréable.

Ils se trouvaient à Leeds et devaient participer à ce que Janie considérait comme le clou de leur tournée : une interview en présence d'un prélat.

Ils étaient arrivés en retard, comme d'habitude. Ce manque de ponctualité leur semblait naturel et l'attachée de presse avait l'impression d'avoir passé autant de temps à attendre les Lutz qu'à travailler. Cette fois, cependant, il y eut une légère variante : ils n'avaient pas eu l'occasion de discuter avec l'ecclésiastique avant le début de l'émission. Janie ne savait absolument pas ce qu'il allait dire.

George s'était plutôt bien tiré de l'attaque du Dr Whitehouse, admettait Janie. Mais ferait-il le poids avec un prélat ?

Pendant qu'elle attendait la fin des présentations, elle se souvint d'une discussion sur l'occultisme qu'elle avait eue avec le clergyman de sa paroisse. Alors qu'elle n'était plus une gamine, elle avait été un certain temps attirée par le jeu de « Esprit, es-tu là ? ». Des choses effrayantes s'étaient produites — des choses qu'elle avait vues et senties — et elle en avait parlé à son curé.

Elle s'était attendue à ce qu'il se moquât de ses idées stupides, qu'il la traitât de petite fille impressionnable et qu'il la renvoyât. Ce qui l'avait surprise et effrayée, c'était qu'il lui avait *ordonné* de ne pas jouer avec ça, jamais plus. « C'est trop sérieux. Cela peut devenir dangereux et je veux que vous cessiez. »

Elle avait cessé.

Brusquement, elle entendit le prélat s'éclaircir la gorge, ce qui la tira de sa rêverie. C'était un homme jovial et grassouillet qui semblait toujours sourire même quand il était très sérieux. Malgré cette bonne humeur, Janie retint sa respiration lorsque le présentateur s'adressa au prélat :

— Voilà, Monseigneur, vous avez entendu tous les détails. Croyez-vous que ce genre de choses puissent se produire ?

— Monsieur Linnington, répondit le prêtre, cela fait longtemps que je sais que ces choses sont possibles. Il existe des forces qui dépassent l'entendement humain, des forces que Dieu seul peut appréhender. (Il jeta un coup d'œil sur les Lutz qui l'écoutaient intensément.) Maintenant que j'ai entendu l'histoire de ces personnes racontée par elles-mêmes, maintenant que je leur ai parlé, je n'ai plus aucun doute. Leur histoire est véridique.

Janie sourit et résista à son envie d'applaudir.

Peut-être tout n'était-il pas perdu après tout, se dit-elle. Je peux encore avoir des surprises et sortir intacte de cette tournée.

— Nous allons annuler le reste du programme.

La voix de Bobby, son collègue des Editions Pan, prit une intonation légèrement peinée.

— Ne t'énerve pas, Janie, je suis sûr qu'on peut aplanir...

— Je ne m'énerve pas, Bobby. Ne sois pas ridicule ! J'ai simplement dit que nous allions annuler le reste de la tournée et *nous allons le faire.* Est-ce que cela te pose des problèmes ?

Bobby soupira.

— D'accord, Janie. Tu as raison.

Elle était encore en colère contre lui. Qu'est-ce qu'il faisait, lui, pour avoir le droit de donner des conseils ?

— Ce sont les Lutz qui l'ont d'abord suggéré, Bobby. D'ailleurs, elle touchait à sa fin. Nous sommes allés à Manchester et dans les comtés du nord; j'ai arrangé une interview avec Diane Aldous d'*Evening Star*; je suis même allée avec eux à Glasgow et je crois que ça suffit.

Il essaya de se montrer patient :

— Très bien, Janie, si...

— Bobby, ils sont absolument impossibles. Chaque fois que nous montons dans un train, ils se fourrent dans un coin comme des gamins de dix ans et n'arrêtent pas de chuchoter ; ils chuchotent sans cesse. Ça me rend dingue !

— Tu me l'as déjà dit.

— Est-ce que je t'ai raconté qu'ils sont partis au cours d'une émission de radio ? Un vieil ivrogne a téléphoné et leur a dit qu'ils avaient inventé toute leur histoire pour se faire de l'argent, alors ils se sont levés sans un mot et sont partis. Ils m'ont laissé en plan, carrément !

— Oui, tu me l'as déjà dit.

— Ne prends pas ces airs, Bobby. Tu ne sais pas ce qu'ont été ces dernières semaines. De plus, ils annulent seulement les derniers jours de la tournée, la visite au pays de Galles et, franchement, j'en suis ravie. Je ne crois pas pouvoir supporter encore un voyage en train avec eux et leurs *chuchotements*.

— Crois-moi, ma douce, je suis deux fois plus content que toi.

Janie en perdit la voix. C'était maintenant *Bobby* qui semblait en colère. Elle regarda le hall du Hilton comme si elle craignait qu'on l'entende.

— Que veux-tu dire ? interrogea-t-elle d'un ton glacial.

Bobby soupira à nouveau. Il soupirait beaucoup ces temps-ci, pensa-t-elle.

— Janie, tu sais que je t'aime. Nous avons travaillé ensemble pendant des années, et plutôt bien. Mais ces dernières semaines, tu as été odieuse.

— Moi ? dit-elle stupéfaite.

— Oui, toi. Tu n'as pas arrêté de rouspéter pour un oui ou pour un non, de grogner chaque fois que tu avais un problème avec les Lutz. Tu as pourtant déjà eu des problèmes avant, mais tu perds vraiment la boussole avec ces deux-là.

— Pas du tout !

— Si, et ne commence pas à discuter bêtement avec moi, s'il te plaît !

Elle ravala sa colère. Bobby ne se disputait jamais avec elle et cette conversation finissait par l'énerver. Il avait peut-être raison. Elle s'était sentie à plat ces jours-ci. Elle avait mal à l'estomac et une migraine légère mais persistante.

— Je m'excuse, dit-elle doucement, mais un long moment s'écoula avant que Bobby ne réponde.

Quand il le fit, il semblait ennuyé, lui aussi.

— Tu ferais mieux de partir un peu, dit-il gentiment. Tu ne dois pas revoir une dernière fois les Lutz?

— Oui, maintenant. Je vais leur donner leurs billets d'avion et bon débarras. Ils doivent partir mardi et comme ils ont annulé entre-temps la tournée, ils vont pouvoir prendre un peu de vacances.

— Tant mieux pour eux.

— Et pour moi.

— Allons, ne recommence pas, dit-il à moitié moqueur.

— Non, promis.

Elle lui dit au revoir le plus doucement possible et fit les cent pas en vérifiant sa tenue et sa coiffure comme chaque fois qu'elle attendait l'ascenseur. S'était-elle montrée si odieuse que ça, non seulement avec Bobby mais aussi avec George et Kathy Lutz? A présent qu'elle y pensait, elle avait eu plus d'histoires que d'habitude avec les producteurs, les journalistes et les interviews. Généralement, elle n'avait que rarement des problèmes, mais en ce moment, elle en avait tous les jours.

Elle en eut la chair de poule. Peut-être que tout ce travail de promotion finissait par la fatiguer sans rien améliorer.

Mais des choses bizarres ne s'en étaient pas moins produites. Par exemple, l'épisode des pellicules de film.

L'un des réalisateurs avait fait un gros effort pour obtenir des photos de la maison d'Amityville. Cela coûta plusieurs communications téléphoniques intercontinentales, pas mal de complications, et finalement, une station de télévision accepta de leur envoyer une petite bobine dans un colis spécial livré par porteur.

Le colis arriva de New York assez rapidement. Mais quand on ouvrit les boîtes scellées, les films avaient disparu. Ils ne s'y trouvaient pas. On les avait mis dans un avion à New York et, une fois à Londres, ils s'étaient simplement évanouis.

Janie était encore plongée dans ses pensées en arrivant devant l'appartement des Lutz. Elle frappa à la porte un peu plus fort que de coutume et, au moment où la porte s'ouvrit, elle sentit qu'elle redevenait tendue. Elle se reprit et arbora un sourire affecté. *Encore cette fois et je serai libre.*

George vint lui ouvrir et, à l'instant où elle le vit, Janie comprit qu'il se passait quelque chose de grave ou... d'heureux.

George était tout sourire.

— Janie! Janie! Entrez donc. Voulez-vous du café? Du thé?

Elle entra, complètement éberluée.

— Oui, du thé, s'il vous plaît.

George la fit asseoir sur le divan et s'approcha du service à thé en argent que le serveur venait juste d'apporter.

— Vous avez commandé ça pour moi? demanda Janie, encore toute étonnée.

George haussa les épaules avec bonne humeur.

— Pour nous tous. Kathy et moi, nous voulions rester un moment à bavarder avec vous. Apparemment, nous n'en avons guère eu l'occasion jusque-là.

Rester ensemble? Bavarder? Avec elle? Elle accepta le thé, l'air distant et le regard vide. Elle ne se rappelait pas que George lui en ait jamais offert avant, et maintenant son visage rayonnait de joie comme s'il accueillait un vieil ami. Il lui offrit même des biscuits.

— Cracker? Muffin? Comment appelez-vous ça?

— Des biscuits.

— Oui. En voulez-vous?

— Non, merci. Tout à l'heure, peut-être.

Kathy entra dans la pièce, vêtue d'une robe d'été apportée de Californie, de couleur vive, légère et fluide, qui virevoltait à chaque pas. Souriante et gracieuse, Kathy semblait rajeunie de cinq ans.

Kathy l'embrassa sur la joue en disant :

— Janie! Vous êtes ici!

Un baiser sur la joue !

— Ecoutez, dit Kathy, nous devons vous présenter des excuses.

— Pas à moi, j'espère, répliqua Janie qui commençait à reprendre ses esprits.

— Si, à vous. Voyez-vous, cette tournée a été décidée si brusquement et nous avons rencontré tant de problèmes. Nous n'avons pas voulu vous ennuyer avec nos histoires.

Janie avala soigneusement sa salive.

— Je vois, dit-elle sans souhaiter réellement voir quoi que ce soit.

— Je sais que cela a été dur pour vous, poursuivit Kathy. Tous ces déplacements, ces rendez-vous à organiser et nous qui étions toujours en retard ! (Elle lança un regard désabusé à son mari et sourit :) Nous étions toujours en retard.

George se mêla à la conversation. Il en avait déjà plus dit en cinq minutes qu'en une semaine mais, apparemment, il n'avait pas terminé.

— Ce que nous essayons de vous dire, c'est que nous vous remercions. Merci pour votre aide, merci de nous avoir permis d'annuler la fin de la tournée. Nos enfants nous manquent beaucoup, Janie. Nous voulons vraiment rentrer. La tournée a été très pénible et nous sommes contents que ce soit fini. Et si nous vous avons causé du souci, nous sommes désolés.

Janie ne sut que répondre. Elle ouvrit la bouche pour protester — ou pour accepter leurs excuses, elle ne savait pas très bien — mais George l'arrêta. Il lui remplit sa tasse :

— Buvez votre thé ; ensuite, nous aimerions vous inviter à dîner. Où vous voulez.

Sidérée, Janie regarda sa tasse de thé puis les visages sincères et joyeux des Lutz. Elle ne s'habituait pas encore à leur brusque changement d'attitude. Etait-ce simplement le fait d'avoir annulé la tournée ? De leur avoir accordé un peu de vacances ? Ou autre chose ?

— Merci, dit-elle en buvant son thé à petites gorgées.

Elle leur était reconnaissante de lui laisser le temps de mettre de l'ordre dans ses pensées.

— Merci pour tout ce que vous avez dit. Cela n'était pas nécessaire. Merci pour le thé et pour votre invitation à dîner. Je...

Non, elle n'allait pas faire de manières. La tournée était terminée et ils se montraient aussi généreux et cordiaux que possible. Elle n'allait pas leur gâter la soirée en leur posant des questions idiotes.

— Et je crois connaître l'endroit idéal.

Tout contents, ils levèrent leurs tasses.

Elle choisit un restaurant proche du Hilton et ils décidèrent de s'y rendre à pied. Kathy ne savait pas quoi mettre, et elle décida finalement de garder la robe d'été qu'elle portait dans l'après-midi.

C'était une journée inhabituellement chaude et éclatante et Janie se dit que Kathy ressemblait à une fleur d'été — une marguerite — tandis qu'elle marchait vers Picadilly, donnant le bras à son époux.

— Oh, Janie, se souvint Kathy, nous voulions particulièrement vous remercier pour cette interview avec Diane Aldous.

— J'en suis ravie, répondit Janie en souriant.

La journaliste d'*Evening News* était une vieille copine à elle. Cela avait été très facile à organiser.

— Elle nous a parlé d'une personne que nous devrions rencontrer, dit Kathy en regardant son mari d'un air hésitant.

— Qui ?

— Timothy Johnstone. C'est un prêtre anglican... et un exorciste, ajouta Kathy, après un rapide coup d'œil à George.

Il grogna.

— Un exorciste !

Janie eut l'impression de retrouver le George Lutz taciturne et bourru des dernières semaines.

— Je ne sais pas pourquoi elle s'imagine que quelqu'un peut nous aider, grommela-t-il.

Kathy avança un peu plus vite et serra davantage le bras de son époux.

— Diane a dit que le révérend Johnstone avait aidé beaucoup de gens qui avaient connu des problèmes du même genre.

— On nous a déjà dit ça, marmonna George.

— Et qu'il comprendrait certainement par quoi nous étions passés. (Kathy regarda son mari et termina en souriant :) Et puisqu'il nous reste quelques jours de libres avant notre départ... pourquoi ne pas essayer ?

George ne répondit pas et elle lui donna un léger coup de coude.

— Pourquoi pas ?

Il haussa les épaules.

— D'accord, murmura-t-il. Nous irons le voir.

— Je n'affirmerai pas que j'en ai entendu parler, mais Diane Aldous est une bonne amie — en dehors du fait qu'elle est une journaliste très appréciée dans le pays. Si elle pense que cela vaut la peine de le rencontrer, il faut le faire.

Kathy acquiesça.

— Très bien. Nous allons essayer.

Elle lâcha le bras de son mari et courut en avant; Janie s'étonna une fois de plus du changement opéré en eux.

— Viens, George! dit Kathy en riant. Allons dîner!

Janie vit George sourire et secouer la tristesse qui commençait à assombrir son regard. Il rejoignit sa femme, la prit dans ses bras et l'embrassa sans se soucier des passants qui les regardèrent en souriant.

Des gens bizarres, se dit Janie. Bizarres mais bons. Nous pourrions être amis, après tout.

26

Le révérend Timothy Johnstone sourit et dit :

— Très bien, Ryan. Je vous rappellerai bientôt.

Il raccrocha. Il avait eu une longue et agréable conversation avec un vieil ami médecin qu'il avait aidé quelques mois auparavant.

Il se versa une autre tasse de thé et repensa à ce cas. Cet homme avait fait, dit et même pensé des choses absolument incompréhensibles. Il croyait qu'il devenait fou. Et il avait eu beaucoup de mal à quitter les frontières de la médecine moderne et à entrer dans le royaume plus éthéré et incertain de Dieu.

Pourtant, il était venu — lentement, à contrecœur et bien plus tard qu'il n'aurait dû —, il était finalement venu. Et Timothy l'avait aidé.

Il regarda par la fenêtre du presbytère l'épaisse haie de verdure qui bordait le cimetière. Aujourd'hui, il se trouvait confronté à un autre problème, un problème assez particulier. L'une de ses relations, Diane Aldous, avait interviewé un couple d'Américains qui avait subi des épreuves horribles aux Etats-Unis et elle était persuadée qu'il pouvait leur venir en aide.

Il prit le livre qu'elle lui avait donné et le feuilleta à nouveau. Il l'avait lu la nuit dernière et même si l'on tenait compte des exagérations et des inventions de l'auteur, il ne faisait aucun doute que quelque chose de très puissant s'était attaqué aux Lutz, quelque chose de très puissant et de très réel.

C'est bizarre, se dit-il. On fait appel de plus en plus souvent à moi. Cela tenait sûrement au fait qu'il devenait de plus en plus connu. Pendant des années, on ne s'était adressé à lui qu'indirectement, par recommandations ou par hasard. Mais depuis le film américain *L'exorciste*, il avait participé à des centaines d'interviews et d'émissions télévisées, et son nom ainsi que son adresse circulaient dans les coins les plus inhabituels. A présent, on venait d'Angleterre, du Continent et même d'Australie ou des Etats-Unis pour le consulter et lui demander son aide.

Etait-ce parce qu'il semblait plus accessible que d'autres exorcistes... ou parce que les cas avaient augmenté ?

Quelle qu'en fût la raison, il savait qu'il avait beaucoup plus de travail. Il avait accompli des milliers d'exorcismes — petits et grands — et d'autres prêtres en avaient fait autant. Cependant, un nombre incalculable de gens parcouraient le monde avec le sentiment d'être harcelés, impuissants et seuls, des gens qu'il aurait pu aider s'ils l'avaient connu.

Timothy Johnstone soupira et vida sa tasse. Au moins, les Lutz m'ont trouvé, pensa-t-il. Et avec l'aide de Dieu, cette rencontre sera bénéfique.

George fut le premier à apercevoir l'église Saint-John. Diane Aldous avait offert de les conduire dans sa Citroën au nord de Londres, chez Timothy Johnstone, et de les présenter. Mais George savait parfaitement qu'ensuite, ce serait leur affaire à Kathy et à lui.

Cette idée ne lui plaisait pas du tout. La pensée même de l'exorcisme le mettait mal à l'aise. Cela sentait les effets spéciaux et théâtraux, l'imposture. D'ailleurs, on avait tellement parlé de toutes ces choses : chasseurs de fantômes, tueurs de vampires et autres cinglés. L'exorcisme appartenait à la même catégorie, à son avis.

Pourtant, c'est une belle église, se dit-il. Il prit la main de Kathy, la serra doucement et ils sortirent ensemble de la voiture. Ils regardèrent les lignes classiques de cet édifice en pierre. Les grands vitraux étincelaient et l'énorme flèche de l'église semblait percer le ciel gris encombré de nuages.

George remarqua que l'église datait de plusieurs siècles. Il essaya d'imaginer les changements dont elle avait été le témoin au cours des ans : guerres et ruines, triomphes et rivalités. Impossible de se représenter tout cela. Pendant des siècles.

A gauche de la route, on avait ajouté une aile plus récente au bâtiment. Diane leur dit qu'il s'agissait du presbytère où ils devaient rencontrer le révérend Johnstone.

George étouffa un soupir résigné et se dit : bon, il n'y a qu'à essayer. Il ne pensait pas qu'un simple prêtre anglican puisse les aider mais, au moins, c'était un érudit qui pourrait les croire et peut-être leur donner de bons conseils. Après tous ces journalistes ouvertement sceptiques, cela les changerait qu'on leur prête pour une fois une oreille attentive.

Et, qui sait? pensa-t-il. Peut-être pourra-t-il nous aider?

Le révérend Johnstone les accueillit à la porte du presbytère et leur serra la main. George estima qu'il devait avoir cinquante-cinq ou soixante ans. Doté d'un petit nez aquilin et le cheveu rare, il portait le classique costume ecclésiastique : pantalon noir, veste noire et col blanc, le tout un peu élimé. On voyait un vieux pull-over sous sa veste et quelques pellicules sur ses épaules, ce qui plut à George qui trouva que cela rendait l'homme plus humain.

Le révérend Johnstone engagea une conversation polie tout en les conduisant à son bureau. George regarda les grandes étagères couvertes de livres et remarqua l'abondance des titres sur l'occultisme et la magie noire. Le bureau du révérend était encombré de papiers. La fenêtre à petits carreaux donnait sur les pelouses impeccables de l'église, les buissons et les immeubles environnants. On se sentait bien dans cette pièce qui semblait emplie d'une force tranquille.

Le révérend leur proposa du thé et du café et, après les avoir servis, il s'installa dans un fauteuil en cuir très confortable derrière son bureau et leur sourit cordialement :

— Que puis-je faire pour vous?

George haussa les épaules :

— Franchement, monsieur, je l'ignore. Diane nous a dit que vous étiez un exorciste.

On le sentait sceptique.

Le révérend Johnstone répondit en haussant également les épaules :

— J'ai aidé pas mal de gens, monsieur Lutz. Des hommes politiques, par exemple, de ce pays et du vôtre. Des artistes, des maîtresses de maison, des hommes d'affaires et même des membres du clergé. Ils ont tous profité de ce que je préfère appeler « expulsion ». Deux motards des Hell's Angels sont venus me voir en proie

272

à de sérieux ennuis. J'ai même aidé une sorcière — une prêtresse de l'ordre qui avait peur pour sa vie et pour son âme immortelle. (Les yeux du révérend s'éclairèrent, lorsqu'il raconta un cas dont il se souvenait.) Un avocat est venu me consulter, récemment. Il était à bout. Des événements étranges lui arrivaient en même temps. Sa vie professionnelle ainsi que sa vie privée en étaient bouleversées. Nous sommes entrés dans l'église et j'ai expulsé ce qui le tourmentait. Il a repris son travail, sa vie de famille et n'a plus connu aucun trouble depuis.

George ne put s'empêcher de faire la moue. Des avocats? Des motards? Magie noire? C'était un peu gros à avaler.

— Et tous ces gens, dit-il, poli malgré son scepticisme, tous ces gens subissaient le même genre de troubles?

Timothy Johnstone fit mine de ne pas remarquer le ton cynique de George.

— Pas exactement. Il existe trois formes majeures d'attaques psychiques : l'oppression, la possession et la sorcellerie. (Il se pencha en avant et regarda George et Kathy avec une vive attention :) La magie noire n'est pas en question, ici. Mais l'oppression et la possession...

Kathy écoutait très attentivement :

— L'oppression? dit-elle en fronçant les sourcils.

— Quand on est attaqué par une force extérieure quelconque, j'appelle cela « oppression ». Quand quelqu'un est pris de l'intérieur par un esprit ou une présence, totalement ou en partie, c'est la possession.

George Lutz frissonna. Il pensa à la maison d'Amityville, à ce qui lui était arrivé, à ce qu'il avait été obligé de faire. Il repensa à la nuit d'East Babylon où Kathy l'avait attaqué. Pouvaient-ils être les victimes à la fois de l'oppression et de la possession?

— Et l'exorcisme agit contre ces trois formes? demanda Kathy.

Le révérend Johnstone acquiesça.

— Oui. Les forces psychiques s'emparent de quelqu'un ou, si vous préférez, elles ouvrent une communication au sens presque physique du terme. Cette communication peut être coupée. (Il sourit timidement et jeta un coup d'œil sur les papiers étalés sur son bureau.) Je sais que cela semble une opinion toute faite. (Il les regarda, les yeux pétillants, et poursuivit :) C'est plutôt comme une formule algébrique; cela agit aussi simplement. La puissance de Dieu coupe le lien qui attache quelqu'un à Satan.

— Et alors? Pensez-vous que nous ayons besoin d'être exorcisés? demanda Kathy en le regardant en face.

George lui lança un coup d'œil sévère. Pourquoi disait-elle cela? Pensait-elle réellement que ce vieux bonhomme aimable allait pouvoir les aider? Bien sûr, il émanait de lui une sorte de... charisme, mais de là à... l'exorcisme?

Le révérend fixa George comme s'il lisait dans ses pensées.

— Qu'en pensez-vous? dit-il en s'adressant aux deux à la fois.

— Je ne crois pas que cela soit nécessaire, répondit George, mais je suppose que vous le ferez.

Le révérend Johnstone resta impassible. Il sourit et haussa légèrement les épaules.

— Il y a longtemps que je fais cela, monsieur Lutz. Je crois que je peux voir — ou sentir — quand on a besoin de moi. (Il se pencha de nouveau en avant, regarda George et Kathy :) Puis-je me montrer brutal?

— Je vous en prie, répondit Kathy, et George lui lança un rapide coup d'œil.

— Je vois une présence sombre — une sorte de nuage — qui émane de vous deux. Je pense que vous avez besoin de moi et même que vous en avez sérieusement besoin.

George secoua la tête. C'en était trop, beaucoup trop. La fois suivante, ils se mettraient à parler des langues inconnues et se couvriraient de cendres.

— Non, dit-il en colère, pas d'exorcisme.

Kathy lui prit la main et dit très gentiment :

— Chéri!

274

Il retira sa main tandis qu'une partie de lui-même se demandait pourquoi tout cela le contrariait tellement.

Parce que c'était stupide. Stupide et inutile.

— Donnez-lui le nom que vous voulez, monsieur Lutz. J'appelle cela une délivrance. Je pense que c'est exactement de cela qu'il s'agit.

— C'est la même chose. C'est... (Il voulait dire « de la merde », il faillit le dire. Au dernier moment, il se reprit et dit :) C'est absurde. Complètement absurde.

— Monsieur Lutz, une forte aura de sentiments mauvais — une aura négative, si vous préférez — plane sur vous. Croyez-vous que l'intransigeance dont vous faites preuve soit due à une influence... extérieure ?

George explosa :

— Oh ! Mais voyons ! Il suffit que je sois en désaccord avec vous pour être, comment dites-vous, possédé ?

— George, intervint Kathy, il veut seulement nous aider.

— Et comment qu'il le veut ! Tout le monde essaye de nous aider, Kathy ! Ne t'en es-tu pas aperçue ? Et qu'y avons-nous gagné ? Est-ce que nous allons mieux ?

Elle s'efforça de le calmer.

— D'une certaine manière, oui. Beaucoup mieux.

Elle voulut lui reprendre la main, mais il refusa.

— George, que se passe-t-il ?

Il ne voulait pas l'écouter ; c'était trop idiot, trop ridicule.

— Pourquoi vous croyez-vous différent ? Pourquoi pensez-vous nous aider quand les autres n'y ont pas réussi ?

Le révérend eut l'air ébahi :

— Vous avez déjà été exorcisés ?

George prit un air buté.

— Non. Mais quelle différence ? Notre maison a été bénie et la messe a été dite à l'intérieur ; des télépathes spécialisés nous ont rendu visite...

— L'exorcisme est un acte différent, monsieur Lutz. Ce n'est pas moi qui l'accomplis. Je suis un canal, un conduit, c'est tout. C'est l'esprit de Dieu qui vous aide, ce n'est ni la science ni le rite de l'Eglise, si importants soient-ils. C'est *Dieu* qui coupe les connections entre la puissance et vous; dans le cas présent, la puissance qui vous a atteint appartient à la maison d'Amityville. Et Dieu a toujours répondu à vos appels, n'est-ce pas?

George sentit qu'il commençait à fléchir, mais refusa de se rendre. Le révérend attendait la réponse.

— N'est-ce pas?

George haussa les épaules.

— Oui, je crois que oui.

Le révérend Johnstone murmura :

— Donnez-lui le nom que vous voulez, George. Vous pouvez appeler cela « l'imposition des mains ». La Bible dit que Jésus repoussa le démon par imposition des mains. C'est la même chose.

George avait envie d'approuver. Il souhaitait qu'on l'aide, il en avait besoin. Mais quelque chose le retenait, quelque chose l'empêchait d'accepter les paroles du révérend, même si celui-ci avait raison.

Kathy voulut lui prendre la main pour la troisième fois et, alors, il se laissa faire.

— George, je pense qu'il a raison. Il peut nous aider. J'en suis sûre.

Le révérend se leva et contourna son bureau :

— Venez au moins dans l'église avec moi. Nous prierons ensemble.

George resta cloué sur son fauteuil comme si une main invisible l'empêchait de se lever. Il ne savait que faire, que penser.

Le prêtre s'éloigna de quelques centimètres et la puissance qui émanait de lui devint presque visible et palpable dans la pâle clarté du bureau.

— George, vous avez besoin de moi. Je le vois. Oubliez vos doutes. Venez avec moi à l'église et prions ensemble.

Aidé par une force intérieure dont il ne soupçonnait pas l'existence, George se leva au prix d'un effort immense.

— D'accord, dit-il d'une voix rude.

Le révérend Johnstone rayonna :

— Je suis heureux. Très heureux. On y va?

276

Diane Aldous dit à Kathy qu'elle les attendrait dans le bureau et les Lutz suivirent le révérend. Ils sortirent du presbytère, traversèrent le jardin et pénétrèrent dans le sanctuaire par une épaisse porte en chêne.

Une succession de pièces conduisait à l'église à gauche. Ils arrivèrent devant l'autel, grande table recouverte de toile blanche immaculée, incrustée d'or et ornée de chandeliers en métal précieux. Au-dessus de l'autel, une image du Christ brillait doucement, éclairée par un vitrail situé plus haut et derrière. Près de la porte, à environ trois mètres de l'autel, un accoudoir courait sur toute la largeur de l'église. Un coussin en cuir à même le parquet permettait de s'agenouiller.

Le révérend leur demanda de s'agenouiller contre l'accoudoir et d'attendre un instant. Il pénétra dans une petite pièce, à côté de l'autel, et posa un manteau cramoisi sur ses épaules. Quand il retourna près d'eux, il tenait un petit bol d'eau bénite à la main.

George regarda le révérend, debout face à l'autel, prendre un pinceau et tracer une croix d'eau bénite sur son front. Il le vit étendre les bras et invoquer le pouvoir du Seigneur. Sa voix s'amplifia lorsqu'il demanda à Dieu de briser le lien entre George, Kathy et la force obscure installée dans leur maison.

George ne voulait toujours pas y croire. Quelque chose le pressait de se lever, de quitter le sanctuaire. Mais une parcelle objective de son esprit le retenait là.

Quelque chose allait se produire. Une force, une présence, se trouvait dans l'église Saint-John avec eux.

Timothy Johnstone se tourna et s'approcha d'eux. Il tenait à deux mains le bol d'eau bénite et, lentement, respectueusement, il humecta ses doigts et traça le signe de croix sur leurs fronts.

Au contact de cette main, George sentit quelque chose déferler en lui, une vague de puissance, une force qui fit frémir ses muscles. Quelque chose d'horrible en lui tressaillit au contact du révérend.

Le révérend Johnstone se tourna d'abord vers Kathy. Il posa le bol en bois, se tint devant Kathy, et parut concentrer son énergie. Puis il croisa ses mains l'une sur l'autre et les appuya sur le sommet du crâne de Kathy avec une force terrible.

Les mots vinrent rapidement en un flot continu que George eut du mal à comprendre. Ces mots jaillirent quand Kathy commença à trembler. De longs et douloureux tressaillements la parcoururent qui semblaient sortir du parquet; le tremblement s'étendit graduellement et irrésistiblement aux bras du révérend.

Au début, ses mains tremblèrent, puis ses épaules furent secouées d'avant en arrière comme si des poings violents et énormes les tenaient.

Plus tard, Kathy raconta à George ce qu'elle avait ressenti. Les mots n'avaient pas d'importance mais le tremblement la terrifiait. On aurait dit qu'il venait à la fois du plus profond d'elle et d'en dehors. Elle était une coquille ténue coincée entre deux forces qui l'utilisaient comme un fragile champ de bataille.

Quelques instants après les premiers tremblements, un froid cruel et engourdissant partit de ses orteils et remonta lentement. Elle se mit à tressaillir si violemment qu'il lui fut impossible de crier et, pendant un horrible instant, elle crut que la vie elle-même la quittait, aspirée par les mains du révérend. Mais à mesure que le froid envahissait ses genoux, ses hanches, sa taille, à mesure qu'il se tordait dans son plexus comme une force vivante, elle comprit que quelque chose de vital subsisterait; une vie, une pureté et une énergie libérées de la puanteur d'Amityville.

Cela se termina brusquement par une violente secousse électrique. Le froid purificateur remonta de son estomac à son crâne en une fraction de seconde et s'échappa par le sommet de sa tête. Kathy eut le vertige... et l'impression de flotter.

George vit très clairement l'instant où cela se produisit. La tension qui habitait Kathy depuis des années, le poids et les ténèbres qui avaient pesé sur sa vie pendant ces mois si difficiles disparurent brusquement. Elle se redressa et sourit, resplendissant d'une force soudaine. Les mots du révérend Johnstone devinrent plus lents et plus distincts. Il soupira enfin en se redressant et lui donna sa bénédiction finale. Quand Kathy ouvrit les yeux, une nouvelle vie, un nouvel espoir émanaient d'elle que George aima, envia et détesta en même temps.

Parce que les ténèbres l'habitaient encore, parce que la puissance d'Amityville le tenait encore étroitement dans ses serres.

Quand le révérend Johnstone se détourna de Kathy Lutz et regarda George, il hésita. Le temps qu'il avait passé avec elle bien que bref — quelques minutes au plus — l'avait terriblement fatigué. L'esprit qui habitait Kathy était fort, incroyablement fort et au moment où elle se libérait, il avait éprouvé une impression familière et effrayante; une chose déjà vue et connue s'échappait du corps de Kathy et fuyait hors du sanctuaire.

Cela se produisait souvent au moment crucial de l'expulsion. Il avait entendu des entités crier à l'instant où elles s'échappaient et, curieusement, pour des raisons qu'il ne pouvait que deviner, les cris qu'il croyait entendre étaient fréquemment des mots de remerciements.

Cette fois-ci, il ne s'agissait pas de remerciements. Le révérend Johnstone avait entendu un hurlement hostile de douleur et de défaite et il comprit que tout n'était pas terminé, loin de là.

Le démon qui habitait George se montrerait pire encore. Tout l'indiquait : la répugnance de George à entrer dans l'église, ses violents éclats, la puissance du malin qui l'avait assailli à Amityville et dans les mois qui avaient suivi leur fuite de cet horrible endroit. Ce démon pouvait s'avérer trop puissant, trop fort pour qu'il puisse l'exorciser alors qu'il était lui-même épuisé.

Mais il n'avait pas d'autre solution. Il devrait lutter et gagner.

Le révérend Johnstone se tint devant George et prit une profonde et lente inspiration. Puis il leva les mains et les mit l'une sur l'autre très soigneusement. Il fixa sans les voir ses articulations, ses doigts et ses os tout en rassemblant son énergie.

279

D'un mouvement violent, il avança et posa les mains sur la tête de George.

— Par le Vrai Dieu, le Dieu Vivant, le Saint-Esprit, au nom du Père, du Fils et du Saint-Esprit, *j'interdis* à toute force maléfique de se manifester, interférer, troubler ou détruire votre vie !

George se mit à trembler violemment. Ses mains agrippèrent l'accoudoir si fortement que ses articulations devinrent toutes blanches. Il sentit ses muscles se courber et tressauter comme si on les agitait sans arrêt.

Un froid intense et pénétrant, plus intense que tout ce qu'il avait ressenti jusque-là, envahit ses orteils, ses pieds, ses chevilles et remonta vers les genoux. Le froid s'arrêta à cette hauteur, comme retenu par une barrière invisible. Puis il commença à se répandre dans tout son corps.

Le révérend eut un mouvement convulsif, sursauta et, un instant, les paroles rituelles se bloquèrent dans sa gorge. Sa tête lui faisait atrocement mal. Ses mains remuaient au-dessus du crâne de George comme si le contact avec la puissance était trop fort pour qu'elles restent immobiles. Il se reprit, posa ses mains étroitement serrées sur la tête de George et poursuivit.

— Je *coupe* avec l'épée du Saint-Esprit tous les liens psychiques avec la maison d'Amityville, de manière à ce qu'ils ne se manifestent plus, n'interfèrent, ne troublent ou ne détruisent votre vie.

La pression intérieure devint trop forte. Le prêtre sentit le sang s'écouler de son nez et se répandre en flot épais sur son menton.

Cela lui était déjà arrivé. Souvent, la puissance pure qui parcourait son corps devenait trop forte pour qu'il pût la maîtriser. J'aurais dû avertir les Lutz, se dit-il. J'aurais dû leur dire ce qui les attendait. Mais il n'aurait jamais pensé à quelque chose d'aussi puissant.

Il s'arrêta une seconde fois et s'éclaircit la gorge. Son cœur battait la chamade; il se sentit très faible, la tête lui tourna. Ses genoux fléchirent.

Quand George, tremblant et transi, leva la tête, il ne put en croire ses yeux. Du sang giclait sur le visage du ministre du culte et coulait sur sa nuque et sa poitrine. Il avait la bouche ouverte et cherchait péniblement à respirer. Il était d'une pâleur terreuse. Seul le sang qui coulait colorait son visage.

Il va mourir, se dit George terrifié. Il voulut parler, se lever, l'aider.

— *Non* ! hurla le révérend. *Restez où vous êtes* !

Timothy Johnstone s'arma de courage et força son cœur à ralentir. Le sang cessa de couler de son nez.

Ses mains s'éloignèrent de la tête de George, mais les tremblements continuèrent. Il savait que le contact ne s'avérait plus indispensable. Une bataille s'était engagée dans le corps de George, une bataille qu'il pouvait à peine contrôler.

Il tira un mouchoir de sa poche et s'essuya le nez. Puis il prit les mains de George dans les siennes et les écarta comme les bras de la croix.

Sa voix s'éleva comme un défi. Une lumière aussi forte que le soleil illumina ses yeux.

— Je *coupe* avec l'épée du Saint-Esprit tous les liens psychiques avec la maison d'Amityville, de manière à ce qu'ils ne se manifestent plus, n'interfèrent, ne troublent ou ne détruisent votre vie.

Le tremblement s'intensifia en eux, les frappa, les ballotta à droite et à gauche. Kathy hurla et essaya de les toucher, mais les muscles ondoyèrent sous ses mains comme de l'eau. Ils furent pris dans une sorte de danse rituelle, emportés dans plusieurs directions à la fois.

Le froid à l'intérieur de George devint plus aigu et plus brutal que jamais. Il le frappait et le brûlait. Il le rendit fragile et faible.

A nouveau, du sang s'échappa du nez du révérend. Son visage frémit, ses yeux s'exorbitèrent, mais les mots continuèrent d'être prononcés, l'un après l'autre, comme dits par un automate détraqué.

Le froid se limita à la taille de George. Au-dessous se trouvait la pureté brillante et cristalline de la paix; au-dessus, le torrent de puissance bouillait et éclatait en lui.

Le froid commença à monter à sa poitrine, ses épaules, sa nuque. Il s'arrêta et redescendit à son estomac.

Il retomba. Ses hanches furent prises à nouveau. Son visage, brûlant, se boursoufla. Puis le froid remonta de plus en plus haut, la ligne de démarcation se ploya, toute tremblante, dans sa poitrine.

Une lutte acharnée et insensée se livrait et George grogna contre la puissance qui l'habitait. Elle devait cesser immédiatement, sinon il serait déchiqueté.

Au fond de l'église, les suspensions allumées se mirent à cliqueter et à vibrer en point et contrepoint. Leur rythme fou cadença la danse de l'exorciste et de son sujet.

Kathy hurla et les toucha. Tout s'arrêta.

Les lumières s'immobilisèrent. Le tremblement de George s'interrompit. Le corps du révérend retrouva son calme et, au fin fond de l'âme de George, ensevelie sous des couches de panique, une voix ténue dit :

— *C'est fini. J'en ai fini. Je suis...*

Non ! Il sentit le Malin s'agiter en lui. Il n'avait fait que reculer momentanément. Il voulait l'inciter à se relâcher pour mieux l'abattre.

Timothy Johnstone s'en aperçut également. Ses mains se serrèrent plus étroitement au-dessus de George et il dit :

— Oh, Dieu, Fils de Dieu, Puissance Invincible...

George eut l'impression qu'il allait quitter le sol. Une force qui dépassait toute compréhension le saisit à la tête et s'efforça de l'entraîner vers le plafond, mais le prêtre le tira vers le bas et l'obligea à rester au sol tout en continuant sa prière :

— ... Puissance Invincible qui gardez tous les hommes, même ceux qui sont contre Vous, et qui par Votre mort avez détruit la Mort et avez triomphé du Prince de la Mort, ABATTEZ Satan, obligez chaque force du Malin à PARTIR et glorifiez le Christ, Sa Puissance et Sa Paix !

Les lumières tourbillonnèrent follement. Quelque chose gronda au bout de l'église comme si le vitrail se courbait dans son cadre. La porte de l'église s'ouvrit toute grande.

Le bruit s'accrut comme sous un ordre silencieux et la porte claqua, s'ouvrit à nouveau et se referma. Le ministre du culte dut hurler pour se faire entendre au milieu du chaos.

Des ondes de froid et de chaleur envahirent George, l'enveloppèrent et le torturèrent, faisant osciller sa tête et brouillant ses yeux de douleur. Une seconde, il crut qu'il allait perdre connaissance; c'est alors que le froid étreignit complètement son corps comme une énorme serre.

Dans un dernier mouvement désespéré, le révérend Johnstone s'élança en avant et porta tout ce qui lui restait d'énergie dans ses bras. Le froid monta de l'estomac de George dans sa poitrine, puis attaqua ses bras et ses mains en une vague unique et écrasante qui déferla sur lui et explosa au sommet de son crâne, illuminant l'obscurité au-dessus de lui.

Il sentit la force suspendue, là, à quelques centimètres de lui. Il sentit la prise glaciale, implacable du ministre du culte qui l'éloignait.

— Nous vous remettons à la miséricorde de Dieu et sous Sa Protection, dit le révérend encore tendu. Que le Seigneur vous bénisse et vous garde. Que le Seigneur fasse pour vous rayonner Son Visage et vous fasse grâce. Que le Seigneur vous apporte sa Protection et Sa paix. Maintenant et à jamais. *Amen.*

Cela se produisit soudainement. George sentit un poids énorme s'envoler de son corps. Timothy Johnstone entendit le grognement misérable d'une chose à l'agonie. La porte de l'église s'ouvrit et le révérend vit une ombre immatérielle et mortelle s'échapper des épaules de George et parcourir la longueur du sanctuaire. Cette chose sortit de l'église en hurlant et la porte se referma bruyamment.

Le sanctuaire retrouva son calme. Les lampes s'arrêtèrent de vaciller. La lumière jaillit du vitrail au-dessus d'eux et l'exorciste, debout en face de George, tituba et commença à perdre connaissance.

Il se retint à l'accoudoir en tombant et refusa de laisser ses genoux fléchir.

— Ça va, dit-il, accordez-moi juste un instant.

Cela avait été dur pour lui, plus dur que tout le reste. Timothy Johnstone avait exorcisé des esprits depuis plus de trente ans et, grâce à Dieu, il avait l'intention de continuer trente ans encore et, pourtant, il n'avait jamais éprouvé cela.

Il pria parce qu'il avait réussi, parce qu'il avait chassé le diable des Lutz. Parfois, il fallait deux et même trois « expulsions » pour remettre les choses en place. Néanmoins, la force qui les torturait avait été dramatiquement affaiblie. Et peut-être même anéantie. Grâce à Dieu.

George serra Kathy dans ses bras. C'était fini à présent : il le savait. Le diable était aussi éloigné de lui qu'il l'avait été pendant des mois et des années. Il serra sa femme contre lui et entendit battre son cœur. Il l'embrassa et dit :

— Je t'aime, Kathy.

Elle l'embrassa passionnément et retint ses larmes :

— Je t'aime, chéri.

Le révérend s'approcha d'eux, les enlaça et, au bout d'un moment, ils sortirent ensemble du sanctuaire de Saint-John.

Quand ils regagnèrent le bureau, ils trouvèrent Diane Aldous étrangement pâle et abattue. Kathy lui parla tandis que le révérend Johnstone essuyait le sang séché sur son visage et s'asseyait à son bureau.

George s'affala dans le dernier fauteuil disponible. Il était fatigué comme jamais il ne l'avait été. Timothy Johnstone avait l'air d'avoir vieilli de dix ans.

— Révérend, êtes-vous sûr d'aller bien ?

Il fit un signe de tête.

— Je suis seulement épuisé, George, mais c'est normal. (Il sourit et se redressa sur son siège comme s'il cherchait à puiser à une force cachée.) Maintenant, dites-moi, George. Vous répugniez à parler de tout cela avant l'expulsion. Avez-vous quelques questions à poser ? Y a-t-il quelque chose que vous aimeriez savoir ?

Au début, George ne trouva rien à dire. Le calme qu'il

284

éprouvait, la certitude que quelque chose de fondamental avait changé pour eux, qu'une porte avait été ouverte, rendaient les questions inutiles. Mais un point l'avait toujours tracassé.

— Révérend, peut-être cela vous paraîtra-t-il stupide, mais... *pourquoi nous* ? C'est-à-dire, nous ne sommes pas spécialement purs, mais nous ne sommes pas vraiment mauvais non plus. Nous sommes juste normaux. Pourquoi avons-nous été choisis ?

Le révérend Johnstone secoua la tête.

— J'aimerais pouvoir y répondre. J'aimerais avoir une explication simple qui vous aiderait, mais je n'en ai pas. Je ne peux pas. (Il soupira et se passa la main sur le visage.) Il est possible que certaines personnes soient psychiquement plus disponibles, plus ouvertes à de telles choses et donc plus susceptibles d'être influencées et impliquées dans cela. Mais, franchement, George, je ne sais pas.

— Psychiquement impliquées ? Voulez-vous dire que toutes les choses que nous avons vues, tout ce que nous avons senti n'étaient qu'*illusions* ? Que rien n'était réel ?

Timothy Johnstone sourit et étendit les mains.

— Cela risque de paraître terriblement banal, George, mais qu'est-ce que la réalité ? Les forces obscures qui œuvrent dans le monde peut-être projettent leur diable directement dans votre esprit. Ou bien, ce que vous avez vu, ce que vous avez subi, tombe dans la zone étroitement close que nous appelons « réalité » ou bien c'est, d'une façon ou d'une autre, quelque chose de différent... qui peut le dire ?

Il se pencha en avant, les mains recourbées, et George vit qu'elles tremblaient légèrement sous l'effet de la fatigue.

— La réalité est seulement ce que vous voyez et ce que vous sentez, George. Ce que vous percevez. Les rêves que vous avez faits, les choses qui vous sont arrivées, les malaises et la peur qui vous ont assaillis, les événements incroyables qui se sont produits étaient aussi réels pour vous que chaque réalité connue de ce monde.

Ils quittèrent la chaleur du bureau et se promenèrent ensemble dans l'après-midi froid et gris. Le révérend Johnstone fit ses adieux à Diane Aldous et demanda aux Lutz de bavarder avec lui avant leur départ pour les Etats-Unis.

George et Kathy s'arrêtèrent devant la voiture de Diane et dirent un dernier adieu à l'exorciste. C'était difficile de partir, de s'en aller si vite. Mais ils savaient qu'ils le devaient.

— Que Dieu soit avec vous, dit le révérend. Si vous revenez un jour en Angleterre, venez me rendre visite.

— Bien sûr, répondit George. Et nous vous tiendrons au courant de ce qui va se passer aux Etats-Unis.

Timothy Johnstone leur adressa un large sourire :

— J'aimerais beaucoup.

— Au revoir, dit Kathy. Et merci.

La voiture démarra et ils roulèrent doucement jusqu'à ce que le révérend Johnstone ne soit plus qu'une tache sombre se détachant du gris de l'église. Puis ils tournèrent et ne le virent plus.

George enlaça sa femme qui se blottit contre lui.

Demain, ils prendraient l'avion qui les ramènerait aux Etats-Unis. Le jour suivant, juste avant le lever du soleil, ils se retrouveraient chez eux.

Editions J'ai Lu, 31, rue de Tournon, 75006 Paris

diffusion
France et étranger : Flammarion, Paris
Suisse : Office du Livre, Fribourg

diffusion exclusive
Canada : Éditions Flammarion Ltée, Montréal

Achevé d'imprimer sur les presses de l'imprimerie Brodard et Taupin
7, Bd Romain-Rolland, Montrouge. Usine de La Flèche,
le 3 juin 1982
1073-5 Dépôt Légal juin 1982. ISBN : 2 - 277 - 21343 - 8
Imprimé en France